UN TUEUR SUR MESURE

DU MÊME AUTEUR

Poussière tu seras, Points, 2013

On the Brinks, Points, 2014

Rouge est le sang, Points, 2014

Les Chiens de Belfast, Points, 2015

Le Cannibale de Crumlin Road, Points, 2016

Au scalpel, Points, 2017

Sam MILLAR

UN TUEUR SUR MESURE

Traduit de l'anglais (Irlande)
par Patrick Raynal

Éditions Métailié
20, rue des Grands Augustins, 75006 Paris
www.editions-metailie.com
2021

Retrouvez-nous sur les réseaux sociaux :

Sincères remerciements à l'équipe de O'Brien Press,
pour leur confiance et leurs encouragements.

Titre original : *The Bespoke Hitman*

First published by The O'Brien Press Ltd, Dublin, Ireland, 2018
Published in agreement with The O'Brien Press Ltd

ISBN : 979-10-226-1160-2
ISSN : 1248-6485

À ma meilleure amie russe, Olga Mamonova

PROLOGUE

> Les dieux nous envient parce que nous sommes mortels, parce que chacun de nos instants peut être le dernier et que tout est beaucoup plus beau car nous sommes condamnés.
>
> Homère, *L'Iliade*

C'est la nuit. Les dieux sommeillent et les démons complotent. Stephen Garland ouvrit les yeux dans la chambre de son logis dans le nord de Belfast. Quelque chose l'avait réveillé, mais il ne savait pas trop quoi. Se tournant sur le dos, il perça l'obscurité du regard, à la recherche de quelque présence qui y serait tapie. Des ombres s'assemblaient, comme des flaques de chair sans os.

– Stephen… ? Qu'est-ce qui ne va pas ?

La voix de sa femme était légèrement altérée par la fatigue et le rhum Havana Club.

– Oh… c'est rien, Grace. J'arrive pas à dormir. Je vais juste me prendre une clope.

– J'aimerais vraiment que tu ne fumes pas au lit. C'est dangereux.

– Pas plus que d'être flic, dit-il avec un petit rire.

– Ne sois pas sarcastique.

– Rendors-toi, mon amour. – Il l'embrassa tendrement sur la tête. – Je vais faire vite… *et* prudemment.

Un peu plus tard, son doux ronflement repartit, comme celui d'un chat asthmatique.

Il tendit le bras vers la table de nuit, pêcha son briquet Ronson et un paquet de Park Drive. Il sortit une clope du paquet et se l'expédia entre les lèvres. S'installa confortablement. Alluma le mini-enfer du briquet et donna vie au tabac.

Il laissa sortir la fumée de ses narines et soupira d'aise.

Ah... quel pied...

Sur le point d'éteindre la flamme, Stephen le vit debout, là, dans les ténèbres impies, le visage impassible, aussi éclaté que sur la toile de Bacon, *Head of a Man, n° 1*.

– Qu'est-ce... Tu m'as flanqué une de ces trouilles... – La voix de Stephen se fit soudain murmure. – Qu'est-ce que tu fais avec mon arme de service, fils ?

Le gamin de onze ans se tenait dans l'obscurité, l'arme pointée droit sur le visage de Stephen. Elle avait l'air ridiculement grosse et vulgaire dans les deux poings à moitié serrés.

– Je t'en prie... fils, pose cette arme avant qu'un accident arrive... quelqu'un pourrait être blessé. Tu... tu ne veux pas mettre ta mère en colère, n'est-ce pas... ? Si elle te voit jouer avec ça...

Le petit pouce du gosse se mit à tirer maladroitement sur le chien en faisant un bruit de vieil os que l'on casse.

Stephen tressaillit, se tortillant comme un rat pris au piège.

L'œil concentré et déterminé, le gamin se mit à presser sur la détente.

– S'il te plaît, fils... Ne fais pas...

La balle effaça une bonne partie du visage de Stephen, le rejetant violemment contre la tête de lit. Le garçon fit feu une seconde fois, ce coup-ci chopant sa mère en plein philtrum juste au-dessus de la lèvre supérieure. Elle marmonna quelque chose d'incohérent avant de se tenir tranquille. Mortellement tranquille.

L'odeur de poudre brûlée commença à se répandre dans la pièce, chassant les restes du parfum coûteux dont sa mère s'était vaporisée avant le dîner dansant du club de la police.

À l'origine, il avait planifié de les tuer plus tôt dans l'après-midi, quand ils étaient nus, baisant et gueulant comme de sales bêtes en chaleur sur le couvre-lit. Il s'était faufilé sur la pointe des pieds jusqu'à la fente de la porte de la chambre et il l'avait vue en train de le sucer avidement.

Le spectacle l'avait fait bouillir de rage et de dégoût, mais il avait aussi fait naître une étrange sensation du côté de l'aine. Quelque chose d'interdit et de dangereux qui l'avait rendu perplexe, le cœur battant la chamade dans ses oreilles. Il s'était alors éloigné de la porte. Un esprit plus clair, une modification du planning lui donneraient une meilleure opportunité.

Cette nuit.

Cette nuit, il attendrait qu'ils rentrent dans le noir, gloussant sous l'effet de l'alcool et ronflant comme des scélérats victoriens cachant un secret sinistre.

Un secret vraiment sinistre, en fait.

Malheureusement pour eux, ce secret, il l'avait appris depuis très longtemps.

Depuis vraiment très longtemps, en fait.

À l'extérieur de la charmante maison individuelle, la nuit était comme une armée de vieillards sans âme et en haillons. Une sale pluie cognait contre les fenêtres, comme des ongles tambourinant dans un cercueil. *Ou deux.* C'était pour l'instant le seul bruit, à un moment où les frontières avaient été tordues et abandonnées, où la dynamique du pouvoir avait été passée au hachoir.

Longtemps, il se tint debout dans la chambre du carnage, se contentant d'écouter se mêler le roulement de tambour de la pluie et les battements de son cœur. Il fixait l'arme dans ses mains comme s'il la voyait pour la première fois, un masque de peur plaqué sur son jeune visage.

Au bout d'un moment, il s'avança vers le lit conjugal et examina avec étonnement et délice cette toute nouvelle création de destruction et de meurtre.

Un cramoisi choquant s'étendait rapidement sur le duvet blanc nuage. Au-dessus de lui, les plumes d'oie sanglantes de l'oreiller flottaient doucement. On aurait dit une boule neige de Noël, pleine de flocons et de poinsettias en fleurs, à moins que ce ne fussent des entrailles dépecées sur un billot de boucher préparant les fêtes.

Les impacts avaient été terribles, les visages n'étaient plus qu'une bouillie sanglante de chair et d'os. Ça ressemblait plus à du papier mâché qu'à de la chair. Un gâchis bien pire que ce qu'il avait imaginé, mais ça ne diminua en rien l'euphorie qui résonnait au fond de ses vertèbres.

Désireux de garder chaque détail en mémoire, il se pencha sur la scène et l'explora d'un œil avide. Le visage de Grace, ou du moins ce qu'il en restait, semblait paisible. En revanche, celui de Stephen affichait une grimace d'horreur gravée dans l'œil gauche, le droit ayant définitivement disparu.

Un bulle d'air sanglante sortait de sa narine gauche, et le gamin la regardait gonfler et dégonfler avec fascination, comme animée par le souffle d'un homme mort. Il aperçut même son propre visage capturé par un reflet de la bulle, distordu au-delà de l'humain.

En souriant, il tendit le bras et creva la bulle de la pointe du canon. Puis, il lâcha sa prise et le revolver dégringola sur le tapis en peluche avec un bruit mou. Soulagées du poids du métal, ses mains et son âme se sentirent soudain légères, débarrassées du fardeau de la culpabilité.

Bizarrement, la cigarette de Stephen restait plantée entre le V de la victoire de ses doigts et laissait encore échapper quelques volutes de fumée. Le garçon arracha la cigarette des doigts morts en prenant garde de ne pas la déchirer. Il étudia sa forme fine et pâle – tachée d'une éclaboussure de sang – comme un entomologiste étudierait une nouvelle espèce d'insecte.

Portant la clope à ses lèvres, il aspira un grand coup en écoutant le papier et le tabac grésiller et siffler. Il garda la fumée quelques secondes dans sa bouche avant de replacer la clope entre les doigts de Stephen.

Il avait eu tort : le sang n'avait pas le moins du monde altéré le goût du tabac.

Satisfait du cauchemar qu'il avait orchestré, il retourna dans sa chambre, s'allongea sur son lit, les bras étendus comme dans une crucifixion sans clous.

Il écouta son cœur. Il avait maintenant retrouvé un rythme normal. Un métronome de calme. Tout, dans le monde, était à nouveau en ordre. Comme cela devait l'être au commencement. Avant que les ténèbres ne viennent étouffer la lumière en lui.

De sous son oreiller, il sortit l'illustré qu'il avait abandonné pour une heure, alors qu'il élaborait son plan de vie. De mort, plutôt.

Il sourit de son propre jeu de mots, puis se retourna pour relire *Fantastic Fabulous Fables n° 1*, le numéro spécial introduisant pour la première fois Dark Avenger et son coursier ailé, Mercure.

Il caressa tendrement l'illustré. C'était devenu une icône sacrée, un talisman qui tenait à distance les démons pendant les heures les plus impies de ses nuits diaboliques.

– Je t'avais dit que je le ferai, hein ? murmura-t-il avec déférence, la voix pleine d'admiration. Dark Avenger lui sourit depuis une page tachée.

Le Diable avait beau être à l'œuvre cette nuit dans cette maison de l'Enfer, le gamin souriait comme un Séraphin céleste touché par la main d'un dieu scélérat. Il n'avait pas seulement le sourire d'un ange, il en avait l'apparence :

Lucifer.

1

“Ne tentez jamais votre chance sur la chance.
Ça vous baisera à la première occasion.”
Karl Kane

Halloween. Des lumières dansaient dans l’hôtel de ville de Belfast, comme les chandelles des grandes espérances de Miss Havisham* se liquéfiant sur son gâteau de noce pourrissant.

La pluie, lourde et oppressante, qui avait commencé tôt le matin comme une vengeance, continuait à dégringoler dur et à cascader sur le toit majestueux de l’impressionnant bâtiment et sa pelouse saturée d’eau. Les gens attifés d’invraisemblables déguisements inondaient les rues en même temps que la pluie.

Juste en face de l’hôtel de ville, un inénarrable tas de rouille était garé en sandwich entre deux gros camions et quatre bennes archi bourrées de saloperies diverses.

Trois compères, sommairement déguisés en loup – Charlie Madden, Jim McCabe et Brian Ross –, attendaient patiemment dans le tas de rouille ce qu’ils espéraient être le plus gros jour de paye de leurs vies : net d’impôts. Des sacs de fric.

– Il s’arrête jamais de pisser dans cette bon Dieu de ville, et ces enfoirés de bâtards de Stormont** ont le culot de vouloir nous taxer sur la flotte !

Charlie, le plus vieux de la bande, grommelait tout en lançant des coups d’œil au ciel pourri par la fenêtre

* Miss Havisham est un personnage central dans le roman de Charles Dickens *Les Grandes Espérances*. (*Toutes les notes sont du traducteur.*)

** Le palais de Stormont accueille le siège de l’Assemblée nord-irlandaise ainsi que le cabinet gouvernemental nord-irlandais.

arrière du fourgon. Un Colt Anaconda .44 Magnum était posé sur ses genoux, comme un serpent de compagnie roupillant paisiblement.

– Ils finiraient par taxer les pets si on les laissait faire. Putain de politiciens et putain de pluie, je les hais tous les deux.

– Arrête de râler contre la pluie. C'est un temps parfait, s'enthousiasma Brian, le plus jeune des trois. Un Beretta Px4 Storm semi-automatique était accroché à sa hanche droite. Il le caressait tendrement, comme si c'était une extension de lui-même. – La pluie est une bonne copine par une nuit pareille. Surtout quand on a un Storm* à ses côtés.

Le chef de cette fine équipe, Jim McCabe, alluma un nouveau cigare – son troisième en une heure. Il jeta un coup d'œil à sa montre, tira sur son cigare, avant de s'envoyer deux pilules antidouleurs, du genre costaud, qu'il avala à sec.

Il fallait qu'il fasse gaffe à ne pas en prendre trop – ça pouvait causer une somnolence et c'était bien la dernière chose dont il avait besoin cette nuit –, mais cette impitoyable saloperie de rage de dents ne voulait pas le lâcher. Il aurait juste fallu qu'il trouve le courage d'aller chez le dentiste. Il frissonna à cette idée. Il aimait mieux braquer une banque tous les jours de la semaine plutôt que d'avoir affaire à l'un de ces sadiques de la roulette.

– Il faut vraiment que tu fumes autant de ces machins puants dans le fourgon ? grommela Charlie en agitant la main pour chasser la fumée. Je peux à peine respirer.

Jim l'ignora et continua à se masser le côté de la bouche sans cesser de tirer sur son cigare.

– Sois pas si nerveux, Charlie, sourit Brian. C'est bientôt fini.

---

* *Storm* signifie "tempête".

– Nerveux, moi ? s'offusqua Charlie. Je braquais déjà des banques quand tu pissais encore dans tes langes.

– C'est vraiment le putain de truc le plus putainement philosophique que t'aies jamais dit, monsieur le Maître Braqueur.

– Et tu as fait quoi, toi ? Six mois de prison pour vol d'illustrés. T'es vraiment pas le truand du siècle.

– Si on considère que les illustrés rares en question valaient plus de quatre-vingt-dix mille livres et que j'étais dehors après six semaines pour bonne conduite, je pense que c'était un très bon coup. En comparaison, ton dernier, il t'a rapporté combien ?

– Laisse tomber, se hérissa Charlie. À sa voix, on sentait qu'il avait les boules.

– Ah oui, c'est vrai, une impressionnante somme de huit cents livres, et trois ans de prison pour la peine.

– Putain de cigares, fit Charlie en s'éventant à nouveau de la main.

– Pense un peu à Jim, merde, coupa Brian. Tu vois pas qu'il souffre d'une dent pourrie de la taille d'un berlingot ?

– Je n'ai aucune pitié pour lui. Il devrait faire comme moi et s'occuper de ses dents, dit Charlie en exhibant une rangée de dents jaunes.

– Tu sais bien qu'il est terrifié par le dentiste, pauvre petite chose. Pas vrai, Jim ?

Ignorant les sarcasmes, Jim continuait à masser la partie douloureuse.

– Tu connais le film favori de Jim, Charlie ? C'est *Marathon Man*.

– Et c'est reparti, soupira Charlie. Encore des films sanglants, pour changer un peu.

– Tu te souviens de l'affreux Docteur Szell, ce sadique brillamment interprété par Laurence Olivier, qui torture Dustin Hoffman avec une roulette ? "*Je ne vais pas aller dans cette carie. Le nerf est déjà mourant. Un nerf fraîchement coupé est infiniment plus sensible. Je vais donc percer une dent saine jusqu'à ce que j'atteigne la pulpe."*

Charlie frissonna et hocha la tête.

– Bon Dieu, j'ai horreur de mater cette scène. Je suis obligé de baisser le son et de regarder ailleurs.

– *Zzzzzzzzzhhsssshssssss*, fit Brian en imitant le bruit de la roulette.

– Tire-lui une balle dans le crâne, ordonna froidement Jim. Je ne suis vraiment pas d'humeur.

– C'est l'heure, Jim ? demanda Charlie en regardant une énième fois par la fenêtre. Cette attente commence à me faire fondre les neurones. On étouffe dans ce putain de costume.

– On étouffe tous. Le timing doit être parfait. Encore une quinzaine de minutes et ce sera bon.

– Et si on se faisait un petit quiz cinoche, Charlie, avant d'aller s'adonner au *trick-or-treats** ? dit Brian. Ça tuera au moins un peu de temps.

– OK. Vas-y, balance.

– Le nom des sept mercenaires ?

– Ha ! Fastoche. Steve McQueen et Charles Bronson. Ensuite James Coburn, Yul Brynner et Robert Vaughn. Et le plus difficile à trouver, c'est Brad Dexter dans le rôle de Harry Luck, fit Charlie avec un sourire triomphant.

– On les appellerait les six mercenaires.

– Quoi ?

– T'en as nommé que six. Tu as oublié le *vraiment* difficile, celui que personne ne trouve jamais.

– Mes couilles. J'ai cité les sept. – Charlie ôta ses gants de loup et commença à compter sur ses doigts. – Oh… le petit Mexicain. Je l'avais oublié. Merde, c'est quoi son nom ?

---

* En français : un bonbon ou un sort. Phrase rituelle des enfants pendant la nuit d'Halloween.

– Langue au chat ?

Charlie réfléchit un bon moment avant d'abandonner.

– Oui, sinon je vais me casser la cervelle à essayer de trouver.

– Horst Buchholz dans le rôle de Chico, et pour ta gouverne, il était allemand. Il n'y a que dans ce film qu'il a joué un Mexicain.

– Ne dis pas de conneries. Comment pourrait-il être allemand ? Tu n'as qu'à regarder sa peau pour voir qu'il était mexicain.

– Ça, Charlie, c'est une remarque quasi raciste, rigola Brian.

– Je ne suis pas un putain de raciste. Je dis juste que ce type était mexicain et qu'il devait en être fier. Le Mexique a une grande histoire. J'ai lu quelque chose sur le révolutionnaire José Doroteo Arango Arámbula.

– C'est qui, ce mec ? Jamais entendu parler.

– Connu aussi sous le nom de Pancho Villa.

– Marlon Brando, tu veux dire. Un grand film.

– Brando n'a pas joué Villa. Il a joué Zapata, espèce de crétin.

– De toute façon, tu as tort. Horst Buchholz était allemand.

– Et moi je te dis qu'il était mexicain, et…

– Remets tes gants, Charlie, fit Jim d'un ton qui n'admettait pas de contestation.

– Quoi ? Oh, désolé, mon pote, j'y pensais plus.

Brian sourit malicieusement devant la figure contrite de Charlie.

– Il est temps d'y aller. Vérifiez vos armes. – Et il chargea avec toute l'expertise d'un vétéran un fusil à canon scié à l'aspect meurtrier. – Souvenez-vous, nous n'avons que cinq minutes, six max, pour entrer et sortir. Pile-poil. Quand je dirai qu'il faut plier les gaules, on plie les gaules. Pas de *si* ni de *mais*. Ne soyez pas trop gourmands.

– Comme *Darby O'Gill*, hein, Jim ? J'avais ce petit film en DVD, dit Brian, se tournant vers Charlie tout en vérifiant son arme. Darby le couillu qui essaye de piquer l'or de Brian, le roi des lutins. Un classique*. Ma grand-mère Ross adore Sean Connery dans ce film. En fait, elle aime Connery dans n'importe quoi, en particulier ce short de bain bleu dans *Opération Tonnerre*.

– Connery était le meilleur des James Bond, dit Charlie. Brosnan tout de suite après.

Jim consulta sa montre.

– Mettez vos masques.

Comme Brian et Charlie commençaient à ajuster leurs masques de loup, Jim sortit de son sac un dispositif incendiaire fait maison fabriqué à partir de cire pour parquet, de sucre Demerara, et, en guise de mèches, de gros lacets dont il avait coupé les aiguillettes.

– Elles devraient péter environ cinq minutes après notre entrée. Ça devrait foutre le feu au fourgon, et créer une excellente diversion et avec un peu de chance un sacré bordel quand le réservoir explosera.

Jim mit le dispositif en place, alluma les mèches et baissa légèrement la vitre côté conducteur juste au niveau requis pour maximiser l'explosion. Puis il ajusta son masque.

– OK, on y va.

Les trois grands méchants loups sortirent et se dirigèrent vers les portes de la Bank of New Republic sur Donegall Place. Ils avaient bien l'intention de faire plus que souffler très fort sur la petite banque du coin.

L'agent de sécurité Andy Grazier se tenait à l'intérieur de la porte à tambour de la Bank of New Republic. Il restait trois clients à servir. Deux longues minutes à

* *Darby O'Gill et les farfadets*, Walt Disney, 1959.

tenir. Un événement exceptionnel allait se produire. Il avait hâte de rentrer chez lui. Manchester City contre Manchester United, en direct sur Sky, et sa maison pour lui tout seul. Margaret, sa femme, était sortie avec des amis jouer aux fléchettes, et le frigo était bien garni de Harp, sa bière favorite.

Ça va être les Harpy Hours! songea Andy, en priant pour qu'un dernier traînard ne se pointe pas faire un dépôt. Les traînards étaient les pires. Toujours énervés et essoufflés, toujours à raconter des histoires interminables sur la façon dont ils avaient failli louper la banque avant la fermeture. Le temps qu'ils s'excusent et cinq bonnes minutes seraient passées.

– Andy? appela la directrice Dana Robinson, émergeant de son bureau. Je pense que nous pouvons fermer.

Andy hocha la tête, en essayant de ne pas sourire de soulagement, et se tourna vers les portes. Juste au moment où il pouvait presque sentir la saveur de la Harp sur sa langue parcheminée, son plus gros cauchemar se dressa devant lui. En fait, il était assis dans un fauteuil roulant et essayait de passer la porte à tambour en se cognant.

Bon Dieu, pourquoi ce soir parmi tous les soirs? gémit Andy en plissant les yeux pour voir le client, mais la pluie noire battant contre la vitre opaque et le mauvais éclairage de la rue interdisaient toute visibilité.

Le fauteuil roulant continuait à cogner contre la porte, comme une espèce de bélier médiéval.

Bon Dieu de merde! Andy leva la main.

– Arrêtez! Attendez une seconde, le temps que j'ouvre l'autre porte. – Il tendit le bras et poussa le bouton qui libérait la porte coulissante. – Vous êtes arrivé quasiment trop tard pour faire…

Sa voix fut coupée net par la vue d'un fusil à canon scié qu'un loup lui pressait contre les balloches, pendant que deux autres loups s'engouffraient dans la banque en hurlant.

– Tout va bien se passer, dit Jim en sortant de son fauteuil et en élevant le fusil des couilles d'Andy jusqu'à son nez et son visage pétrifié. Dis-le.

– Tout… Tout… va bien s'passer, dit Andy sur le point de tomber dans les pommes.

– Pas d'héroïsme. Dis-le.

– Pas… d'héroïsme…

Jim poussa vivement Andy par terre et actionna le bouton bleu. La porte coulissante se referma sans bruit. Le fauteuil roulant fut aussitôt replié et rangé derrière un bureau.

– Les mains derrière le dos, ordonna Jim.

Andy obéit. Jim lui menotta les deux poignets avec un collier de plastique, le traîna sur le marbre poli du sol et le stocka derrière une grande table, hors de la vue des passants.

– Tout le monde derrière cette table et à plat ventre, gueula Charlie en agitant son Magnum.

Les clients se ruèrent derrière l'abri constitué par la table et se laissèrent tomber à terre. Les yeux fermés, ils se convertirent instantanément en statues. Ils avaient vu assez de films pour savoir ce qui pouvait arriver dans une situation pareille – surtout dans ceux à petit budget où tout le monde finit en morceaux. Ils espéraient fiévreusement que ce n'en soit pas un, surtout pas un film tourné selon les standards de Belfast.

– Ne vous avisez pas de pousser le moindre bouton, madame Robinson. Les petits boutons créent de gros problèmes, dit Brian en pointant son flingue sur le visage de Dana. *Comprende ? Lo entiendes ? Capisce* ? En d'autres termes, est-ce que je me suis fait foutrement comprendre ?

Dana ouvrit la bouche, mais aucun son n'en sortit. Elle hocha la tête.

– Bien. Maintenant asseyez-vous, et mettez vos mains sur le bureau, doucement.

Dana s'empressa d'obéir.

– Toi, dit Brian en pointant son arme sur un client. À plat ventre. Sans moufter.

L'homme, entièrement chauve, le visage sans expression, fixait Brian d'un œil torve. Bien habillé, il agrippait une Samsonite Pro-DLX3, un bagage grand et extensible. Bizarrement, il ne bougea pas.

– T'es sourdingue, Lex Luthor ? À plat ventre. Tout de suite !

Au lieu de se laisser tomber sur le sol, le type se leva. Il surplombait le mètre quatre-vingts de Brian de dix bons centimètres, et on ne savait pas trop si son air de défi était menaçant ou simplement suffisant.

– Je crois que vous devriez filer. Tout de suite, pendant que vous avez encore une chance, dit-il d'une voix glaciale. Vous n'avez vraiment pas intérêt à me faire chier.

Brian jeta un coup d'œil autour de lui, avant de fixer le type. Puis, imitant Robert de Niro :

– C'est à moi que tu causes ?

– Oui, c'est à toi que je cause.

– Laisse-moi mettre les choses au point. Je suis celui qui tient le flingue et toi, t'es celui qui a la bite coincée dedans, et c'est moi qui devrais filer pendant que j'ai encore une chance ?

– Exact.

– Tu te prends pour Kwai Chang Caine ?

– Quoi ?

– Non, pas quoi. Qui. Tu sais, David Carradine dans *Kung Fu*. Tu crois que tu peux dézinguer dix hommes avec une paire de baguettes ?

– Je ne sais pas dans quelle came t'as trempé ta cervelle, mais tu ferais mieux de filer pendant que je t'offre encore une chance.

– Tu m'offres ? T'as déjà vu *Les Évadés* ?

– Une fois.

– Bien. Tu te souviens peut-être de cette réplique devenue classique: “Je ne vais pas compter jusqu’à trois. Je ne vais même pas compter jusqu’à un. Tu vas fermer ta putain de gueule ou je vais te chanter une berceuse.”

Et Brian le cogna sur la tempe avec son flingue, si fort qu’on avait dû entendre le bruit à l’extérieur de la banque. Le type s’effondra comme une affiche humide sur une clôture de bois, se heurtant la tête au passage contre un angle du bureau. Un filet de sang apparut.

Dana laissa échapper un petit cri.

– Qu’est-ce qui se passe ici? gueula Jim.

– Tout est sous contrôle. Pas de quoi se mettre la rate au court-bouillon.

– Grouillez-vous un peu, merde!

– Vous avez entendu le chef, madame Robinson. J’ai besoin que vous tapiez la combinaison de la chambre forte.

– Je… je ne connais pas la…

– Vous ne connaissez pas la combinaison. C’est ça?

– Oui…

– Seul le directeur de nuit connaît la combinaison?

– Oui…

– Vous ne me mentiriez pas, n’est-ce pas, madame Robinson?

– Non.

Soudain une explosion se fit entendre, quelque part dans la rue.

– Vous avez entendu, madame Robinson?

Dana hocha nerveusement la tête.

– Oui…

– C’était Dieu. Il est en rogne parce que vous me racontez des craques. OK, voilà où on en est. Je n’ai pas eu besoin de lire votre badge pour savoir votre nom. Ça ne vous parle pas? Vous avez une fille, une fillette nommée Sheila.

– Comment connaissez-vous le nom de ma fille?

– C'est pas la question. Ce qui compte c'est que vous fassiez ce que je dis et c'est tout. La petite Sheila va bien… pour le moment. Elle est avec des amis à nous.

– Oh mon Dieu! Ne lui faites pas de mal. – Elle essaya de se mettre debout, mais ses genoux se dérobèrent. Elle retomba sur sa chaise. – S'il vous plaît… ne lui faites pas de mal, s'il vous plaît. Elle n'a que trois ans.

– Sheila n'aura trois ans que la semaine prochaine. Vous me racontez encore des craques. Elle sera libérée dès que nous serons sortis. On vous enverra même un gâteau d'anniversaire et un joli cadeau pour elle.

– Je vous jure… Il n'y a pas d'argent dans le coffre.

– Votre définition de "pas d'argent" est probablement un peu différente de la mienne – et vous continuez à nous faire perdre un temps précieux. Ça ne va rien donner de bien, si vous ne faites pas correctement les choses.

– Il… il faut que je tape les numéros dans l'ordinateur. C'est comme ça… que ça marche.

De sa poche de loup, Brian sortit un petit appareil, pas plus grand qu'un téléphone portable.

– Vous en avez déjà vu?

– Non.

Brian le connecta sur une prise USB de l'ordinateur.

– C'est un détecteur de conneries. En fait, c'est une calculatrice, capable de calculer des nombres à une vitesse équivalente de celle du Starship Enterprise. Impressionnée?

– Je…

– Parfait. Bon, si vous commencez à déconner avec la combinaison, cette jolie petite lady va se mettre à buzzer, m'avertissant que vous, vous n'êtes pas une lady. Pigé?

Dana hocha lentement la tête.

– Oui.

– Excellent. Maintenant, exercez votre magie comme vous voulez pour ouvrir la caverne d'Aladin. Et ne faites pas la maline. Seuls les gens stupides font les malins. Vous voulez vraiment qu'on s'en aille d'ici sans problème, hein ? Vous voulez être là pour le troisième anniversaire de la petite Sheila ?

Dana hocha la tête et se mit à taper rapidement des chiffres sur son ordinateur.

– Qu'est-ce qui ne va pas là-dedans ? fit Jim en passant la tête. Plus que quatre minutes. Grouillez-vous, putain.

– Vous mettez un temps fou, madame Robinson. Mon boss est en train de se fâcher. Il jure rarement, sauf quand il perd patience pendant un braquage de banque.

– Je travaille aussi vite que je peux. – Les doigts de Dana dansaient habilement sur le clavier. – C'est compliqué. Et c'est encore plus difficile avec des doigts en sueur.

Brian se mit à imiter Dustin Hoffman.

– *Madame Robinson, si vous m'autorisez à le dire, la conversation devient assez étrange.*

– Encore quelques secondes, s'il vous plaît… Trois ! Ça y est. La chambre forte est ouverte.

– Abracadabra, cria Brian. La porte du paradis est maintenant ouverte. Sur invitation seulement.

Jim sortit trois grands sacs du fauteuil roulant. Ils étaient décorés pour avoir l'air d'agneaux égorgés, histoire de coller avec les costumes de loup. Il revint dans le bureau et tendit un sac à Brian.

– Madame Robinson, dit Brian en prenant le sac, allongez-vous à côté de Lex Luthor. Conduisez-vous correctement pendant mon absence. Est-ce que j'ai votre parole ?

– Oui… oui, fit Dana en s'agenouillant derrière le bureau.

– Vous m'avez déjà menti une fois. Ne faites pas deux fois la même erreur.

Brian parcourut la faible distance jusqu'à la porte de la chambre forte obligeamment ouverte comme une monstrueuse blessure de métal dans le mur.

– Montre-moi l'artiche, ma biche! cria-t-il d'une voix triomphante tout en se retournant pour entrer dans la chambre en moonwalk à la Michael Jackson. Toutefois, à l'instant où il passait le seuil, le triomphe vira au désespoir. – Houston, nous avons un problème.

– Quoi ? dit Jim en se précipitant derrière lui. Qu'est-ce qui coince ?

– C'est bien une chambre forte, Jim, mais pas comme on aurait voulu qu'elle soit. Elle est vide.

La chambre forte brillait, nickel chrome, comme si elle avait été préparée pour le championnat mondial des chambres fortes super propres.

– Putain!

– Je pense qu'on a été un peu optimistes en prenant trois grands sacs, Jim.

– Foutons le camp d'ici. Allons lécher nos plaies ailleurs.

– *Madame Robinsoooooooonnnnnnnnnn!* hurla Brian en fonçant vers le bureau. – Il s'agenouilla à côté de la directrice toute tremblante et lui brandit son flingue à la figure. – Vous m'avez menti. L'absence de pognon me met en ébullition.

– Je... je ne vous ai pas menti. Je vous ai dit qu'il n'y avait pas d'argent. C'est une nouvelle procédure de sécurité, de nouvelles règles. Ils enlèvent tout l'argent une heure avant la fermeture. Vous avez manqué le fourgon de la Brinks de quelques minutes. Il y a un peu d'argent dans les caisses, mais pas beaucoup.

– Allez, on se tire! cria Jim en se précipitant vers la sortie.

– Nous sommes devant un raté dans la communication, madame Robinson. Vous auriez dû me dire tout ça avant que la merde ne percute le ventilateur. Je n'aime pas que les gens essayent de...

Le client chauve commença à s'agiter. Il grognait.

– Qu'est-ce… qu'est-ce qui m'a frappé ?

– Ça. – Brian lui cogna sur la tête encore un coup et le grand type se tut immédiatement. – Vous voyez, madame Robinson ? Maintenant, je suis vraiment en colère.

– S'il vous plaît, ne me faites pas de mal. Ne faites pas de mal à mon bébé.

– Ne soyez pas stupide. Personne ne va vous faire de mal, ni à votre bébé. Je n'ai jamais fait mal à personne de ma vie. – Il jeta un regard à la silhouette aplatie sur le sol. – Enfin, presque jamais…

– Dehors ! fit Charlie en attrapant Brian par le bras. Tout de suite.

Au poste de police de Musgrave, à un jet de pierre de la banque, le sergent Colin Lindsay était en train de répondre à son vingtième appel de la soirée. Il n'aurait pas dû être de permanence au téléphone, mais trois membres du staff s'étaient fait porter pâle, l'obligeant à faire leur boulot à tous les trois.

Au moment où il se disait que cette nuit de dingue ne pourrait pas être pire, le téléphone sonna une fois de plus.

– Poste de police de Musgrave, sergent Lindsay à l'appareil. Que puis-je faire pour vous ?

– Je crois qu'il y a un braquage en cours de l'autre côté de la rue, bafouilla une voix masculine.

– Et qu'est-ce qui vous fait penser ça, monsieur ?

– Je les ai repérés quand ils entraient. C'est ce qui m'a fait penser à ça, gros malin. Ils croyaient que je ne les voyais pas, mais faut se lever de bonne heure pour feinter Jauntry McCambridge – oh merde ! On dirait bien que je viens de vous donner mon nom. Je ne veux pas qu'on sache mon nom, des fois que quelqu'un vienne me chercher des crosses.

Lindsay soupçonnait l'homme d'avoir bu un coup de trop et même un peu plus.

– Ne vous inquiétez pas, monsieur. Je peux vous assurer que tout ce que vous me direz restera strictement confidentiel.

– Mes couilles ! Vous dites toujours ça et la première chose que vous faites c'est d'aller le raconter à tout le monde et sa grand-mère, et on me retrouvera mort dans un coin perdu, avec deux balles dans le cigare pour m'apprendre à bavasser. Tous les mouchards finissent en faire-part.

Lindsay toussa pour masquer son impatience.

– Où exactement pensez-vous que ce braquage se déroule, monsieur ?

– J'arrive pas à lire nettement le nom de l'immeuble sans lunettes. Et c'est pas cette pluie qui tombe à seaux qui va m'aider. Je crois que c'est une banque. Juste en face du Burger God – hé, à propos, vous avez déjà essayé le Big Devil Special ?

– Quoi ? dit Lindsay dont la patience faiblissait.

– Le Big Devil Special. Une offre spéciale d'Halloween pour moins d'une livre, mais sans les *chips*, ou les French Fries, comme ils les appellent maintenant. Ça reste une bonne affaire, quand on y pense. La sauce mettrait le feu au cul de Satan en personne. Un coup à vous faire péter des flammes, si vous ne faites pas gaffe. Mais j'aime pas leur café. Trop amer. Je préfère celui de McDingle. Vous en pensez quoi, vous ? Le café de McDingle ou celui de Burger God ?

– Oui, écoutez… Bon, le braquage. Vous avez des détails ?

– Des détails ? Bon… Il y avait trois loups dont un en fauteuil roulant.

– Trois loups en fauteuil roulant… ?

– Vous avez bu ou quoi ? J'ai dit qu'il y avait trois loups, mais un seul en fauteuil roulant. Ils souriaient tous en montrant les dents. En fait, en y repensant, ils avaient plus l'air de loups-garous que de loups ordinaires, comme ceux des documentaires de David Attenborough.

Non, pas encore un, se dit Lindsay. Au cours des trente dernières minutes, il avait reçu les signalements de cinq sorcières sur leurs balais survolant l'hôtel de ville en jetant des sorts sur les touristes ; d'une colonie de vampires poursuivant une ambulance en réclamant du sang ; et d'un gang de momies réclamant des pansements pour le Royal Victoria Hospital.

– Est-ce que vous, vous avez bu, monsieur ?

– C'est-à-dire que... – La voix de Jaunty s'était faite hésitante. – Juste quelques bières et deux ou trois cognacs. C'est bien pour ça que je me tape ces cafés avant de rentrer. Maggie, mon adorable femme, me tuerait si elle me voyait dans cet état. Hé merde, j'ai encore lâché un putain de nom !

– Si vous pouviez me dire autre chose sur ce cambriolage, ce que vous *croyez* avoir vu, et l'endroit où ça se passe exactement, vous pourriez enfin cesser de faire perdre son temps à la police et libérer la ligne.

– Si c'est comme ça, laissez-les donc piller cette banque. Attendez une seconde, je vais demander à cette petite dame le nom du bâtiment.

Lindsay était sur le point d'interrompre l'appel quand la voix tout excitée de Jaunty revint en ligne.

– Bank of New Republic, c'est ce que dit la dame.

– La Bank of New Republic ? Donegall Place ?

– Là où se trouve le Burger God.

– Bien, monsieur. Je vais envoyer quelqu'un voir ce qui se passe.

– Ne raccrochez pas si vite. Vous croyez qu'il y aura une récompense ?

– Une récompense ?

– Pour l'arrestation des voleurs ?

– Si vous voulez bien me donner votre nom et votre adresse, monsieur, je demanderai à la banque de le faire, fit Lindsay avec un large sourire.

– Mon cul, oui! Vous n'aurez pas mon adresse. Aucune récompense ne vaut ça!

La communication fut coupée et, pendant quelques secondes, Lindsay s'interrogea sur la fiabilité de l'informateur. Il n'avait pas l'air crédible. D'autre part, il se retrouverait dans la merde si un braquage avait vraiment lieu et que les huiles s'apercevaient plus tard qu'il n'avait pas bougé.

– Je hais la garde d'Halloween, marmonna-t-il en appelant à une action rapide et silencieuse sur un possible braquage en voie d'exécution. Loups-garous, mon cul poilu...

Le trio émergea de la banque juste au moment où les gyrophares de la police illuminaient les rues dégoulinantes de pluie. Comme ils atteignaient un coin de rue, une voiture de police s'arrêta brusquement devant la banque et vomit quatre flics quasi identiques, tous en surpoids, jeunes et énervés.

– Marchez lentement. Ne paniquez pas, souffla Jim.

Alors que les trois loups atteignaient l'autre bout de Donegall Place, un groupe de jeunes femmes, légèrement éméchées et déguisées en sorcière, sortit de nulle part et se mit à les suivre.

– Où est-ce que ça danse, monsieur Loup? demanda une jolie sorcière au teint vert en ébouriffant la face velue de Charlie.

En dépit du froid féroce de la nuit, sous le masque, des gouttes de sueur dégoulinaient du front de Charlie et lui piquaient les yeux.

À deux pas de là, deux croiseurs déboulèrent, toutes sirènes hurlantes, et vinrent couper en deux la circulation nocturne, comme Moïse avec la mer Rouge.

– Tu as perdu ta langue, monsieur Loup ? dit Jolie Sorcière en pinçant gentiment les fesses de Charlie.

Un troisième croiseur apparut et ralentit presque aussitôt. Un flic à l'air méfiant se mit à fixer salement la bande de loups et de sorcières.

– Putain de merde ! – Charlie pressa l'index contre la détente de son Cobra.

– Doucement… doucement, dit Jim. Pas de gestes inconsidérés. Attends mon signal.

– Allez. Ne sois pas comme ça, monsieur Loup. Où est la fête ? dit Jolie Sorcière en caressant agressivement les couilles de Charlie.

– Et pourquoi tu fermerais pas ton putain de clapet ? fit Brian, à bout de nerfs et de patience.

– Quoi ? Qu'est-ce que t'as dit ? – Jolie Sorcière esquissa un geste menaçant vers Brian.

La voiture de police s'arrêta brusquement. La porte du passager s'ouvrit et le flic à l'air méfiant sortit, la main posée sur le holster de son flingue.

– On s'arrête et on ne bouge plus.

Jim fit demi-tour sur lui-même, le fusil toujours caché, mais pointé sur le ventre du flic.

– Est-ce que cette fille vous importune ? demanda Méfiant en regardant Jim.

– Quoi ? Oh, disons que ça nous arrangerait si elle et ses copines suivaient un autre chemin que le nôtre, monsieur l'agent. Pour tout vous dire, elles m'ont l'air un peu ivres.

Méfiant hocha la tête et s'adressa à Jolie Sorcière.

– Bon, vous et vos amies, vous allez changer d'itinéraire.

– On était juste en train de s'amuser un peu…

– Tout de suite, avant que je change d'avis et que je vous arrête pour harcèlement sexuel.

– Harcèlement sexuel… ?

– Vous voulez finir Halloween dans une cellule pleine d'urine ?

– Non… marmonna Jolie Sorcière en se tournant pour lancer un regard assassin à Jim. Tu fais un drôle de loup, espèce de pauvre mauviette. C'est un sort que j'aurais dû jeter à ton cul en peluche.

– Je ne vous le répéterai pas, jeune dame. Dégagez ou je vous arrête.

Jolie Sorcière fit un petit bruit de bouche, avant de repartir lentement dans l'autre sens avec ses amies.

– De nos jours, les jeunes femmes pensent qu'elles peuvent faire ce genre de choses ; elles croient que c'est admissible. Si les hommes en faisaient autant, on crierait immédiatement au meurtre. Bon, les gars, faites attention à vous et bonne fin de soirée.

– Merci, monsieur l'agent, dit Jim en entraînant sa meute vers des chemins moins dangereux.

– Ah, les femmes, murmura Méfiant en regardant l'assemblée de sorcières s'éloigner dans la rue. Rien que des fouteuses de merde.

2

Dans la ville il y a un millier d'hommes en uniformes et j'ai entendu dire qu'ils ont maintenant le droit de tuer un homme.

The Jam, "In The City"

Le poste de police d'Antrim, au nord de Belfast, est une monstruosité de béton et de métal, un vestige de l'ère Thatcher et de son cortège de suicides, de désolations et de misère endémique. Le bâtiment est bien à l'abri derrière des boucliers de métal supposés à l'épreuve des bombes, chacun pointé vers le ciel et sporadiquement illuminé de couleurs vives, comme pour ajouter gaieté et chaleur à la menace et au danger de tous les jours.

Le problème avec l'expression "à l'épreuve des bombes", c'est que rien à Belfast n'est jamais *vraiment* à l'épreuve des bombes, à l'exception des nombreux bureaux de chômage éparpillés dans la ville.

Des douzaines de caméras de sécurité saluaient nerveusement le visiteur – les quelques braves qui osaient mettre le pied dans cet endroit intimidant. Ils se retrouvaient dans un monde surréel de silence suffocant et de morosité grise, comme si on les avait bouclés dans une tombe particulièrement horrible. Les suspects politiques que l'on amenait pour être interrogés pouvaient trouver que le mot "tombe" était le plus approprié.

Pour être honnête, pendant la guerre, il avait eu plus que sa part de bombes et de balles. Mais tout ça, c'était avant que l'Accord du Vendredi saint soit signé et mette partiellement fin au carnage. L'IRA et l'armée britannique acceptaient d'arrêter de se tirer dessus, mais pas mal de gens trouvaient que la paix était un concept très inquiétant.

Toutefois, l'inspecteur principal Harry Thompson de la section Crimes graves n'était pas l'un d'entre eux. Ressemblant à Bob Hoskins, bâti comme un taureau sous stéroïdes, son visage avait l'air beaucoup plus dangereux que celui de la majorité des affreux qu'il mettait sous les verrous, un visage que seule une mère ou une épouse pouvait aimer. Une aura de menace planait autour de lui et, quand il parlait, selon ses sautes d'humeur c'était soit sous la forme d'un grondement féroce, soit d'un grognement.

Bien qu'il ait perdu l'index et le pouce de la main gauche des années plus tôt, quand une bombe loyaliste avait explosé dans un café du centre-ville, il était toujours flic et se frayait son chemin dans la hiérarchie. L'explosion et la quantité innombrable de greffes de peau, sur sa main et le haut de son torse, qui s'étaient ensuivies, n'avaient fait que le rendre plus cynique, plus conscient de la vulnérabilité des autres, pas de la sienne.

Mais aujourd'hui, à moins d'un mois de la retraite, il était plus que satisfait d'aller s'installer paisiblement dans les confins du commissariat. Ensuite, il irait naviguer dans le soleil couchant avec Elaine, sa femme adorée.

En regardant autour de lui, il avisa trois de ses détectives qui passaient alternativement de la télévision à la lecture du journal. Bill McCauseland, un vieux copain qui totalisait plus de vingt ans de service ; Robert Boyd, une tête brûlée envoyée à Harry pour un stage de réhabilitation largement mérité ; et Jeffrey Kerr, la plus jeune et la plus récente recrue de l'équipe, à peine sevré, comme Harry aimait à le dire.

Autrefois, l'escouade de Harry avait compté jusqu'à huit inspecteurs, mais les compressions et le rapport Patten* l'avaient rudement décimée. Le bâtiment lui-même, à l'époque, avait été géré par un staff de plus de

* Patten : auteur d'un rapport modifiant le système de maintien de l'ordre en Irlande du Nord après la guerre civile.

cinquante personnes, allant des flics aux agents d'entretien en passant par le personnel de la cantine, mais ce nombre avait été lui aussi diminué drastiquement. Ne restait maintenant qu'une équipe squelettique, pas plus de cinq ou six personnes à chaque roulement. Depuis que les agents d'entretien et de cantine avaient été licenciés, on attendait des flics qu'ils fassent le ménage eux-mêmes et qu'ils apportent leur bouffe s'ils voulaient manger. Harry se plaignait souvent que ce n'était qu'une question de temps avant qu'on ne leur fasse faire aussi les vitres.

– Encore une soirée passionnante au ranch Chaparral, hein, Harry ? dit McCauseland.

– Touche du bois pour que ça reste comme ça, Bill. Quoi de notable dans le canard ?

– Pas grand-chose, mais il y a quand même une statistique intéressante. On a acheté cette année à Belfast huit mille battes de base-ball. Le plus marrant, c'est qu'on n'a acheté que vingt-quatre balles, sourit McCauseland. Il est temps qu'on demande aux gens une sorte de licence, rien que pour prouver qu'ils respectent la loi.

– Et les genoux, compléta Harry.

– Vous voulez que je vous apporte un café, monsieur ? dit Kerr, en surgissant de nulle part, souriant comme un curé dans un camp de nudistes pour boy-scouts. Harry avait cantonné Kerr au bureau et à la cuisine, à la théière et à l'agrafeuse, parce que c'était tout ce qu'il voulait confier au bleu pour l'instant.

Il fixa Kerr quelques secondes, en considérant l'offre. Il devait y aller mollo sur la prise de liquide en raison d'une cystite interstitielle, une affection qui l'obligeait à pisser toute la journée. Pour couronner le tout, il souffrait également d'un syndrome du côlon irritable. Certains jours, il se sentait comme le pauvre Job, souffrant des deux affections, sans savoir s'il avait envie de chier ou de pisser.

– Non merci, Kerr. Je vais attendre un peu.

Kerr était affable et toujours bouillonnant d'enthousiasme, mais Harry soupçonnait le jeunot de n'être qu'un cheval de Troie, une de ces incarnations des nouvelles races d'étalons créés par le pouvoir en place pour pousser vers la sortie les vieux chevaux de trait comme Harry et ce qui restait encore de son équipe. Pour lui, il ne faisait guère de doute que le vieux gang finirait, un jour ou l'autre, à la pâture avant de terminer à l'équarrissage comme le vieux Malabar dans *La Ferme des animaux*.

– Monsieur, fit une voix derrière lui, interrompant ses pensées. Harry se retourna sur l'inspecteur Trevor Andrews, autre recrue récente, qui ne faisait pas officiellement partie de son équipe, mais qu'il soupçonnait également d'être un Troyen. Même s'il devait d'admettre de temps en temps qu'il était un peu parano.

– Oui. Qu'est-ce qu'il y a, Andrews ?

– Un rapport sur une tentative de cambriolage, monsieur.

– Où ?

– Bank of New Republic, Donegall Place. Le rapport initial dit que trois hommes lourdement armés sont impliqués.

Lourdement armés ? Merde ! Deux mots que Harry ne voulait plus entendre à ce moment de sa carrière.

– Des blessés ?

– Pas selon le rapport initial, monsieur.

– Bien, c'est déjà ça. Combien d'argent ont-ils pris ?

– Le rapport initial indique qu'ils sont repartis les mains vides.

– Le rapport initial ! Le rapport initial ! Pour l'amour de Dieu, mon gars ! Vous ne pouvez pas parler autrement qu'avec des phrases toutes faites ?

– Désolé, monsieur. C'est comme ça qu'on m'a appris à faire des rapports.

– Oui, bon… ça devient vite fatigant. Essayez plutôt de parler normalement. Vous n'êtes pas dans une émission de télé.

– Est-ce que je pourrais y assister, monsieur ? interrompit Kerr. Ce serait mon premier vrai test en tant qu'inspecteur.

– Assister ?

– À la scène de crime, monsieur. Ce serait une bonne expérience pour moi.

Assister ? Non, mais quoi encore ?

– Ce n'est pas un concert de gospel. On n'*assiste* pas à une scène de crime. – Harry regardait ce visage jeune et ardent qui rayonnait d'enthousiasme. Un vrai désastre en instance. La vision de Kerr trébuchant en battant désespérément des bras et flinguant un paisible passant, peut-être Harry lui-même, le submergea soudain. – Pas cette fois. On est un peu court avec juste Andrews et une dispatcheuse en service. Peut-être la prochaine.

– Merci, monsieur ! J'apprécie vraiment beaucoup, monsieur.

Harry fit un signe de tête en direction de McCauseland et de Boyd.

– Allons-y. Je ne veux pas…

Harry se sentit partir avant même de pouvoir finir sa phrase. Il dut se rasseoir. Il ne s'était pas senti comme ça depuis un bon moment. Un coup de faiblesse à vous pulvériser l'échine l'avait littéralement laissé sans force. Il n'aimait pas le sale goût que ça lui avait laissé dans la bouche ni la sensation d'oppression sur sa cage thoracique. Le signe prémonitoire d'une saloperie en cours ?

Instinctivement, ses doigts fouillèrent sa poche. Une médaille. Un Saint-Christophe, usé à ne presque plus pouvoir le reconnaître. Le cadeau qu'une victime visée par un attentat à la bombe lui avait glissé dans la main, alors qu'il gisait en pleine rue dans son sang. Un paiement papiste dans une poche presbytérienne.

Prends-en soin et elle prendra soin de toi.

En veillant à ce que personne ne le regarde, il la caressa, légèrement embarrassé, mais il se sentit néanmoins un peu mieux.

– Ça va, Harry? demanda McCauseland, l'air un peu inquiet.

– Oui, Bill, ça va. Préparez la voiture. Je serai là dans une minute. Dis au reste du groupe que je ne veux pas d'héroïsme. On doit tous revenir sain et sauf.

Encore un mois. Tu peux le faire.

3

> “C’est comme baiser Belfast une mauvaise nuit.”
> Harold Shand dans *Du sang sur la Tamise*

Ailleurs, à moins d’un mile du quartier général plein d’espoir de Harry, la propagation d’un joyeux optimisme était moins évidente.

– J’arrive pas à y croire, dit Charlie en fixant le verre vide qui tremblait dans sa main. On a risqué nos vies pour un gros que dalle.

– Arrête de geindre, fit Jim en lui versant un autre verre de Bushmills avant de se servir. – Sa rage de dents continuait à le rendre dingue. Il prit rapidement une goulée du liquide et l’envoya vers sa dent malade dans l’espoir d’atténuer la douleur. – On aurait dû être au courant du changement de consignes.

– *On?* Qu’est-ce que ce *on* vient foutre ici ? C’était *ton* plan, si tu t’en souviens. Brian et moi n’avions rien à voir avec ça. Tu prétendais avoir des infos de l’intérieur, quelqu’un au courant de toutes les dispositions. Maintenant tu me dis que c’était une femme de ménage de la banque. Une femme de ménage de *soixante-dix ans*! Pas étonnant que tu aies été si réticent à nous le dire, salopard.

Charlie descendit son whisky en une seule goulée. Il leva son verre. Jim le remplit avant d’aller vers la fenêtre.

Il était certain d’entendre encore les sirènes, bien que le trio soit maintenant à deux bons miles de cette putain de farce, bien planqué en lieu sûr. Il toucha instinctivement le tatouage de son cou : un rosaire complet entortillé autour d’un christ supplicié, crucifié et inquiet comme s’il avait participé au raid manqué à la banque.

– Écoute, ça ne sert à rien de se disputer, Charlie. Ce qui est fait est fait. Tout ce qu'on peut faire, c'est rester ici peinards. Je vais réfléchir à un autre plan.

– De quoi tu parles, putain ? Tu serais devenu comédien du jour au lendemain ? Tu *vas* réfléchir à un autre plan ? Parfait, tu peux réfléchir à tous les plans que tu veux, du moment que je n'en fais pas partie.

– Un loupé et tu veux déjà tout laisser tomber ?

– C'est la *taille* du loupé. On aurait aussi bien pu se faire tuer. Et pour quoi ? Des poches vides et une cellule pleine.

Jim traversa la pièce et alluma la télé. Les infos locales allaient commencer incessamment. Juste à ce moment, la porte s'ouvrit et Brian sortit des toilettes comme un dogue allemand à un concours de pesage de couilles.

– "*Messieurs, vous ne pouvez pas vous battre ici ! On est dans la Salle de Crise** *!*"

– Arrête avec tes dialogues de film, Brian. Okay ? On parle sérieusement.

– Tout est toujours sérieux avec toi, Charlie. Tu vas finir par te filer un infarctus, si tu fais pas gaffe. Souris un peu.

– Sourire ? Pendant que tu étais aux chiottes à te soulager l'esprit, notre petit génie chargeait le mien. Il venait juste de finir de me raconter comment il avait eu l'info sur la banque : une femme de ménage de *soixante-dix ans*. Tu le crois, ça ?

– Et alors ?

– Alors ? Il y a pire. Elle a quitté la banque il y a environ six mois. Tu parles d'une info à jour. Un putain de racontar de vieille fille. Tout est foutu.

– "*Rien n'est foutu, mec.*" – Brian s'assit à la table au centre de la pièce. – "*Allez, mec, là je ne te reconnais vraiment pas*** ."

---

* Réplique du *Docteur Folamour.*

** Réplique de *The Big Lebowsky.*

– Je le jure devant Dieu, dit Charlie en lui lançant un regard assassin, si tu cites encore une fois un putain de dialogue de film, je ne réponds plus de rien.

– Il faut voir les choses avec philosophie, Charlie. On s'en est sortis sans être pris ni tués. C'est quand même un gros plus.

– C'est qu'un tas de merde et tu le sais parfaitement. On a pris de gros risques pour que dalle.

– Qui a dit que c'était que dalle ? fit Brian avec un grand sourire.

Jim et Charlie le regardèrent poser un sac de voyage en peau de mouton sur la table.

– Qu'est-ce que c'est ? demanda Charlie.

– Ça me semble évident, non ? C'est un de nos fameux sacs de voyage en peau de mouton. – Brian mit la main à l'intérieur. Émit un grognement sonore comme un pet sortant du plus profond de ses entrailles et, au lieu d'en extraire des boyaux, il en tira une grosse valise.

– D'où tu sors ce truc ?

– Du cul du mouton.

– Tu ne pourrais pas être sérieux une seconde ?

– Pour votre gouverne, pendant que vous sortiez de la banque en courant et en couinant comme des gonzesses, la culotte sur les chevilles, le Brave Brian aux Bigs Balloches a eu une autre idée. J'ai chopé la grosse valise luxueuse de Lex Luthor, au cas où elle contiendrait quelque chose de valeur.

– Alors ? C'est le cas ?

Brian ouvrit la valise.

– Bof, il y a juste quelques sous…

Charlie et Jim s'approchèrent. Scrutèrent le contenu de la valise, les yeux écarquillés, comme des gosses le matin de Noël.

– Mon Dieu… souffla Charlie. C'est dingue…

– Vaut mieux être dingue pour survivre à Belfast, dit Brian dans un éclat de rire.

Jim n'avait encore rien dit. Il restait planté là, comme hypnotisé.

– Combien… combien ça fait ? murmura Charlie, les yeux fixés sur les piles de billets.

Brian soupesa le sac.

– Je dirais un demi-million. En fait, c'est exactement ce qu'il y a là-dedans.

– Un demi-million… ? T'es sûr de pas merder ? finit par dire Jim.

– Oui, j'ai chié tout mon saoul il y a quelques minutes, mon pote. Disons que j'ai évalué tout en évacuant.

– On peut vraiment mettre un demi-million dans une valise ?

– Ben, voici une valise. Dedans, il y a un demi-million. Ça répond à ta question, non ?

– Je vais même pas me demander si tu t'es lavé les mains, dit Charlie en prenant Brian dans ses bras et en l'embrassant plusieurs fois sur chaque joue. Tu es un délicieux petit enfoiré, Brian Ross.

– "*Dieu m'en est témoin,* chanta Brian avec la voix de Scarlett O'Hara, *je n'aurai plus jamais faim.*"

Charlie et Jim éclatèrent de rire en se tapant dans les mains.

– Ça s'arrose, dit Jim, et il se dirigea vers le frigo d'où il sortit trois bouteilles de Harp et trois verres à Guinness glacés.

– C'est de l'abus d'alcool, se plaignit Charlie, en regardant Jim remplir le premier verre.

– Qu'est-ce que tu radotes encore ? dit Jim en lui tendant le verre de bière.

– De la Harp dans un verre de Guinness, ça c'est abuser.

Ils rigolèrent tous les trois. Un demi-million de rigolades.

La télé commençait à diffuser les nouvelles. Émeutes dans toute la Grande-Bretagne, c'était la principale info. Des jeunes balançaient des cocktails Molotov, des tonneaux de bière et des pavés sur des CRS bien protégés.

– Et ils ont le culot d'appeler *ça* émeutes, dit Brian. Ça ressemble plutôt à une bonne soirée.

Rires redoublés.

Quelques minutes plus tard, ce fut le tour des nouvelles locales.

– Attendez, dit Jim en montant le volume. Écoutons ça.

"D'après la police, une tentative de vol à main armée a été déjouée à la Bank of New Republic, Donegall Place, dans la soirée. Les voleurs, déguisés en loups, se sont enfuis de la banque, manquant de peu se faire appréhender par des policiers prévenus par téléphone. La police précise que personne n'a été blessé, et qu'aucune somme d'argent n'a disparu, grâce aux nouvelles mesures de sécurité draconiennes mises en place par la banque. Les enquêteurs étudient les films des caméras de surveillance, dans l'espoir d'y trouver des indices pour identifier les malfaiteurs."

– Ça va leur faire une belle jambe, d'examiner les caméras de surveillance, dit Charlie. Quoi ? Qu'est-ce qui ne va pas, Jim ?

– Aucun blessé. Pas d'argent volé.

– Viens-en au fait.

– Et ce qu'il y a devant nous, c'est un mirage ?

– Qu'est-ce que tu veux dire, merde !

– Vous êtes assis, là, avec un demi-million sur les genoux. Voilà ce que je veux dire. Pourquoi ils n'en parlent pas aux infos ?

Charlie haussa les épaules.

– Qu'est-ce qu'on en a à foutre ? C'est à nous maintenant.

– Pourquoi ils ne parlent pas du client que Brian a cogné ?

– Où veux-tu en venir ?

– Qui que ce soit, ce type n'a aucune envie que les flics ou le public apprennent qu'il trimballait du fric et qu'il a été agressé. Pourquoi veut-il cacher qu'il s'est fait piquer un demi-million ?

– Ça doit être du pognon de la drogue ou d'un autre truc illégal. C'est pour ça qu'il n'a rien dit. Il a probablement quitté la banque le plus vite possible, de peur que les flics veuillent lui dire deux mots.

Jim hocha la tête.

– C'est possible, d'autant que la banque doit le connaître, puisque c'est un client. D'un autre côté, ils ont dit aux flics et à la presse qu'on a fait chou blanc. Sans doute parce que la banque blanchit l'argent de la drogue. C'est couru.

– Saloperies de trafiquants de drogue. Je les hais autant que ces voleurs de banquiers et ces menteurs de politiciens, proféra Brian, saisi d'une juste colère.

– Ben moi, sourit Charlie, ça va augmenter mon plaisir de dépenser ce pognon.

– Il va quand même falloir être prudent avant de commencer à le dépenser, dit Jim en regardant Charlie. Le gars que Brian a assommé m'a tout l'air d'être atteint de l'Alzheimer irlandais.

– Hein ?

– Il oublie tout, sauf la rancune.

– Je ne suis pas stupide. Je ne vais pas sortir d'ici m'acheter une voiture pour remplacer mon tas de boue, ou donner à ma Rosie les clés d'une nouvelle maison. Je sais être subtil quand il le faut.

– Subtil, toi ? – Brian éclata de rire. – Aussi subtil que Kathy Bates avec une masse dans *Misery*.

– Y a pas de quoi rigoler, Brian, dit Jim en se frottant à nouveau la joue. Qui que ce soit, ce trafiquant de drogue, il fait sûrement partie d'un gang et ils risquent de ne pas apprécier qu'on leur ait fauché leur fric. C'est pas des flics. Ils vont pas se contenter de nous mettre derrière les barreaux, s'ils nous chopent.

– Comment pourraient-ils bien nous choper ?

– Je dis juste qu'il va falloir être super prudent en dépensant notre argent.

– Tu ferais mieux de le lui dire à *lui,* fit Charlie en désignant Brian. La première chose qu'il va faire, c'est s'acheter encore plus de comics et de jouets pour sa collection.

– Je te l'ai déjà dit, Charlie, ce ne sont *pas* des jouets, répondit Brian, ce sont des investissements autant que du plaisir. Mieux que ta collection de vieux tickets perdants de bookmakers. Mais je reste certain d'une chose, c'est que je n'irai jamais déposer ma part dans une banque. Il y a trop de sales voleurs qui tournent autour.

Charlie s'esclaffa, mais Jim resta mortellement sérieux.

– Promets-le-moi, Charlie. Promets-moi que tu ne laisseras pas flotter les rênes là-dessus.

Charlie considéra quelques secondes l'air sérieux de Jim. Ce n'était pas une simple demande.

– OK. Je promets. Croix de bois, croix de fer, si je mens je vais en enfer.

4

"C'est une belle nuit, alors je pense que je vais aller rejoindre mes camarades et parler un peu de trahison."

Michaleen Oge Flynn
dans *L'Homme tranquille*

Réunis dans le spacieux salon privé d'un restaurant réputé du centre-ville, un troisième groupe de citoyens préoccupés – Conor O'Neill, George Magee, Barney Dennison et Seamus Nolan – s'était retrouvé, juste au moment où Harry et son équipe descendaient à toute allure Antrim Road dans une voiture de police banalisée.

Tout comme Harry et le gang de Jim – peut-être même plus –, ce petit groupe était extrêmement intéressé par les événements survenus au cours des deux dernières heures. Toutefois, alors que l'équipe de Harry fonçait, chargée d'adrénaline, et que le gang de Jim était tout à la joie d'une richesse aussi nouvelle qu'inattendue, ce groupe avait l'air sinistre et abattu.

Le leader du groupe, Conor O'Neill, fumait une pipe Caminetto malgré le panneau NO SMOKING affiché sur la porte.

O'Neill était un homme charismatique, connu pour son intelligence aiguë et son sens pointu de la justice. Sans prétention ni verbe haut, il était craint et respecté par ses amis aussi bien que par ses adversaires. Quand la situation le nécessitait, il pouvait être aussi impitoyable qu'un lion affamé ; le reste du temps, il était magnanime.

Membre fondateur de la Fraternité pour la liberté irlandaise, il ne manquait jamais la messe du matin. Même pendant les jours sombres de la guerre, alors qu'il était pourchassé par l'armée britannique et les flics, il s'arrangeait pour recevoir le corps sacré du Christ sur sa langue ardente et savait se déguiser de façon à tromper même ses amis les plus proches. Devenu veuf au milieu de la trentaine quand sa femme Bridget fut descendue par des terroristes, ses amis l'avaient surnommé De Gaulle en raison des multiples tentatives d'assassinat auxquelles il avait échappé au cours de sa vie.

Conor abandonna sa pipe et s'adressa à l'assemblée :

– Nous avons déjà subi quelques vrais désastres à l'époque, mais je n'ai pas de mots pour décrire cette mascarade.

– Au moins Seamus a pu sortir de là avant que les médias et les flics ne s'en mêlent, fit remarquer George Magee, nerveux.

Magee, un sosie de Beethoven, avait été le chef comptable de la Fraternité à Belfast. Avec le début du processus de paix, ce titre militariste était bien sûr devenu difficile à accepter pour les unionistes. Aussi, passez muscade, il fut vite recyclé en collecteur de fonds en résidence.

Magee avait gagné le surnom de Ghoulish George, George le Macabre, à cause de son penchant pour les funérailles – y compris celles de gens qu'il ne connaissait pas, pour lesquels il n'avait pas une once d'affection –, aussi bien que pour son habitude de rôder autour des cimetières et de chaparder les fleurs des morts. Il les mettait ensuite dans des albums qu'il collectionnait, il en avait maintenant des quantités.

– C'est supposé me rassurer, George ? dit Conor. Un peu comme un médecin qui diagnostiquerait un cancer en disant au malade qu'il ne lui bouffait *que la moitié* du corps ?

– C'était juste pour dire.

– Ne dis pas *juste*. Explique. Explique comment on s'est fait piquer un demi-million sous notre nez par des amateurs incapables de braquer une banque sans se prendre les pieds dans le tapis.

– J'ai déjà expliqué qu'ils étaient armés jusqu'aux dents. – Le crâne chauve de Nolan virait au cramoisi. – J'aurais pu me faire descendre.

– Oui, mais tu ne t'es pas fait descendre, non ? Tu t'es pris une tape sur la tête, au lieu d'une balle. C'est la seule chose qui te soit arrivée, contrairement au bordel que tu as créé.

– Je n'ai pas créé ce bordel, se hérissa Nolan.

– Seamus, calme-toi, intervint Dennison.

Dennison était l'officier chargé des relations publiques pour l'organisation. C'était un personnage tout petit, qui ressemblait étrangement – sans toutefois le talent, l'esprit et la sagesse – à Truman Capote. Il était surnommé le Nain Anonyme pour ses tendances notoires à frapper ses adversaires dans le dos, en se cachant derrière un pseudonyme, sous lequel il écrivait dans un torchon hebdomadaire local.

– On doit aller au fond des choses avant d'envoyer un rapport à Dublin. Ils ne sont pas vraiment heureux de ce qui est arrivé.

– Et moi, putain, je le suis peut-être ? cracha Nolan.

– Tu étais supposé être à la banque deux heures *avant* l'heure à laquelle tu y es arrivé, coupa Conor. Si tu avais respecté les instructions, l'argent aurait été tranquillement enlevé par la Brinks, et pas par ces Trois Stooges.

– Je t'ai déjà expliqué que je croyais être suivi et que j'ai fait un tas de détours pour couvrir mes traces.

– Tu croyais ? J'aimerais pouvoir en dire autant de ton histoire.

Les yeux de Nolan s'étrécirent.

– Qu'est-ce que c'est sensé vouloir dire ? Tu me traites de menteur ?

Conor se dirigea lentement vers Nolan, l'examina comme un surineur expérimenté examine l'habileté de son adversaire avec une lame. Pendant une dizaine de secondes tendues, les deux hommes s'affrontèrent en un

Mexican standoff* à la belfastoise, avant que Magee ne finisse par se glisser entre les deux.

– Seamus, t'es devenu dingue ou quoi ? Conor aurait pu ordonner une enquête au tribunal, avant de te faire passer en cour martiale pour insubordination. C'est ça que tu cherches ?

Seamus haletait. Les dents visibles au-dessus de sa lèvre inférieure, les traits de son visage avaient pris un aspect animal.

– Est-ce que tu as entendu ce que je viens de dire, Seamus ? – La voix de Magee commençait à grimper dans les aigus.

Nolan cligna des yeux plusieurs fois, comme s'il sortait de transe. Son regard fit le tour de la pièce, avant de se fixer sur Magee.

– Oui… Je t'ai entendu.

– Excuse-toi auprès de Conor, tout de suite.

Nolan retint sa respiration avant de souffler lentement.

– Je suis désolé. Je me suis laissé emporter.

Conor tira sur sa pipe. Exhala la fumée, puis, calmement mais avec un soupçon de menace :

– Arrange-toi pour que ce soit la dernière fois que tu te laisses emporter, sinon c'est toi qu'on emportera. C'est clair ?

– Oui, fit Nolan après un temps.

– Bon, voilà ce qu'on va faire, dit Conor en s'adressant à l'assemblée comme si rien ne s'était passé. Je vais faire appel à une agence extérieure pour régler ce bordel, et puis nous…

– Une agence *extérieure* ? interrompit Nolan, comme si on l'avait encore une fois cogné sur la tête. Tu plaisantes ?

* "Impasse mexicaine" : situation où au moins trois individus se menacent mutuellement et où aucun n'a intérêt à attaquer le premier.

– Tu m'as vu rigoler ?

– Un abruti foireux m'a collé un flingue sous le nez avant de m'assommer, et tu veux faire venir quelqu'un de l'extérieur pour arranger le coup ? C'est moi qui dois régler ça, pas quelqu'un de l'extérieur.

– C'est plus important que tes blessures au crâne ou à l'amour-propre. Il nous faut un intermédiaire pour sortir de ce merdier. On doit lancer un message clair, mais sans que le doigt du blâme soit braqué directement sur nous.

– Rien à foutre de ça. Tu crois vraiment que je vais laisser n'importe quel clown se vanter de ce qu'il m'a fait ? Personne ne m'humiliera pour ensuite s'en sortir.

Conor examina Nolan pendant quelques secondes avant de se tourner vers Magee et Dennison.

– George ? Barney ? J'ai besoin de dire un mot en privé à Seamus.

Les deux hommes hochèrent la tête et Conor les accompagna jusqu'à la porte.

– J'ai quelque chose à dire à Barney, George. On se verra ce soir après sept heures.

– Parfait, Conor.

Magee parti, Conor chuchota à l'oreille de Dennison :

– Prends contact avec Doc Holliday. Vérifie ce qu'il sait du braquage et reviens vers moi, aussi vite que possible.

Dennison acquiesça d'un signe de tête et sortit. Conor reporta alors son attention sur Nolan.

– Tu sais que je te méprise ; depuis toujours. Je sais que tu te crois très malin, mais pour moi tu es un livre ouvert, et pas un très bon.

– Maintenant que nous sommes seuls, j'apprécie qu'on puisse parler franchement sans que tes enfants de chœur écoutent. Tu ne m'aimes pas et je ne t'aime pas. Rien de nouveau sous le soleil, hein ?

– Je t'ai regardé évoluer comme un petit voyou, une petite brute sadique. La seule chose qui ait changé pendant toutes ces années, c'est ta taille. Maintenant, tu es un gros voyou et une grosse brute sadique. Je déteste ce que tu fais ; toi et ton équipe de demeurés, et le fait que tu te sortes de tout ça juste parce que ton oncle est une pointure dans le mouvement.

– Tu crois vraiment que j'en ai quelque chose à foutre de ton prêchi-prêcha ? Tu détestes le fait que je traque les informateurs et que je les exécute. Je fais le sale boulot pour que les gens comme toi puissent garder le nez propre et présentable. Les gens comme moi sont l'épine dorsale du mouvement.

– Épine dorsale ? Tu n'es qu'un psychopathe, purement et simplement, un chien enragé qui aurait dû être abattu depuis longtemps.

– Si je me laissais aller, je pourrais prendre ça pour une menace.

– Prends-le comme tu veux.

– Tu sais ce qui me rend vraiment malade ? C'est toute cette merde moralisatrice de je-vaux-mieux-que-toi. C'est quand même un peu gonflé venant de ta part, avec tous les gens que tu as flingués quand tu étais le sniper le plus redouté du Nord. Je parie que tu n'en as pas le moindre remords.

– J'ai tué selon les nécessités et les circonstances de l'époque. Tous les morts appartenaient à l'armée. Jamais de civils.

– Tu veux que je t'apprenne une vérité très dérangeante ? On est pareils, toi et moi. On prend juste notre boulot différemment. Maintenant tu pries, moi j'occis.

Une expression de mépris envahit le visage de Conor.

– Toi et moi, nous sommes faits d'étoffes très différentes. Je connais les belles histoires que tu racontes à ceux que tu vas exécuter ; qu'ils ne doivent pas s'en faire, qu'ils seront bientôt chez eux avec ceux qu'ils aiment, leurs femmes, leurs enfants.

– Toujours les tenir au calme, jusqu'à ce que ça n'ait plus d'importance. C'est ma devise. Je les traite charitablement, je vais même jusqu'à donner des cigares ou des barres de chocolat à certains.

– Et tu dors, la nuit ?

– Aussi profondément que toi. À la différence de tes tirs à longue portée, il faut que je les regarde dans les yeux avant de les descendre. Ça doit être vachement commode de regarder à travers la lunette d'une carabine, ne jamais voir en face ceux que tu tues. Ce ne sont que des silhouettes, et ensuite tu te permets de juger les autres, ceux qui sont obligés de travailler de plus près, plus personnellement.

– Mais tu ne les regardes jamais dans les yeux, n'est-ce pas ?

– Merde, qu'est-ce que tu en sais ?

– Oh, je le sais bien. Je sais que tu ne les tues que dans le dos.

On aurait dit que Nolan venait de prendre un coup au-dessous de la ceinture. Il s'approcha à quelques centimètres du visage de Conor.

– Tu devrais vraiment faire gaffe à ce que tu dis sur moi, vieux. *Vraiment.*

– Hors de ma vue. Peut-être que cette fois ton oncle ne te sauvera pas la mise.

Nolan fit demi-tour et s'éloigna d'un pas nonchalant. Il ouvrit la porte et se retourna pour regarder Conor dans les yeux.

– Souviens-toi de ce que j'ai dit : personne ne peut m'humilier et s'en tirer comme ça. *Personne.*

Et il sortit en claquant si fort la porte derrière lui que les assiettes en tremblèrent sur la table.

5

Il y a un homme par ici qui est connu sous bien des noms
Il décide qui apaiser et qui blâmer
Tout le monde ne sera pas traité de manière équitable…
Quand il arrivera
Johnny Cash, "When the Man Comes Around"

Le Brighton Building, dans Alfred Street à Belfast, est un bâtiment prestigieux de cinq étages, comprenant quarante-huit appartements de luxe si recherchés qu'ils n'apparaissent que rarement dans les annonces immobilières. Le BB, comme on l'appelle localement, est situé pile poil dans le centre, tout près de l'hôtel de ville et des autres monuments visités par les touristes du monde entier.

Parmi les résidents de l'immeuble, on comptait deux auteurs de best-sellers, deux professeurs de la Queen University et quatre stars locales de la télévision et de la radio.

L'un d'entre eux, Rasharkin, appartement 4F, avait été pendant des années un collectionneur d'art passionné, chassant avidement tout ce qui avait trait aux illustrés américains, mais surtout ceux de Harmenszoon, mononyme créateur visionnaire, à l'instar de Dieu, d'une quantité de super-héros, de méchants et de divinités pour l'univers cosmique des comics. À ce jour, la collection Rasharkin ne comptait pas loin de quatre mille pages, l'une des plus grandes compilations privées du monde.

Pour financer cette collection aussi coûteuse que sans fin, il travaillait en dehors des horaires normaux, ne prenait que rarement son week-end, sans parler de congés payés. Être son propre employeur avait également d'autres désagréments, comme être en alerte vingt-quatre heures sur vingt-quatre et sept jours sur sept, tous les jours de l'année, y compris Noël et le jour de l'An.

Les clients pouvaient se montrer grossiers dans leurs demandes, même s'ils payaient extrêmement bien. Pourtant, il ne se plaignait pas. C'était le style de vie qu'il s'était choisi. Personne ne lui avait pointé un pistolet sur la tempe pour l'y contraindre. Pour dire la vérité, c'était lui qui pointait un pistolet sur la tempe des gens, il tuait pour gagner sa vie.

Après la séance d'entraînement dans sa salle de gym privée, nu jusqu'à la ceinture, Rasharkin épongeait la sueur sur son corps. Il était sec comme un coup de trique : mince et impressionnant, noueux et balafré de hashtags – vestiges de coups de couteau et de blessures par balles depuis longtemps guéris. Un homme, un vrai. Le genre d'homme que vous souhaiteriez avoir à vos côtés si vous aviez un cadavre à enterrer secrètement et discrètement ; le genre d'homme sur la liste de qui personne ne souhaite figurer.

Il finit de se sécher, s'enveloppa dans un peignoir de bain et se dirigea vers la fenêtre de sa salle de séjour d'où il contempla l'obscurité des rues en contrebas.

Les réverbères répandaient leurs lumières dorées sur les banlieusards solitaires qui rentraient du boulot. La pluie du soir diluait leurs ombres, les transformait en bonshommes tracés à l'encre sur un dessin de Lowry.

Pluie, jolie pluie. C'était un pluviophile, il pouvait la contempler pendant des heures, elle lui donnait le luxe du temps.

Il jeta un coup d'œil à sa montre juste au moment où la fourgonnette d'UPS débouchait en haut de la rue et se dirigeait vers l'immeuble.

En dépit du calme affiché sur son visage, son ventre frémissait d'impatience. C'était toujours le cas quand le fameux fourgon marron se pointait. Pour Rasharkin le fourgon était comme le père Noël descendant par la cheminée la nuit du réveillon, bien que, selon toute probabilité, il n'aurait figuré que sur la liste que le père Noël réservait aux très méchants.

Abandonnant la fenêtre, il prit un billet de dix sur le tas éparpillé sur une table et se dirigea vers la porte d'entrée. Il l'ouvrit et observa les lumières de l'ascenseur monter avec une lenteur méticuleuse. La porte finit par s'ouvrir avec un petit *ping*, et le chauffeur du fourgon apparut.

– Un colis de New York, monsieur Rasharkin, fit chaleureusement Tony en s'avançant dans le couloir. Je me suis d'abord arrêté ici pour que vous soyez livré le plus vite possible.

– Merci, Tony. J'apprécie beaucoup. – Il tendit au chauffeur le billet de dix d'une main, pendant que de l'autre il griffonnait une signature sur le dispositif du suivi postal.

– Merci à vous, monsieur Rasharkin, sourit Tony en empochant le billet.

Revenu dans son appartement, il fila directement dans la salle climatisée où il conservait ses œuvres d'art, et alluma la lumière en même temps qu'il fermait la porte. La pièce était un sanctuaire dédié à Harmenszoon.

Un vieux bureau ouvragé ayant autrefois appartenu à l'artiste légendaire trônait en son centre. De nombreux accessoires décoraient le plateau du bureau, tous avaient appartenu au maître : pipe, gommes usées, stylos et crayons. Quelques copeaux de la taille d'un des crayons de Harmenszoon étaient conservés dans une petite poche en plastique. Le bureau lui-même était gravé de traces illisibles, noms et adresses effacés, comme si le bois avait servi de carnet de notes.

Rasharkin posa le paquet sur le bureau et sortit d'un tiroir une paire de gants stériles. Il les enfila à la manière d'un chirurgien se préparant à opérer.

Satisfait de leur confort, il sortit d'un autre tiroir un couteau de chasse Fällkniven NL1 Thor. Il ne se servait que rarement de l'arme pour un usage professionnel, préférant la garder pour des tâches domestiques et plus terre à terre.

Il y avait pourtant encore des occasions où malheureusement l'usage de la lame devait être réintroduit. Silencieuse autant que mortelle, la lame du couteau de chasse légendaire pouvait trancher chair et os comme d'autres coupaient de la ficelle. Il avait toujours aimé ce couteau, bien sûr en raison de son parfait équilibre, mais surtout parce qu'il ne comportait aucune partie susceptible de glisser au moment le plus délicat, quand on essaye de saisir une perle d'information dans la coquille d'huître d'une langue réticente.

Tranchant la bande adhésive, il ouvrit le paquet et découvrit le contenu avec précaution, amour et délicatesse.

C'était un dessin, enchâssé dans la gaine protectrice d'un film Mylar spécial musée. Un dessin original d'un antihéros connu comme le Dark Avenger, sillonnant le cosmos à une vitesse astronomique sur Mercure, son étalon ailé. Il avait coûté une petite fortune, mais il en aurait bien payé le double. Il manipula le dessin avec le plus grand soin.

Magnifique...

Submergé par l'émotion, il s'assit au bureau. De petites décharges d'électricité se mirent à lui masser le corps. Ça ne manquait jamais de se produire, chaque fois qu'il s'installait là. Il se représentait Harmenszoon, à cette place, créant de magnifiques nouveaux mondes de démons et de noires divinités.

Il approcha le dessin de son visage, ferma les yeux, huma le vellichor* émanant du papier, l'odeur opiacée du passé et de l'enfance. En un instant, un sentiment paradoxal de bonheur et d'angoisse le submergea.

D'un autre tiroir, il sortit une petite boîte en or et l'ouvrit. À l'intérieur, des bandelettes format timbre-poste

---

* Sentiment que l'on ressent à la vue de livres d'occasion, un des mots inventés par l'écrivain John Koenig dans son *Dictionary of Obscure Sorrows* (Dictionnaire des chagrins obscurs).

de LSD pur enrichi de BBC – Bad Boy Coke – étaient rangées comme des bébés dans une nurserie. Normalement, une bandelette suffisait, mais c'était une occasion spéciale, et les occasions spéciales méritaient que l'on s'offre une petite gâterie.

Il sortir donc deux bandelettes et les plaça sur le bureau. À l'aide du couteau, il gratta délicatement les particules de poussière et de fibre sur un coin du dessin, attentif à ne pas entamer le papier. De minuscules particules se déposèrent sur la bandelette.

C'est à cet instant que le téléphone se mit à sonner.

Brrrlllllllllllll... Brrrlllllllllllll... Brrrlllllllllllll...

Il examina la petite traînée de lumière argentée qui sautillait en pointillés du décodeur de sécurité au téléphone blanc sans fil.

Brrrlllllllllllll... Brrrlllllllllllll... Brrrlllllllllllll...

Il faut que je réponde. C'est ma ligne de survie.

Il résista, préféra se concentrer sur son cocktail de drogue et porta les deux bandelettes à la bouche. Au lieu de la procédure habituelle consistant à mettre le produit sous la langue, il l'avala d'un seul coup. De retour au salon, il l'évacua avec un verre de pur malt Lagavulin seize ans d'âge.

Il se dirigea ensuite vers une platine CD posée contre un mur et appuya sur le petit bouton orange, réactivant du même coup l'appareil. La voix céleste de Charlotte Church se mit à chanter le "Duo des fleurs" tiré du *Lakmé* de Léo Delibes.

Satisfait, il éteignit toutes les lumières, s'assit et s'étira sur un impressionnant canapé d'angle de chez Raft Manhattan.

La pièce tout entière était maintenant baignée d'obscurité funèbre, à l'exception de la ligne pointillée de petites lueurs argentées qui allaient et venaient entre les deux téléphones comme un rosaire de mercure.

Brrrlllllllllllll... Brrrlllllllllllll... Brrrlllllllllllll...

Je devrais répondre à ça...

Brrrlllllllllllll... Brrrllllllllllll... Brrrllllllllllll...

Je... devrais... vraiment...

Il sourit. Ferma les yeux. Sa tête se mit à tourner. Il perçut une sensation de déjà-vu l'entraîner dans un mouvement d'images rétros d'un gris argenté monochrome.

Le canapé se mit à tanguer. Une fente apparut en son milieu et s'agrandit progressivement comme un trou noir dans l'espace dont la pulsation gravitationnelle l'attirait irrésistiblement.

Il se sentait bien à l'intérieur, et il fut gobé dans un univers de chagrins et de sombres secrets.

Rasharkin se tenait sur les bords tremblants du monde – ou *des mondes* – et regardait en dessous de lui danser les trous noirs et les crépuscules d'on ne savait quand, tous nimbés de teintes rouges, vertes et bleues. Météorites et débris de l'espace les traversaient à une vitesse prodigieuse en lui frôlant la tête. Mais, au lieu d'être terrifié, il gloussait comme un gamin chatouillé. Il voulait tendre la main et attraper une météorite pour l'ajouter à sa collection d'objets magnifiques.

Il l'aurait juré devant Dieu, il ne voulait pas revenir. Il voulait rester pour toujours dans ce monde de chaos paisible ; pour échapper à toutes les douleurs et les horreurs de sa vie, la ligne de sang de souffrance qu'il s'infligeait comme il l'infligeait à ses innombrables victimes et ennemis.

– Où êtes-vous ? cria-t-il dans le vaste néant de l'espace infini.

Où... êtes... vous... ? répondit l'écho répercuté par les planètes et les étoiles mourantes.

– S'il vous plaît... j'ai besoin de vous voir. J'ai attendu si longtemps... Ne me tourmentez pas comme ça.

Comme ça... ça... ça...

C'est alors qu'il le vit. Le point de reconnaissance, un millions d'années-lumière plus tôt, se ruait sur lui, se rapprochait de plus en plus près. Le Dark Avenger et son coursier ailé, Mercure. Son dieu. Le seul vrai dieu. Il le fallait. Personne d'autre ne pourrait esquiver aussi gracieusement que lui les obstacles de l'espace.

– Je savais que tu viendrais pour moi. Je n'ai jamais perdu foi en toi, dit-il, le visage empreint d'extase, comme un apôtre pris pour la première fois dans le raptus de la sainte présence de son dieu.

Le Dark Avenger s'approchait de plus en plus, et puis, aussi vite qu'il était apparu, il ne fut plus qu'un point parmi des trillions d'autres.

– Nooooooooooooooooooooooooooooon ! hurla-t-il. Ne m'abandonne pas… s'il te plaît… pas comme çaaaaaaaaaaaaaaaaaaaaaaaaaaaaaa !

Brrrlllllllllllll… Brrrlllllllllllll… Brrrlllllllllllll…

Hein… ? Il avait l'impression que sa tête avait été coupée en deux par une mystérieuse hache asgardienne. Il essuya la sueur de ses yeux. Bon trip ? Mauvais trip ? Disons moyen trip. Terriblement clos, bien que sans conclusion. Pour l'instant.

Brrrlllllllllllll… Brrrlllllllllllll… Brrrlllllllllllll…

S'extrayant avec difficulté du canapé, il se mit debout et tituba vers le téléphone. Il vérifia le numéro et le reconnut instantanément, malgré le temps passé. Problèmes et souffrances pour quelqu'un. Profits et plaisirs pour lui. Il décrocha.

– Allo ?

– *Ça fait un bon moment que j'appelle*, dit sèchement la voix de Conor O'Neill.

– Désolé, Je reviens juste de… voyage.

– *J'ai un petit problème à résoudre. En fait, c'est plus qu'un petit, et plus qu'un. Trois, en fait. Il y a deux jours, quelqu'un a eu le culot de prendre quelque chose qui ne lui appartenait pas. Un gros quelque chose. Ça demande à être traité discrètement, mais pas trop discrètement, si tu vois ce que je veux dire.*

Rasharkin réfléchit une seconde.

– Je comprends votre problème. Vous ne pouvez pas vous permettre des répercussions, mais vous désirez envoyer un message à ceux qui seraient tentés de commettre la même folie.

– *Exactement. Les choses sont un peu lacunaires pour l'instant, mais on espère avoir une vue plus dégagée très bientôt.*

– Envoyez-moi les détails par la voie habituelle. En attendant, je vais commencer les préparatifs.

– *Le tarif est toujours de vingt-cinq pour cent de ce qui est récupéré ?*

– Seulement pour vous. C'est trente pour les autres. Content de retravailler avec vous.

Il coupa la communication et ouvrit un tiroir de son bureau. Il en sortit une bouteille en plastique contenant des pilules d'antidépresseur et s'en envoya deux dans le gosier, accompagnées d'une gorgée de bourbon, puis il se dirigea vers sa chambre.

Un vieux projecteur 8 mm était posé au pied du lit.

Il appuya sur un bouton et le projo se mit en marche, cliquetant et envoyant ses images sur un écran blanc. Un compte à rebours flou apparut, suivi d'un gros plan sur un visage de femme.

Le film avait du grain, mais pas assez pour masquer la beauté de la femme. Elle ressemblait à une star du passé. Genre Jane Russell, sourire de sainte-nitouche, mais suintant le sexe.

La caméra commença à zoomer. Elle portait un soutien-gorge et une culotte en dentelle. Une voix off lui dit de les enlever. Elle obéit. Doucement. Provocante. Elle était maintenant nue et n'avait plus l'air timide du tout. Elle ondulait, aguicheuse, devant la caméra.

– Maintenant, caresse-toi… dit Rasharkin dont la voix se faisait rauque.

Maintenant, caresse-toi, dit la voix du film une seconde plus tard.

La femme ferma les yeux et laissa ses doigts faire le boulot nécessaire, plus bas.

– C'est ça. Mets tes doigts au boulot sur ton petit clito bien juteux.

C'est ça. Mets tes doigts au boulot sur ton petit clito bien juteux.

– Plus fort.

Plus fort

– Plus fort ! Baise-toi plus fort !

Plus fort ! Baise-toi plus fort !

En transe, la femme se caressait de plus en plus fort et des gouttes de sueur se formaient sur sa lèvre supérieure. Elle ouvrait grand la bouche, passait sa langue sur les lèvres, en aspirant avidement les gouttes.

– Je… veux que… tu me baises.

Les yeux de la femme étaient rivés à la caméra. À la toucher. Les lèvres en avant. *Je… veux que… tu me baises*, dit-elle un instant plus tard, la voix tremblante.

– Dans… dans le cul maintenant. Fort dans le cul… avec… avec ta grosse queue.

Dans… dans le cul maintenant. Fort dans le cul… avec… avec ta grosse queue.

Rasharkin éteignit le projecteur. Seul son bourdonnement sourd continua à hanter sa cervelle.

Il tomba en arrière sur le lit, de grosses larmes se formaient sous ses paupières.

6

Les briques saigneront et la pluie pleurera
Et le brouillard humide de Lagan endormira la ville ;
Enfer sur l'avenir et vie sur le passé
Que le Seigneur dans sa miséricorde soit bon avec Belfast.

Maurice James Craig, "Ballad to a Traditional Refrain"

Mary Ross se préparait une soupe de légumes quand Brian apparut sans prévenir à la porte de la cuisine. C'était une petite femme d'environ soixante-dix ans, et ses cheveux autrefois blonds étaient maintenant d'un bel argent. Elle lui tournait le dos et n'avait pas encore senti sa présence.

Il trimballait un gros paquet brun sous le bras. Il le posa et, sur la pointe des pieds, alla déposer un baiser sur le crâne de Mary Ross.

– Sainte Mère de Dieu ! fit-elle, en sursautant avant de lui donner une petite tape sur le bras. Brian ! Ne te faufile pas comme ça. Tu veux que je fasse une crise cardiaque ?

– T'es bien trop solide pour faire une… Mais qu'est-ce qui ne va pas, mamie ? Tu as pleuré ?

– Pleuré ? Les oignons, rien de plus. Après toutes ces années, les oignons me font toujours le même effet. – Elle l'embrassa sur les deux joues, le serra fort avant de le laisser aller. – Où étais-tu passé ? J'étais si inquiète. Ça fait des semaines que je n'ai pas de nouvelles de toi.

– Des semaines ? Je t'ai appelée il y a deux jours. Tu te souviens ?

– Deux jours… ? T'es sûr ? Je… je suis quasi certaine que c'était il y a des semaines.

Une ombre de tristesse passa sur le visage de Brian. Il l'évacua rapidement.

– Tu sais quoi, mamie ? Tu as raison. Ça fait vraiment des semaines. Désolé de te raconter des bobards, mais j'avais peur que tu sois en colère contre moi.

Elle lui ébouriffa les cheveux.

– Ne sois pas bête. Je ne pourrai jamais être en colère contre mon petit-fils favori. Assieds-toi maintenant. On voit que tu n'as pas beaucoup fait attention à toi. Je vais te préparer quelque chose à manger, mettre un peu de gras sur ces os.

– Au poil. Mais avant, j'ai un petit quelque chose pour toi. – Il revint vers la porte, ramassa le paquet et le lui tendit.

– Tu n'aurais pas dû, Brian. Je n'arrête pas de te dire d'économiser tes sous, de ne pas les dépenser pour une vieille femme comme moi.

– Tu n'es pas vieille. De toute façon, pour qui d'autre je pourrais bien les dépenser ?

– Une jolie fille.

– Les jolies filles me coûtent déjà une fortune !

Elle sourit et se mit à ouvrir délicatement le papier sur une photo encadrée de Sean Connery.

– Oh, mon Dieu ! Mon Sean ! Maintenant je vais vraiment faire une crise cardiaque.

– Et elle est signée.

– Non !

– Oui ! fit-il en désignant la signature. En gras pour que tout le monde puisse la voir.

– Ça… ça a dû te coûter une fortune. Tu n'aurais vraiment pas dû. Je suis gênée que tu m'aies acheté quelque chose d'aussi cher.

– Assez gênée pour me le rendre ?

– Non, pas à ce point. – Elle rit, puis l'embrassa. – D'autant que je ne voudrais pas te vexer.

– Après manger, je l'accrocherai dans ton salon entre Kennedy et le pape. Ça sera ta sainte Trinité.

– Attends un peu que Lilly Larkin voie ça. Elle en sera verte d'envie. Maintenant, assieds-toi, je vais te préparer à manger.

– Je t'ai aussi commandé un nouvel appentis.

– Un nouvel appentis ? Mais j'en ai pas besoin, j'en ai déjà un.

– Cette horreur dans le jardin ? Il est sur le point de s'effondrer. Je m'attends toujours à apprendre une horrible nouvelle, chaque fois que tu jardines. Et puis, attends de le voir, cet appentis. Tu n'en croiras pas tes yeux. Tu pourras même y recevoir tes amis pour le thé, en été.

– Mais…

– Je ne pourrai jamais te remercier assez pour ce que tu as fait pour moi pendant toutes ces années, alors laisse-moi te gâter avec des petites choses. *S'il te plaît ?*

Mary soupira et sourit.

– D'accord.

– Bon. Et maintenant, tu ne parlais pas de manger ?

– Assieds-toi. J'en ai pour une minute.

Brian casa sa masse derrière la table et jeta un coup d'œil sur le *Irish News* ouvert à la page des nécros et des anniversaires. Manifestement, Mary l'avait lue. Il soupçonnait même que c'était la raison de ses larmes.

Un frisson le parcourut. Il aurait préféré ne pas avoir vu le journal. C'était aujourd'hui l'anniversaire de leurs meurtres, mais il avait essayé pendant des années de les effacer de sa mémoire, comme s'ils n'avaient jamais eu lieu.

Il revoyait l'événement dans un putain de déjà-vu. Le flash sortant de la gueule du pistolet. L'odeur de roussi de la peau, des cheveux et de la poudre dans l'air lourd. Le sang chaud dans sa bouche. Ses parents réduits à néant par les balles de la folie.

– Ça va, chéri ? s'inquiéta Mary. Qu'est-ce qui ne va pas ?

La rage le traversait du ventre à la gorge. Il l'attrapa dans sa bouche, et la maintint là comme un animal en cage jusqu'à ce qu'elle faiblisse, jusqu'à ce qu'il puisse la contrôler, jusqu'à ce qu'il puisse à nouveau parler.

– Je suis bien, mamie…

Aussi bien que je le serai jamais.

7

> “Mon Dieu ! Tant de fusils dans la ville et si peu de cerveaux.”
>
> Philip Marlowe dans *Le Grand Sommeil*

Harry s’assit dans la salle de débriefing. Il buvait une tasse de café, sachant qu’il allait le payer de quelques allers-retours aux toilettes. Il lisait la dernière édition du *Belfast Telegraph*, pendant que son équipe s’affairait en bavardant.

Le braquage de la nuit précédente était en première page, mais pas comme sujet principal. Un acteur bien connu lui avait volé la vedette en parcourant la ville en vue de son prochain film. Des photos de l’acteur souriant et se promenant au milieu de la foule couvraient la plus grande partie de la page.

– Je ne peux pas le supporter, fit Harry, plus pour lui-même que pour quiconque. Il n’a pas fait un bon film depuis des années. Il n’est même pas capable de jouer les andouilles.

Au fond de lui-même, Harry avait espéré voir sa photo à la une en tant qu’enquêteur principal, un hourra final, un chant du cygne. Pendant les mauvais jours de guerre et de folie, il avait régulièrement figuré en première page, s’entretenant avec des journalistes passionnés par la dernière victoire contre les loyalistes des deux côtés du fossé politique. Les médias n’en avaient jamais assez du vieil Harry et le régalaient de Johnny Walker Black label, de tapes dans le dos et de poignées de main. Ils étaient toujours demandeurs, à cette époque. Maintenant ? Ha ! Ils ne l’avaient même pas appelé quand il avait été hospitalisé, après s’être cassé un orteil en cavalant derrière un suspect dans un escalier. Pas même une grappe de raisin de la part de ces misérables.

– C'est bon, assez de bavardages, dit-il en balançant le journal dans la corbeille à papier. Kerr, qu'est-ce qu'on a de nouveau ?

Kerr se leva. Il lut ce qu'il y avait sur son calepin.

– Le fourgon abandonné partiellement brûlé retrouvé sur le site a été volé trois jours plus tôt dans un parking du centre-ville, monsieur. Il appartenait à une société chargée de l'enlèvement des vieux papiers et…

– L'enlèvement des vieux papiers. Au moins, ils ont le sens de l'humour, dit Boyd.

Quelques éclats de rire saluèrent sa remarque.

Kerr poursuivit :

– Des dispositifs incendiaires amateurs avaient été installés dans le fourgon pour faire diversion. La plupart ont été dispersés par le vent, parce que les vitres étaient trop ouvertes. Malgré ça, un des dispositifs a réussi à mettre le feu au réservoir d'essence. Après le braquage, les mouvements des suspects ont été suivis par la surveillance vidéo. Ils sont allés jusqu'à Corn Market, là ils ont embarqué dans un autobus à impériale plein de touristes et de gens déguisés. Les caméras n'allaient pas plus loin.

– Est-ce que vous avez interrogé les loueurs de déguisements pour vérifier si quelqu'un se souvient des costumes loués ou achetés ? demanda Harry.

– Rien jusqu'à présent, monsieur. Je suis allé tôt ce matin chez Jackson's Fancy Dress. Ils n'ont pas de costume de loup. J'ai téléphoné à deux autres boutiques moins importantes dans Smithfield. Rien pour l'instant.

– Et pour le fauteuil roulant ?

– Il a été signalé manquant au Mater Hospital il y a deux semaines.

– Des empreintes ?

– Pas la moindre, monsieur. Essuyées à fond.

– Pas de traces de pattes, non plus ? dit Boyd.

– Ça suffit avec les blagues à la con. – Harry regardait Boyd de travers. – Quelque chose du labo ?

Maté, Boyd jeta rapidement un coup d'œil sur son calepin.

– Jusqu'ici, rien de notable dans la banque, monsieur. Toutefois, on a trouvé de nombreux mégots de cigare dans le fourgon. On espère qu'ils viennent d'un ou deux braqueurs. On a demandé des tests salivaires.

– Bill ? Est-ce que tu as passé le mot dans la rue auprès de nos chers et tendres ?

– Les suspects habituels ont été cuisinés. Deux de nos informateurs ont l'oreille collée sur le sol à l'écoute de la moindre miette d'info. Je leur ai dit de tout me rapporter immédiatement, aussi insignifiant que ça leur paraisse.

– Fais gaffe aux merdes qu'ils balancent quand ils veulent faire du tort à un concurrent. – Le téléphone de Harry sonna. Il jeta un coup d'œil à l'écran. – Je reviens dans une seconde. C'est un appel très important.

Il quitta rapidement la pièce et s'engouffra dans les toilettes au fond du couloir.

– Murray ? Dis-moi que tu les as eus, mon pote.

– *Pas encore, Harry, mais ne t'en fais pas. J'ai l'espoir de les coincer cette nuit.*

– T'es sûr ?

– *Aussi sûr qu'on peut l'être.*

– Tu sais à quoi je vais devoir faire face si tu ne les trouves pas ?

– *Bien sûr que je le sais. Mais tout le monde veut voir Tom Jones au Waterfront. Les billets sont plus rares qu'un poil sur un œuf.*

– Elaine va m'écorcher vif si je ne les ai pas.

– *Bien, je t'ai appelé pour te dire de ne pas paniquer. Je sais comment Elaine peut être quand il s'agit de Tom. Écoute, il faut que j'y aille. Je t'appellerai plus tard, si je les ai.*

Harry raccrocha et en profita pour aller pisser.

Saloperie de café… on dirait de l'acide. Il ouvrit son pantalon et se mit à uriner, relâchant la pression sur sa vessie surmenée.

Une bonne minute plus tard, il se rebraguetta, se lava les mains, péta deux fois, et remonta le couloir en direction de la salle de débrief.

– Bon, voilà ce qu'on a jusqu'ici. La directrice, Dana Robinson, dit qu'un des braqueurs lui a collé un flingue sur le crâne en disant qu'il détenait sa fillette en otage. Nous savons maintenant que c'était faux. Ils n'avaient pas la gamine et ils bluffaient pour la faire paniquer.

– C'est certainement un coup préparé du dedans, monsieur, dit Kerr.

– Si c'est le cas, l'information n'était pas vraiment fraîche. Ils n'étaient pas au courant des nouvelles mesures de sécurité.

– Peut-être que l'informateur a quitté la banque avant que les nouvelles mesures soient mises en place ?

– Faites une liste des employés qui sont partis dans les six derniers mois.

– C'est déjà fait, monsieur, intervint Boyd. Il n'y en a qu'une. Une femme de ménage. Mme Maggie Johnson, soixante-dix ans. Je lui ai parlé au téléphone. La pauvre femme ne savait même pas quel jour on était. Elle croyait que j'étais son fils en Australie. Elle n'a pas arrêté de m'appeler Peter.

– Un des voleurs pourrait connaître personnellement la directrice, suggéra Kerr.

– Tu crois que Dana Robinson était dans le coup ?

– C'est fort possible. N'élimine jamais rien avant d'avoir éliminé tout le reste.

Boyd jeta un coup d'œil à Kerr.

– Dana Robinson était en état de choc quand je l'ai interrogée. Si c'est pas le cas, c'est une sacrée actrice. Elle tremblait comme une feuille.

– Ça va, Boyd, ne prends pas tout personnellement, dit Harry. Baissez la lumière. Je veux que vous regardiez tous les vidéos de surveillance prises à l'extérieur de la banque. Nous aurons les vidéos de la banque plus tard.

Kerr éteignit la lumière, et Harry alluma l'écran. On vit les voleurs entrer dans la banque. Harry mit l'image sur pause avant de zoomer.

– Les armes choisies par ces messieurs sont un fusil à canon scié, un Magnum et un Beretta. Kerr, je veux que tu cherches si on connaît des malfaiteurs ayant une prédilection pour ces armes en particulier.

– Bien, monsieur.

Harry fit avancer la scène en mode rapide. Les voleurs sortant en courant. L'arrivée de la police juste quand les voleurs partaient.

– Putain de veinards, fit Boyd. On les avait presque chopés par les couilles et…

– Du calme, fit Harry d'un ton brusque. Continue de regarder.

Peu de temps après l'arrivée des flics, on voyait un homme quitter avec empressement la banque par l'entrée latérale.

Harry mit sur *pause*.

– Quelqu'un connaît ce type ?

– Je parierais le montant de ma retraite que c'est Nutty Nolan, dit McCauseland. Je reconnaîtrais cet enfoiré de grand chauve n'importe où.

– Tu as raison, Bill, dit Boyd, c'est bien lui. Pas de doute. Un vrai rêve érotique de psychiatre.

– Je pense qu'on est tous d'accord, reprit Harry. Maintenant, reste à savoir ce que M. Seamus Nolan, ancien membre de la soi-disant défunte Fraternité, fout ici ? Et, question aussi importante, pourquoi est-il si désireux de sortir de la banque sans être vu ?

– Pourquoi se tient-il la tête, monsieur ? demanda Kerr en s'approchant de l'écran. Ça ressemble à une blessure. On a trouvé des traces de sang sur place ?

– Boyd ? fit Harry.

– Personne m'a demandé de chercher du sang, dit Boyd, sur la défensive. Le rapport ne mentionne aucun blessé. Pourquoi diable je serais allé chercher du sang ?

– Ne sois pas aussi grincheux. On ne joue pas à celui qui pisse le plus loin. Il y avait du sang, oui ou non ?

– Je n'en ai pas vu... mais... ça sentait l'eau de Javel quand je suis entré dans le bureau. Honnêtement, je n'y ai pas fait attention sur le coup.

– De l'eau de Javel ? Humm. Je crois que nous allons avoir une autre conversation avec Dana Robinson. Il faut découvrir pourquoi elle a éprouvé le besoin de nettoyer à fond son bureau après une *expérience aussi horrible*. Ce qui se cache derrière cet accès soudain de propreté pourrait bien finir très mal.

8

“Il le regrettera jusqu’à sa mort, si jamais il vit aussi longtemps.”
Squire Danaher dans *L’Homme tranquille*

Charlie Madden se sentait plutôt content de lui, et de la vie en général, ce qui était doublement rare chez quelqu’un dont l’existence était aussi précaire. Pour la première fois depuis très longtemps, les bons jours étaient en train de dépasser les mauvais.

Il était dans son pigeonnier et parlait à voix basse à ses oiseaux adorés.

– Je vous fais confiance. Pas un mot à personne. Compris ? Pas de cafard dans mon pigeonnier.

Les oiseaux se mirent à répondre en émettant d’étranges roucoulements pendant qu’il continuait à vider les sacs de graines dans des boîtes en plastique. Quand les sacs en tissu bleu étaient à moitié vides, il les remplissait de liasses de billets avant de remettre une couche de graines dessus.

– Charlie ! cria une voix venant de la maison. Le dîner est prêt.

– J’arrive, mon amour ! Le temps de finir !

Il se dépêcha de terminer avant de rentrer. Une pellicule de poussière blanche semblait recouvrir chaque centimètre de la vieille maison. Il se lava les mains et se dirigea vers la petite cuisine où sa femme Rosie préparait son plat favori – une *mince pie*, des patates sautées, des petits pois et de la sauce au bouillon cube.

– La poussière devient de pire en pire, Rosie. On ne peut même plus s’asseoir sans en être couvert.

– Et qui a eu la brillante idée de suivre les folies de ce fauteur de troubles de Tommy Norton alias “Soutenons nos terres contre les boulets de démolition” ?

– T'aurais préféré qu'on nous fourre dans une de ces tours et qu'on ne voie plus jamais personne ?

– Qu'on ne voie plus jamais personne ? C'est ton quart d'heure de folie, ou quoi ? Ça fait six semaines qu'on ne voit plus personne, en dehors de ce casse-pied de Norton à l'autre bout de la rue.

Rosie le rejoignit à table. Au contraire de Charlie, qui mangerait les croûtes sur la tête d'un teigneux, c'était une mangeuse difficile qui se contentait de petits repas.

– Quoi ? Qu'est-ce que tu regardes comme ça, Charlie ?

– Toi. Tu es une magnifique femme sexy, fit Charlie avec un clin d'œil. Il y a une loi contre ?

– Toi, t'as quelque chose en tête, Charlie Madden. Si tu cherches à m'emprunter de l'argent, oublie tout de suite.

– Ça fait combien de temps qu'on n'est pas partis en vacances, chérie ?

– Bon, vu que tu n'as pas arrêté d'entrer et de sortir de prison ces quinze dernières années, j'en ajouterais encore cinq au total. Pourquoi ? Tu songes à m'emmener encore à Bangor, comme pour notre lune de miel ? Un souper au poisson avant d'aller se tremper les doigts de pied dans la piscine municipale ?

– De quoi as-tu toujours rêvé, si on gagnait au loto ?

– Tu t'es transformé en génie ?

– Réponds. Fais plaisir à un vieux chien.

– Une péniche pour pouvoir partir, pour laisser toutes les emmerdes derrière nous. T'es content, maintenant ?

– Je ne suis content que quand tu l'es, ma chérie. – Charlie se pencha, l'embrassa à pleine bouche, avant de poser un magazine sur la table.

– Qu'est-ce que c'est ? dit Rosie en attrapant le magazine. *Péniches & Bateaux.* Qu'est-ce que tu fais avec ça ?

– Tu choisis. J'achète.

Rosie éclata de rire.

– Où pourrais-tu trouver de quoi nous payer une barque à rames, sans même parler de ces beautés ?

– Si je te disais que c'est les chevaux, tu me croirais ?

– Probablement pas.

– C'est pourtant ce qui est arrivé. J'ai fini par toucher gros. *Vraiment* gros.

Le visage de Rosie reflétait son inquiétude.

– Qu'est-ce qui se passe, Charlie ? Tu es monté sur un coup, après m'avoir dit que tout ça était maintenant derrière nous ? Je ne veux pas te voir retourner en prison. Je deviens trop vieille pour que ces conneries recommencent – et toi aussi.

– Pour l'amour de Dieu, arrête de te mettre dans tous tes états. Pas de quoi être inquiète. On va commencer à prendre du bon temps, après toutes ces années à lutter pour survivre, je te le promets.

– Je voudrais plutôt que tu me promettes de ne plus jamais retourner en prison. Ça compterait plus pour moi qu'un joli bateau.

Charlie sourit, prit Rosie dans ses bras et l'embrassa tendrement.

– Pas besoin de t'en faire, ma chérie. Les choses finissent par s'arranger pour nous. Tu verras. Je ne retournerai jamais en prison. Jamais. C'est une promesse. Maintenant, dépêche-toi de te préparer.

– Me préparer pour quoi ?

– J'ai réservé au Merchant pour un week-end coquin.

– Le Merchant… ? Là où descendent tous les chanteurs et les acteurs ? Je ne vais pas aller là-dedans.

Un klaxon se fit entendre.

– Trop tard. Le taxi est là.

– Mais je n'ai rien à me mettre pour un endroit aussi huppé.

– Tu trouveras dans la matinée. On va faire quelques courses dans Victoria Square. Grouille-toi ! Attrape deux ou trois trucs et fourre-les dans un sac.

Vingt minutes plus tard, ils partaient en courant et en riant comme deux ados à leur premier rendez-vous, plus un seul souci au monde.

Plus un seul putain de souci dans ce putain de monde.

9

> Les bandes dessinées sont une drogue d'introduction à l'alphabétisation.
>
> Art Spiegelman, *Maus. Un survivant raconte*

Heroes & Villains n'était pas la boutique de comics la plus grande de Belfast. Elle avait des rivales un peu partout dans la ville, mais aucune n'avait un atout dans sa manche, à savoir Kieran Kelly, le César du Comics Classique.

Kieran était le Stephen Hawking de tout ce qui concernait la science-fiction, l'horreur, la fantasy et de tout ce qui avait un rapport avec les comics dans toute l'Irlande, encore que, d'après son entourage, il préférait qu'on remplace "Irlande" par "monde". Il était également l'inventeur de sa propre onomatopée : Kieranzapuma, dont il n'avait jamais dévoilé le sens à quiconque.

Diplômé de la Queen's University, il était selon toutes probabilités la seule personne au monde à posséder un diplôme sur la vie et l'œuvre de Harmenszoon, créateur légendaire des plus grands super-héros et méchants parcourant les cieux et le cosmos. En fait, le savoir de Kieran était devenu aussi légendaire que les créations du grand Harmenszoon, et le seul autre mortel sur la planète assez courageux pour rivaliser avec lui se proclamait lui-même héritier du Trône d'Asgard et de la Connaissance : Brian Ross.

– Ça va, Kieran ? dit Brian en sortant d'un taxi pendant que Kieran finissait d'ôter le panneau rouillé et couvert de graffitis qui fermait sa boutique.

– Eh, mec ! Qu'est-ce que tu fais debout à une heure si matinale ? Ne me dis pas que tu as encore pissé au lit ? – Kieran se mit à attacher sa tignasse qui lui tombait jusqu'aux épaules avec un ruban rouge Spiderman. Le hippie sur le retour ressemblait à Willie Nelson dans un de ses très mauvais jours, ce qui donne bien sûr un look assez rugueux.

– J'avais rendez-vous de bonne heure chez mon tatoueur. J'ai hâte de te montrer le travail fini.

– Toujours à claquer ton fric dans les taxis, je vois. Je n'arrête pas de te dire de t'acheter une petite voiture. Tous ces taxis doivent te coûter une blinde.

– Les voitures ne m'intéressent pas. Je ne sais pas conduire et je n'ai aucune intention d'apprendre. De toute façon, les voitures détruisent la planète.

– Et le taxi qui t'a amené ?

Kieran traversa le magasin jusqu'à l'arrière-boutique, Brian sur les talons.

– Attends de voir ça, Kieran. Tu vas adorer.

– Chaque chose en son temps, mec. Le matin ne commence qu'après ma première tasse de thé. – Il craqua une allumette et mit le feu au brûleur d'une vieille cuisinière à gaz. Il posa une bouilloire dessus et jeta un sachet de thé dans une tasse Batman. – Un peu de carburant pour mettre ces vieux os en marche.

Brian attendit patiemment que la bouilloire siffle et que Kierian ait rempli sa tasse.

– OK, mec. Voyons un peu ce Michel-Ange.

Brian retira sa veste en cuir et son T-shirt Docteur Strange, révélant un corps couvert de tatouages, essentiellement des super-héros et des héroïnes sexy aux formes ridiculement exagérées.

– Alors ? T'en penses quoi ? – Il présenta son dos tout en étirant les bras pour que Kieran puisse admirer la taille impressionnante de Mercure, traçant sa route à travers le cosmos à une vitesse incroyable, monté par le Dark Avenger brandissant son épée de feu pour découper en tranche d'invisibles ennemis. Les ailes de Mercure couvraient les deux bras de Brian, le faisant ressembler à l'Ange des Ténèbres.

– Oh… mon… Dieu, meeeeeec ! C'est sublime. Il a l'air si réel qu'on a envie de monter dessus et de s'envoler vers le paradis. Harmenszoon l'aurait adoré.

– Deux semaines pour en venir à bout, ça m'a coûté une fortune et ça m'a fait un mal de chien, mais ça vaut le coup.

– Tu n'es pas venu de si bonne heure juste pour me montrer un tatouage, aussi impressionnant soit-il. Quoi de neuf ?

– La cape. Tu l'as toujours ?

Kieran hocha la tête.

– Elle ne va nulle part. Je l'ai depuis cinq ans et je vais probablement la garder encore cinq ans.

– Je suis venu l'acheter.

– Bien sûr que tu es venu l'acheter. Tu me dis ça depuis cinq ans. T'as de la chance que je sois de bonne humeur ce matin. Tu peux la voir, mais pas la toucher. Attends-moi une seconde.

Kieran passa dans une pièce adjacente. Un impressionnant coffre-fort Chubbsafes Duoguard 300 trônait dans un coin.

Kieran ouvrit le coffre et fit son choix entre une série de gros tiroirs en acier, chacun d'eux contrôlé par un système pneumatique. Il en tira un, le sortit et revint vers Brian.

– Rappelle-toi, pas touche. – Il posa le tiroir fermé sur le comptoir et l'ouvrit comme une stripteaseuse se déshabille.

– Ohhhhhhhhhhhh… souffla Brian en regardant la boîte livrer son secret. Tu es sûr que c'est bien l'originale ?

– Mec, si je ne t'aimais pas comme un fils et si je ne te respectais pas autant, je te foutrais à la porte. Ai-je jamais vendu autre chose que des objets originaux ? Cette cape de Superman est l'une des cinq signées par le premier Homme d'Acier lui-même, George Reeves, avant qu'il ne se suicide – ou qu'il ne soit assassiné comme beaucoup de fans dans mon genre le pensent.

– Dur de croire que cette cape a plus de soixante ans. Elle a l'air comme neuve.

– C'est notre suaire de Turin, espèce de saint Thomas, des choses comme on n'en verra jamais plus. Elles ont plus de pouvoir que dans tes rêves les plus fous. Maintenant, si ça ne te fait rien, il est temps de la ranger. Je n'aime pas beaucoup que de l'air pollué, comme ton haleine, la ronge.

– Combien ?

– Tu me le demandes tous les mois, et la réponse est toujours la même : vingt mille livres. Pas un sou de plus, pas un sou de moins.

Brian fouilla dans le sac en plastique Eason qu'il étreignait depuis son arrivée et en sortit une grosse enveloppe de papier kraft. Il l'ouvrit et se mit à compter des billets.

– Putain de m... Où as-tu... Comment... ? fit Kieran d'une voix défaillante. Sa bouche s'ouvrait et se fermait alternativement.

– Compte.

Les mains tremblantes, Kieran commença par séparer les billets de cent et de cinquante, avant de les compter.

– Aïe !

– Quoi ?

– Ce fric est trop chaud, il me brûle les doigts. Je crois que je ferais mieux de le laisser refroidir quelque temps dans mon frigo sécurisé. Tu ne penses pas ?

– Je pense que tu penses juste quand il s'agit de fric.

Brian saisit la cape, l'enleva délicatement de son enclos d'acier. Il la porta à son visage et respira le parfum des années passées. Il baisa tendrement l'étoffe.

– Mon préccccccccccieux !

– Ça craint, mec. Tu es en train de te transformer en Gollum. Ne déplie pas la cape à l'intérieur.

– Pourquoi ?

– Parce que ça porte malheur, voilà pourquoi. Un sort jeté après la mort de Reeves. Laisse-moi une minute pour ranger l'argent. Un truc pareil, ça s'arrose.

– J'espère que ce sera plus qu'avec du thé.

– Beaucoup plus. Mets le panneau FERMÉ et verrouille la porte. Ça suffit pour la journée.

– Oh, meeeeeeeeec! fit Brian en inhalant profondément la fumée d'un joint king size, le dos bien calé dans un des rocking-chairs du magasin. C'est quoi ce putain de truc?

– De la putain de Mountain Thunder. La meilleure marijuana de ce côté-ci d'un turban taliban. – Kieran était étendu sur le sol, un gros joint fumant dans la bouche. Un sourire de plaisir à l'état pur planait sur son visage. – Un copain me l'a rapportée hier d'Amsterdam, cachée dans son trou du cul. C'est pour ça qu'elle est restée chaude.

– Merci d'avoir partagé cette info appétissante. Depuis le temps que je te connais, je ne t'ai jamais vu prendre de la coke. Pourquoi?

– Parce que c'est les pellicules du diable, mec. Ces petites lignes blanches te conduisent directement sur les falaises de l'enfer. J'avais un bon copain qui est mort d'une crise cardiaque après avoir pris cette merde. C'est terrible. Je hais la coke. Je ne toucherai jamais à ce truc et tu ferais bien d'en faire autant.

– Je te suis… – La voix de Brian faiblissait. Un délicieux engourdissement lui envahissait la cervelle. Il ferma les yeux. – Éclaire-moi un peu, Batman: comment se fait-il qu'Adam et Ève aient toujours un nombril sur tous les tableaux qu'on voit d'eux?

– Heu…?

– Exactement… une conspiration… de proportion biblique.

– C'est un peu étrange comme conversation.

– *Je me sens* étrange… Docteur…

– Docteur Strange… oui… de Ditko*. – Kieran téta avidement sur son joint, laissa échapper une vapeur fantomatique par les narines et sourit.

– Oui, je suis d'accord. Ditko… était brillant, mais… j'ai toujours préféré le docteur de Gene Colan, le Doyen.

– J'émettrais une objection… là-dessus… mec. Ditko était un dieu en avance sur son temps. Un dieu… avant les Nouveaux Dieux…

– Émets… émets tout ce que tu veux. Colan était… était… – Brian ouvrit les yeux. Une grenouille semblait se glisser sous la porte. – Froggy la grenouille…

– Froggy la grenouille ? Je crois… je crois que je la vois aussi. Verte et pourpre. Souriant de toutes ses dents en or. Une sexy… petite grenouille en mini-short argent. Superbes jambes. Elle me fait… de l'œil. – Kieran inhala profondément une nouvelle fois. – Mec… je suis sacrément défoncé…

Brian se leva, le torse dégoulinant de sueur. Il mit la cape de Superman sur ses épaules et étendit les bras. Ils se transformèrent lentement en ailes de Mercure. Une seconde plus tard, il volait par les escaliers vers les cieux.

Kieran se réveilla. Un bruit lui rebondissait dans le marécage qui lui servait de crâne. Croassement ? Grenouilles ? Il regarda autour de lui, s'attendant à être dans une forêt tropicale. Au lieu de ça, son visage étreignait le plancher de l'arrière-boutique et des fils de salive argentés lui gouttaient de la bouche.

– Brian… ? Brian ? T'es passé où, mec ?

* Steve Ditko : dessinateur créateur, entre autres, de Docteur Strange et de Spiderman.

Le bruit discordant parut augmenter. Il semblait venir de la rue.

Debout, il tituba jusqu'à la porte d'entrée. Il la déverrouilla et, juste quand elle s'ouvrait, il entendit quelqu'un réclamer une ambulance en hurlant.

– Qu'est-ce qui se passe ici ? Brian… ? *Brian…!*

Kieran tomba à genoux. Brian était étalé sur le trottoir, bras et jambes horriblement tordus. Du sang suintait de la cape de Superman qui le recouvrait.

– Brian ? Brian ?

– Ne le touchez pas, cria quelqu'un du cœur de la foule en train de se former. L'ambulance est en route.

– Brian ! Parle-moi. S'il te plaît, mec, ne me fais pas ça. Allez, Brian, fit Kieran en lui serrant la main.

– Ne le touchez pas ! Vous allez aggraver ses blessures.

– Brian, ne meurs pas à cause de moi. Tu m'entends, mec ? Je te tuerai si tu fais ça.

– Il a dû croire qu'il pouvait voler, dit une voix. Je l'ai vu sauter de la fenêtre du haut en criant qu'il était Superman. Pauvre type.

– Brian ? Tout va bien se passer. Tu m'entends, mec ? Pourquoi bon Dieu as-tu ouvert la cape dans le magasin ? Je t'avais bien dit que ça portait malheur.

10

> Quelque part dans l'océan, les yeux froids du requin avaient disparu parce que cet homme les avait.
>
> Steve Hamilton, *The Lock Artist*

Tôt le matin suivant, Harry frappa à la porte du bureau du superintendant Winston McCafferty, attendit un moment et entra.

McCafferty était un homme approchant la soixantaine, à la personnalité aussi insignifiante que son physique ou sa coupe de cheveux. Il avait passé sa carrière de flic loin des rues où l'on se bat contre le crime.

Il était assis à son bureau, une feuille de papier dans une main et une tasse de thé dans l'autre. Il leva les yeux sur Harry en feignant la surprise, comme s'il ne l'avait pas convoqué dix minutes plus tôt.

– Harry ?

Harry s'avança vers le grand bureau en acajou décoré des nombreuses récompenses reçues de la communauté pendant des années. Le superintendant adorait assister aux événements et cérémonies officiels, inaugurations d'édifices et tout ce qui pouvait le maintenir en vue. Harry disait souvent que McCafferty se serait même montré à l'ouverture d'une enveloppe.

– Vous vouliez me voir, monsieur ?

– Asseyez-vous et prenez un thé avec moi.

Non mais vraiment ? se demanda Harry sans s'asseoir.

– J'ai une réunion avec l'équipe à l'étage en dessous. Le braquage de la Bank of New Republic.

– La banque, bien sûr. C'est pour ça que je voulais vous voir. Comment ça se passe ? Ça fait combien, trois jours ?

– Deux, mais nous avançons aussi vite que nous pouvions nous y attendre. Lentement mais sûrement.

– Bien. Content d'entendre ça. Il faut résoudre cette affaire en priorité. Des résultats, Harry. Des résultats. Chaque seconde, chaque centime doivent être comptés. Vous voyez ce que je veux dire ? dit-il avec un clin d'œil. C'est plus comme avant, hein ?

– J'en suis pleinement conscient, monsieur. Mes hommes travaillent d'arrache-pied. En fait, nous avons certainement une percée au moment même où je vous parle.

– C'est une bonne nouvelle, Harry, dit McCafferty avec un sourire. – Ça avait l'air de lui faire mal. – Très bonne nouvelle, bien sûr. C'est parfait.

– C'est pour cette raison que je suis un peu pressé de redescendre dans la salle de réunion.

– Bien sûr, bien sûr ! Vous me tiendrez au courant de chaque développement, n'est-ce pas ?

– Vous serez le premier informé. – Harry contint le sarcasme au niveau le plus bas. – Je peux y aller, maintenant ?

– Oui. Merci, Harry.

Alors que Harry sortait, une porte s'ouvrit sur le côté. Un homme entra dans la pièce. Grand, maigre et nerveux, le visage aussi amical qu'un règlement de comptes et les yeux aussi menaçants qu'un fusil à double canon. Ils semblaient dépourvus de paupières et étaient d'une froideur de prédateur, un peu comme ceux d'un grand requin blanc.

– On n'aura pas de problème avec Thompson, n'est-ce pas, Winston ?

– Non… bien sûr que non, dit McCafferty soudain nerveux. Je l'ai fermement sous contrôle.

– Il vaudrait mieux, si tu veux garder ton cul dans ce fauteuil confortable.

Harry revint dans la salle où son équipe s'était rassemblée devant un grand écran. Il attendit que le silence se fasse complètement avant de commencer.

– OK. Regardez tous l'écran. – Il détestait se servir de ces nouveaux bidules, mais il n'avait pas le choix. *Il faut bouger avec son temps, Harry*, avaient dit les huiles, et ça ressemblait plus à une menace qu'à une suggestion. – Boyd, quels sont les résultats des tests ADN ?

– La salive est celle d'un certain Jim McCabe, un récidiviste qui a fait de la prison pour une série de vols à main armée. Il entre et sort de tôle depuis l'âge de seize ans. C'est son deuxième foyer. Cette fois, il est dehors depuis environ un an. Selon son agent de probation, notre Jim était un prisonnier modèle dedans, et il garde le nez propre depuis qu'il est dehors.

Des rires railleurs parcoururent la salle.

Harry pressa sur un bouton et une photo d'identité de Jim apparut sur l'écran. Il avait l'air sombre et dangereux, comme sur tout bon portrait.

– Cette photo a été prise à la prison de Magilligan un mois avant la libération de McCabe. Elle a circulé dans tous les services. Assurez-vous juste que nous sommes bien le service qui l'attrapera.

Harry se retourna vers l'écran.

– Votre attention, s'il vous plaît, voici une liste des associés avec lesquels McCabe traînait en prison. Ils ont tous été libérés l'année dernière ou à peu près. Peut-être qu'un ou deux d'entre eux a participé au braquage. Peut-être aucun. Voyez ce qu'on peut glaner sur cette liste. On procède par élimination, je sais que ça prend du temps, mais on travaille avec ce qu'on a.

Une série de noms apparut sur l'écran : Bernard Blake dit La Bible, Henry Carslile, Joe Gillespie, Peter Hardy dit Le Dur, Mickey O'Reilly, John Paterson dit Le Dieu.

– Partagez-vous ces noms et traquez ces vauriens. Trouvez ce qu'ils faisaient depuis la dernière fois qu'ils sont allés chier. Passez tout au crible, si vous pensez qu'ils vous mentent. Je veux des résultats. Des résultats qui tiennent la route. Bill ? Qu'est-ce qu'on a de plus sur McCabe ?

McCauseland tourna une page de son calepin.

– Il est séparé et n'a pas ou peu de contacts avec son ex, Marianne, et son fils de dix ans, Patrick. Actuellement, il a élu domicile au Steeple House, Victoria Street. C'est un refuge pour sans-abri réservé aux hommes et dirigé par la Charité du Dieu chrétien. Ils font respecter un règlement strict de couvre-feu à 10 heures du soir, sauf circonstance particulière.

– Du genre, il faut que j'aille braquer une banque, frère McCauseland, intervint Boyd. Alléluia, Seigneur, passez les flingues et le butin.

McCauseland rit avant de continuer.

– L'oiseau semble avoir fui le nid, pour l'instant. Des inspecteurs sont venus l'arrêter tôt ce matin, mais ils ne l'ont pas trouvé.

– Est-ce qu'il était là le soir du braquage ? demanda Kerr.

– Non. Le personnel dit qu'il est parti le jour d'avant et qu'il n'est pas revenu. On a demandé à la direction de nous prévenir dès son retour, mais à son insu, bien sûr.

– Vous croyez qu'il va prendre le risque de revenir à l'hôtel, monsieur ? demanda Kerr en regardant Harry. Il a un paquet de fric à sa disposition.

– Les braqueurs de banque sont des risque-tout par nature. Ils ne supportent pas les limites. Les types comme McCabe sont du genre à tout essayer, même si ça semble irresponsable et stupide aux gens normaux.

Kerr griffonna dans son calepin.

– Maintenant, j'ai besoin de toute votre attention, dit Harry d'une voix beaucoup moins décontractée. Ce que je vais vous montrer ne doit pas sortir de cette pièce. Si je découvre que ce que je vais vous dire a fuité dans la presse, je m'arrangerai pour que le coupable soit viré de la police sans pension ni perspective, sauf celle d'une cellule de prison. Suis-je parfaitement clair ?

Tout le monde approuva de la tête.

– Nous avons maintenant les vidéos de la banque. Examinez-les attentivement. Bill ? Éteins la lumière.

La pièce fut plongée dans le noir, et un autre écran commença à passer la vidéo de la banque. Trois loups, dont un en chaise roulante, arrivent à la porte de la banque, avant de se séparer et de faire ce qu'ils ont à faire. Un loup brandissant un pistolet entre dans le bureau de Dana Robinson. Un client reste debout et affronte le loup.

– C'est du Nolan tout craché, dit McCauseland d'une voix teintée de respect. Gonflé, comme toujours.

La scène se poursuit en montrant la confrontation verbale, puis Nolan qui se fait cogner sur la tête.

– Ouch ! dit le groupe à l'unisson.

– Quel que soit le voleur qui a cogné ce dingue, je lui tire mon chapeau, dit Boyd. Il doit être un peu suicidaire. Nolan n'est pas exactement du genre à tendre l'autre joue, non ?

– Observez plus et commentez moins, messieurs ! dit Harry.

Les loups Un et Deux paniquent en voyant le coffre vide. Loup Un retourne dans le bureau pour raconter quelque chose à Dana Robinson sous la table. Loup Deux entre en faisant des signes à Loup Un. Loup Deux sort. Loup Trois entre dans le bureau, fait signe avec son arme et dit quelque chose à Loup Un. Puis, avec dextérité, Loup Un s'empare de la valise de Nolan.

– Vous avez vu la petite manœuvre avec la valise ? fit McCauseland, admiratif.

– Lumières, s'il vous plaît, dit Harry en arrêtant la machine. Comme vous pouvez tous le voir, Dana

Robinson n'avait pas été tout à fait franche avec nous quand nous l'avons interrogée la première fois. Elle a maintenant admis qu'un des voleurs a agressé un client en le cognant sur la tête avec un pistolet. Ce client, nous le savons, c'était Nolan.

– Qu'est-ce que Nolan fichait dans la banque, monsieur ? demanda Kerr.

– J'y viendrai dans un moment. Comme vous le savez tous, Nolan est le chef du peloton d'exécution de la Fraternité à Belfast et au-delà. C'est pas vraiment un gentil. Menacée d'être arrêtée et embastillée pour rétention d'informations essentielles, Dana Robinson a été plus communicative sur les raisons de la présence de Nolan. Il venait effectuer un dépôt quand les braqueurs sont entrés.

– Est-ce qu'elle connaît le montant du dépôt ? demanda McCauseland.

– Il y avait une coquette somme dans cette valise, avant que Loup Un ne l'en débarrasse. Un demi-million de livres, au total.

Ils en furent tous estomaqués. Harry savourait le spectacle. Ils étaient tous revenus en Ligue Un. S'ils arrivaient à résoudre cette histoire, ils referaient la une à la place d'un acteur surestimé quelconque.

– J'ai accepté de laisser passer… l'étourderie de Dana Robinson, à condition qu'elle oublie d'informer Nolan que nous savons qu'il était à la banque et qu'il s'est fait piquer son fric. Elle a accepté chaleureusement.

– Est-ce qu'on va arrêter Nolan, monsieur ? demanda Kerr.

– Pour avoir déposé de l'argent dans une banque et se l'être fait voler ? En dehors du témoignage de Dana Robinson, nous n'avons aucune preuve que Nolan ait eu autant d'argent dans sa valise. Non, pour l'instant on va laisser le lièvre dans son gîte. Gardez à l'esprit que, lorsque nous résoudrons cette affaire – et personne n'en doute –, ce sera tout bénéfice pour nous. Je veux ces voleurs, et je les veux avant qu'ils aient la moindre chance de jouir de cet argent mal acquis. Suis-je parfaitement clair ?

Comme un seul homme, l'équipe dit :

– Oui, monsieur !

– Quelqu'un a-t-il quelque chose de sérieux à ajouter ? Non ? OK, au boulot. Je veux des bonnes nouvelles, et je les veux vite.

– Quelqu'un veut-il que je lui ramène un truc de Tesco ? demanda Boyd, en sortant sans attendre de réponse.

Dehors, Boyd évita la circulation démente d'Antrim Road, avant d'entrer dans le supermarché d'en face. À l'intérieur, il regarda nerveusement autour de lui. Il décrocha le téléphone public à côté de la sortie, y inséra quelques pièces. Attendit. Quelques secondes plus tard, il chuchota :

– Jim McCabe. Voilà ses coordonnés…

11

> “Je ne pars pas sans lui. Efficace, léger, facile à dégainer… Ça tient facilement dans un holster !”
>
> Al Capone

Le veilleur de nuit Peter Burns venait juste d’entrer dans son bureau au Steeple House quand la sonnerie de l’interphone retentit. Le bureau disposait d’un ensemble de douze écrans vidéo qui surveillaient toutes les activités, aussi bien à l’extérieur qu’à l’intérieur du bâtiment. Burns examina la silhouette qui se dessinait sur l’écran numéro trois. Il ne reconnut pas l’homme. Sans doute quelqu’un à la recherche d’un lit pour la nuit.

Il portait une barbe et des lunettes, était bien habillé, ce qui ne signifiait pas grand-chose. Les gens croient toujours que seuls les sans-abri ont recours au refuge. Ha ! Quelle blague. Le nombre d’arnaqueurs qui tentent le coup ne manquait jamais d’étonner et de dégoûter Burns.

Ce sont en majorité des hommes d’affaires radins. Ils vous racontent des craques, genre qu’ils viennent juste de se faire agresser, alors qu’en fait ils se sont fait virer du motel louche où ils couchaient avec une belle-de-nuit. Plus tard, ils inventeront une autre histoire à leur femme sur une réunion de travail quelconque.

Burns décrocha l’interphone avec une lenteur délibérée.

– Allô ? Que puis-je faire pour vous, *monsieur* ? dit-il d’un ton fatigué, comme si ça lui faisait mal de dire “monsieur”.

– Inspecteur Peter Grogan, Musgrave Street. Je suis venu vous poser quelques questions sur un de vos clients.

– D'accord. – Burns appuya sur un bouton de son bureau et la porte s'ouvrit lentement en grinçant. – Poussez et entrez.

Une fois à l'intérieur, Rasharkin montra rapidement sa fausse carte de police. Burns ne se donna pas la peine de la regarder. Les flics allaient et venaient dans la turne presque autant que les résidents nomades. Ils avaient toujours une enquête à mener, histoire de rejeter la faute sur Steeple House. Quelqu'un venait de se faire assommer ? C'était à cause de Steeple House. Quelque chose avait été fauché au centre commercial de Castle Court ? Sans doute par un résident de Steeple House. L'économie partait à vau-l'eau ? Steeple House y était certainement pour quelque chose.

– Comment ça va ? demanda Rasharkin d'une voix affable.

– Demandez-moi ça dans une douzaine d'heures, quand j'aurai fini mon service, répondit Burns d'un ton sec.

– Je sais ce que c'est. Je fais aussi le service de nuit. Jamais un merci, juste la merde.

Burns laissa échapper un demi-sourire – inhabituel chez lui, sauf les jours de paye et les rares occasions où le FC Liverpool gagnait à l'extérieur.

Rasharkin sortit de sa poche intérieure un cliché qu'il tendit à Burns.

– Vous connaissez ce type ?

Burns examina la photo, hocha la tête et la rendit.

– Jim McCabe. Toujours aucune nouvelle de lui. On nous a déjà demandé de vous prévenir si on le voit. Qu'est-ce qu'il a fait ?

– Désolé, mais je ne peux rien divulguer. Vous savez comment ça marche. – Rasharkin rempocha la photo qu'on lui avait transmise deux heures plus tôt, avec toutes les infos disponibles sur Jim McCabe.

Burns hocha la tête.

– Confidentialité ? C'est la même chose ici. On pourrait avoir toute une horde de maniaques sexuels sur place, impossible de dire quoi que ce soit aux journalistes ou au public. L'enfer nous dégringolerait sur la tête si on essayait de faire notre devoir en prévenant l'école ou les parents. Les pervers ont plus de droits que nous.

– Bien d'accord avec vous. On parle tous les deux d'une même voix, fit Rasharkin avec un clin d'œil. Bon, revenons à McCabe. Y aurait-il une chance pour que je puisse jeter un coup d'œil dans sa chambre ? Je sais qu'il se fait tard, mais j'espérais trouver un indice sur l'endroit où il est, ça pourrait aider à le sortir des rues. Il est très dangereux.

– C'est que… nous ne sommes pas vraiment autorisés à permettre ce genre de visite… pour des raisons de sécurité. C'est contre la procédure… Ah, et puis merde. Un autre criminel hors d'état de nuire, ça ne peut pas faire de mal, n'est-ce pas ?

– Non, ça ne peut pas faire de mal du tout.

– OK, laissez-moi trouver un double de la clé.

Burns accompagna Rasharkin jusqu'au vieil ascenseur, puis jusqu'au troisième étage.

– Vous prenez à gauche, et encore à gauche. Chambre vingt-deux. – Burns tendit la clé à Rasharkin, juste au moment où la porte de l'ascenseur s'ouvrait à l'étage en question.

– Essayez de ne pas être trop long et faites gaffe. McCabe a quelques potes coriaces dans l'hôtel. Ils essaieront sans doute de s'en prendre à vous s'ils vous voient dans sa chambre.

– Merci du tuyau. Je ferai aussi vite que possible.

Rasharkin s'avança dans le couloir mal éclairé. La moquette crasseuse semblait moite sous ses pas. Spongieuse d'urine et de la pluie du dehors. L'odeur de chair mal lavée imprégnait les murs. Pendant une seconde, elle lui rappela de mauvais souvenirs d'horreur et de désespoir institutionnalisés.

Une autre odeur se cachait dans l'ombre, plus malveillante celle-là. Elle puait comme un mélange de lèpre et de réglisse, de peau pourrie dans une plaie non soignée. Elle lui faisait penser à un homme qu'il avait tué autrefois, la gorge ouverte dans un au revoir horrible. Il avait été forcé de dormir deux jours avec le corps en putréfaction dans la chaleur caniculaire d'une forêt, pendant que les amis du mort, lourdement armés, le cherchaient frénétiquement en criant son nom: *Anthony... Anthony... Anthony...*

C'était l'un des noms dont il se souvenait parmi une longue liste de morts.

Une fois dans la chambre de Jim, il chercha la lampe. Elle se balançait au bout d'un fil, près de la porte. Il l'alluma. La pièce aurait pu être une cellule de prison, les barreaux en moins.

Il examina rapidement les lieux. Exigu. Odeur de cigare et de corps pas frais. Des magazines de charme éparpillés un peu partout. Un vrai bordel dans un taudis d'enfer.

Planté au milieu de la pièce, il examina le peu de meubles proposés. Par quoi commencer? Est-ce que ça valait la peine? Allait-il trouver quelque chose de valeur, pas juste du toc? Son instinct lui disait que oui. Il ne l'avait encore jamais laissé tomber. Il sortit une paire de gants en nitrile de sa poche et se mit à chercher.

Vingt minutes plus tard, froissé dans une corbeille à papier rouillée, il mit la main sur quelque chose d'intéressant. L'objet était couvert de sachets de thé usagés, de crachats et de Dieu sait quoi encore. Il s'assit sur le bord du lit, lissa hâtivement le papier et le lut.

Un coup sourd contre la porte interrompit ses pensées. Il empocha le papier, se leva et regarda la porte s'ouvrir lentement.

Deux hommes, un festival de cicatrices et de balafres sur le visage, emplissaient le chambranle. Menaçants comme deux tueurs à gages dans un mauvais film. Ils portaient tous deux des T-shirts sales, manches retroussées sur des bras massifs et tatoués jusqu'aux épaules.

L'un avait le crâne rasé, un nez écrasé occupait le centre de son visage bouffé par la petite vérole et son cou était cerclé de dessins de serpents à sonnette. Le plus grand des deux avait l'air encore plus impressionnant. Couvert de muscles, des clous dans les oreilles, les lèvres et le nez, deux fois plus de cicatrices que son pote. Son visage ressemblait à une entrecôte mal cuite. Tous deux exhalaient une puanteur de vie dangereuse et de projets violents.

– Oui ? fit Rasharkin d'une voix calme. Quel est le problème ?

– C'est toi le putain de problème, renifla Serpent à sonnette en révélant une chiée de dents pourries. C'est la piaule de notre pote. Vous l'avez pas encore assez emmerdé, putain de flics ?

– J'étais justement en train de finir, et...

Serpent à sonnette repoussa violemment Rasharkin dans la chambre pendant que Face cloutée claquait la porte derrière eux.

– Maintenant, t'as fini de finir, dit Face cloutée en plaçant sa paluche sur l'épaule de Rasharkin qu'il pressa à mort.

Rasharkin regarda la main, puis son propriétaire.

– Si c'est censé m'impressionner, il va falloir serrer un peu plus fort.

– Et comme ça ? fit Face cloutée en serrant encore plus. On dirait que tu as besoin d'une leçon, d'une sévère même.

– Désolé, j'aurais dû vous prévenir que j'ai du mal à apprendre.

En un clin d'œil la main disparut dans le dos de Face cloutée.

– Meeeeeeeeeeeeeeerde ! hurla-t-il, avant qu'un coude ne se connecte avec son front, suivi d'un poing dans la mâchoire. Il s'écroula comme un accordéon crevé.

Serpent à sonnette eut à peine le temps d'être étonné qu'un pied lui atterrissait entre les jambes et l'envoyait valdinguer contre le mur. Pendant le voyage de retour, Rasharkin lui expédia une manchette dans la gorge qui le laissa sans souffle.

Il tituba et tomba à genoux. Il essaya bien de se relever, mais en vain.

Rasharkin se dirigea calmement vers la porte et l'ouvrit.

– Casse-toi ! siffla Serpent à sonnette en sortant un rasoir. Si jamais je te vois dans la rue, je te tranche ta putain de gorge.

Rasharkin referma doucement la porte. La verrouilla. Il se retourna et dévisagea Serpent à sonnette, avant de faire un geste vers l'intérieur de sa veste. Un petit revolver apparut dans sa main. Il s'avança et posa le bout du canon sur le mufle du voyou.

– J'ai bien entendu ? Tu vas me trancher la gorge ?

– Je... Je...

– Ouvre la bouche.

Une expression de terreur se répandit sur le visage de Serpent à sonnette.

– Sss... s'il vous plaît... Je... Je...

– Je vais d'abord te tirer dans un œil, puis dans le second.

La bouche de Serpent à sonnette s'ouvrit lentement.

Rasharkin ôta le rasoir des mains tremblantes de la brute.

– Tu aimes bien faire claquer ta langue ? Tire-la-moi. Fais-moi voir pourquoi tu en es si fier.

La langue jaunâtre émergea lentement. Rasharkin posa la lame du rasoir dessus. Pendant un long moment, comme en transe, il fixa les yeux pétrifiés de Serpent à sonnette, se demandant de quoi les journaux du lendemain feraient leur beurre pour déterminer ce qu'il allait faire maintenant.

– Si tu cries, je te tue. Pigé ?

Serpent à sonnette cligna rapidement son assentiment.

Rasharkin appuya sur le rasoir. La langue dodue n'offrit que peu de résistance. Elle se sépara parfaitement en deux. Le sang sortit de la coupure comme un excès de vin vomi par un ivrogne.

Serpent à sonnette s'effondra sur le sol en se tenant la bouche, étouffant ses cris.

– Maintenant tu ressembles *vraiment* à un serpent à sonnette. – Rasharkin déverrouilla la porte avant de la refermer silencieusement derrière lui.

12

Sales coups, faits pour trois fois rien.
AC/DC, "Dirty Deeds Done Dirt Cheap"

Dans la chambre de son pied-à-terre sur Antrim Road, Barney Dennison se versait un gin Gordon pour lui-même et un Tia Maria pour son hôte. "West End Girls", par les Pet Shop Boys, jouait en arrière-fond.

Dennison se sentait vachement bien, et pas uniquement à cause du coup de fouet du gin qui courait le long de son échine jusqu'au bout de sa bite.

En glissant un œil vers le miroir mural, il voyait son hôte sur le lit faire des mouvements d'assouplissement avec ses adorables jambes fuselées, aussi gracieux qu'un chat.

Une petite chatte sexy délicieusement roulée.

– J'espère que tu n'essayes pas de me saouler, *Bern-ard*? dit l'invitée en souriant de toutes ses dents parfaitement blanches, la peau uniformément dorée.

Bern-ard. Rien que cette façon de prononcer son nom faisait trembler les genoux de Barney, lui contractant les bourses et lui faisait frétiller la bite comme une baguette de coudrier en présence d'eau.

– Viens par ici, *Bern-ard.* Je te veux en moi, tout du long jusqu'à ce que tes couilles velues viennent s'écraser sur mes petites fesses.

Barney se sentait comme un homme autrefois maudit par un problème d'érection et maintenant possesseur d'un braquemart capable de faire flotter les trois couleurs. Une autre érection se dresse!

Des années d'impuissance douloureuse, même pas aidé par un flacon plein de Viagra. Maintenant je suis Elton John, l'homme fusée, prêt à décoller.

Une semaine plus tôt, Barney prenait un verre dans la pénombre des Velvet Underground Rooms à l'intérieur du Ramsey's Kingdom – un club très chic, réservé aux membres, sur Lisburn Road, dans le sud de la ville. Depuis vingt longues minutes, il reluquait à la dérobée une magnifique jeune créature, connue sous le sobriquet de Butterfly, faire ses trucs sexy sur une minuscule piste de danse en acajou.

Butterfly avait le genre de visage que la plupart des femmes tueraient pour avoir – et le corps qui allait avec. Elle portait un jean de couturier si serré que c'en était presque un délit, et qui ne laissait rien à l'imagination, ni derrière ni devant.

La jeune beauté dansait avec un autre jeune homme, un ange narcissique créé par des dieux allumeurs pour tourmenter les gens comme Barney. Sauvage et torride, il y avait quelque chose d'hypnotique dans la manière dont le couple dansait et se chevauchait dans des positions hallucinantes dont un contorsionniste aurait pu être fier.

Barney s'imaginait, quarante ans plus tôt, debout sur le plancher, dansant avec des sosies de Butterfly, mains et doigts parcourant fiévreusement des fesses fermes et des avant-scènes rebondies.

Il soupira. *Arrête. Arrête de te tourmenter. Tu finiras saoul et déprimé, comme toutes les autres nuits.*

Soudain la porte principale du club s'ouvrit. Barney retint son souffle. Instinctivement, il plongea sous la table en faisant semblant de relacer sa chaussure tout en jetant des regards nerveux vers la porte. À son grand soulagement, c'était juste un couple de vieux se tenant la main.

Il savait qu'il ne devrait pas être là, caché dans le coin le plus sombre de la salle, mais c'était plus discret et moins connu que le Kremlin* et ses frimeurs patentés, tous à se vanter de conquêtes réelles ou imaginaires. En secret, il devait bien admettre ressentir un certain frisson ténébreux à vivre ainsi dans la marge.

À condition, bien sûr, de rester très prudent et de ne pas tomber de cette marge dangereuse dans les abysses de la honte et de la raillerie publique. Il frissonna à cette seule pensée, tout en sachant qu'il ne s'arrêterait pas, quel qu'en soit le coût.

Dix minutes plus tard, il se leva, se prépara pour une nouvelle nuit à la maison, seul avec un mariage de comédie monté juste pour la galerie, et une femme qui n'était même plus là. Au moment où il enfilait son manteau, l'enfer s'abattait sur la piste de danse. Les deux jeunes amoureux se poussaient et se bousculaient en se balançant des obscénités à la figure.

Les clients indifférents ignoraient la scène – lassés de ces chamailleries à fleurets mouchetés – ou gloussaient de joie. Toutefois Barney prit, comme d'habitude, la décision dangereuse d'intervenir dans la dispute, une erreur tacite qui se termine habituellement dans le sang de l'intervenant.

– J'aurais tué ce fils de pute, si vous ne vous en étiez pas mêlé, dit Butterfly quelques minutes plus tard en autorisant Barney à le conduire dans la nuit froide de Belfast.

– Vous auriez pu être… blessée. Votre visage…

– Mon visage? Qu'est-ce qu'il a, mon visage? fit Butterfly, sur la défensive.

– Rien. Rien du tout. Il est… ravissant. Je… je voulais juste… Je ne voulais pas le voir tuméfié. Ou pire, balafré. Il est si beau. Le plus beau visage que j'aie jamais vu.

Butterfly sourit. Elle embrassa tendrement Barney sur la joue.

---

* Célèbre bar gay de Belfast.

– Quel gentleman vous faites. Peut-être pourrions-nous aller boire un verre un de ces jours ?

– Et voilà, dit Barney, brandissant les verres, tout en tentant maladroitement de se glisser dans le lit.

– Trop d'alcool, *Bern-ard*, signifie moins de sexe, sourit Butterfly, en tendant le bras pour taquiner les couilles de Barney. On ne veut pas de ça, n'est-ce pas ?

Les mains de Barney commençaient à trembler si fort qu'il renversa un peu de sa boisson sur sa bite raidie.

Sans hésiter, Butterfly se pencha et lécha l'alcool.

– L'économie protège du besoin, dit-elle en enfonçant sa langue dans la bouche de Barney. J'ai envie de faire pipi. Je reviens tout de suite. Garde ta queue bien raide pour moi.

– Dépêche-toi… s'il te plaît…

Butterfly se glissa hors du lit, sortit rapidement de la pièce en agitant plaisamment son parfait petit cul.

– Oohhhhhhhhhhhhhhhh mon Dieu… fit Barney d'une voix faible.

Moins d'une minute plus tard, le bruit de la chasse d'eau ramena Butterfly, un sourire aux lèvres et une capote à la main. D'un mouvement sexy de la tête, elle fit voler ses cheveux de jais sur ses épaules.

– Maintenant, je suis prête à l'action, mon doux *Bern-ard,* dit-elle en s'installant sur le lit. Elle déchira l'étui de la capote, la plaça parfaitement dans sa bouche en souriant bizarrement comme une poupée gonflable trop gonflée à l'hélium.

Depuis l'horizontale, la bite de Barney s'élança vers le ciel, atteignant presque un angle de quatre-vingt-dix degrés. Il mordit violemment sa lèvre inférieure, essayant de ne pas éjaculer pendant que la bouche de Butterfly s'activait merveilleusement.

– Tu aimes ça, hein, vilain garçon ? dit-elle en émergeant quelques minutes plus tard, et elle tendit la main vers la table de nuit pour attraper un tube de Slap Happy Masturbation Cream.

– Est-ce que… je peux le faire cette fois, s'il te plaît, Butterfly ? dit Barney, la gorge rendue râpeuse comme du papier de verre.

– D'accord, mais sois gentil avec mon joli *der-rière.* – Elle se tourna et offrit son magnifique et parfaitement glabre postérieur au beaucoup moins magnifique et imparfaitement glabre visage de Barney.

Je t'en prie ne jouis pas, intima Barney à sa bite pleine d'enthousiasme, pendant qu'il passait la crème dans et autour de la sombre ouverture céleste de Butterfly. *Pas tout de suite. Je t'en prie, pas tout de suite…*

– Hummmmmmmmmmmmmmmm, j'adore l'odeur sexy de cette crème. – Elle arqua son dos comme une chatte, la tête dans l'oreiller, les yeux mi-clos. – C'est siiiiiiiiiiiiiii bon. Tu as des mains d'artistes *Bern-ard.* Ohhhhhhhhhhhhhh. Douuuuuuuuuuuuuuuucement. Tout doucement. Hummmmmmmmmmm. Comme ça… oh oh oh… bébé…

– Je… je ne peux pas… me retenir. Je ne peux pas… gémit Barney, chevauchant frénétiquement Butterfly. Oh putain. Oh putain. Oh putaaaaaaaaaaaaaaain.

Butterfly tendit la main vers ses propres fesses et tira dessus pour qu'elles s'ouvrent et que la bite de Barney entre encore plus profond.

– Hummmmmmmmmmm. Baise-moi plus fort, sale vieux cow-boy… murmura Butterfly, la voix gonflée d'un désir excitant. Claque le cul de ce petit poney.

Barney se mit à claquer le cul de Butterfly comme si sa vie en dépendait.

– Plus fooooooooooooort, criait Butterfly.

Barney continua de claquer et de pistonner, suant comme un fromage abandonné au soleil, les yeux prêts à jaillir de leurs orbites. Son cœur battait violemment. Une crise cardiaque ? Rien à foutre. C'était le paradis, la béatitude sombre et interdite. S'il mourait cette nuit, ce serait tant mieux. Au diable toute cette honte publique. De toute façon, il était déjà mort.

Pendant qu'il claquait le cul de Butterfly, quelqu'un lui claqua soudain son cul à lui – *très fort.*

– Allez, au galop. Chevauche le cul de ce petit poney. Hiiihaaa, cow-boy, chuchota une voix dans l'oreille gauche de Barney.

La voix le déconcertait. Il avait beau essayer, il n'arrivait plus à rester concentré. Il perdait le rythme. Il débandait ferme, définitivement.

– Qu'est-ce... ? – Barney se figea quand il reconnut le visage de Seamus Nolan qui le regardait méchamment.

– Ne me laisse pas t'arrêter, *Bern-ard*, ma vieille cow-girl. Continue juste à t'enterrer dans ce trou – et dans les ennuis.

Nolan cligna de l'œil, un flingue au nez camus enfoncé dans le cul de Barney.

Barney et Butterfly s'immobilisèrent.

– Qu'est... qu'est-ce que tu veux ? – La voix de Barney tremblotait sous l'effet des larmes.

– Pas ce que tu as maintenant, ça c'est putain de sûr. Je vais enlever ce canon de ton cul. Si tu pètes, je te fais un deuxième trou. – Nolan retira le flingue. – Descends de là, et ne tente rien de stupide, *Bern-ard.*

Barney, horrifié et tremblant, s'exécuta. Sa bite s'était réduite à moins que zéro, la capote pleine se balançait honteusement comme une vieille momie. Il savait qu'il avait l'air obscène et dégoûtant. Il voulait mourir.

– Qu'est-ce... qu'est-ce que tu fous là, putain ? dit-il en essayant de se couvrir avec un drap.

– Je voulais seulement te rendre une visite amicale, c'est tout, fit Nolan en retenant le drap, histoire d'ôter à Barney toute ombre de dignité.

Butterfly jaillit du lit, le visage grimaçant de colère.
– T'en as mis du temps ! Je t'attendais il y a cinq bonnes minutes. Tu avais promis que tu l'arrêterais à temps, avant qu'il me pénètre.

Nolan la gifla durement. La saisit par les cheveux, avant de lui coller le flingue sur l'œil gauche.

– Ne t'avise pas d'élever la voix en ma présence, petite conne. C'est clair, travelo ?

Butterfly se frotta la joue. Hocha la tête. Des larmes se formaient dans ses yeux.

Courageusement, mais stupidement, Barney esquissa un geste vers Nolan.

Nolan abandonna les cheveux de Butterfly et cogna la bouche de Barney d'un revers de la main qui tenait son revolver, lui ouvrant la lèvre supérieure. La violence du coup ramena Barney à la raison.

– Tu veux défendre l'honneur de ta copine, *Bernard*, après qu'elle t'a vendu pour quelques ronds ? Tu crois que c'était accidentel, ta rencontre aux Velvet Underground Rooms ?

Barney risqua un œil vers Butterfly. Le jeune homme fixait le tapis, refusant de croiser son regard éclaté.

Nolan gifla Butterfly avec un billet de vingt livres.

– Dégage ton sale cul de là, avant que je te fasse un autre genre de trou. La prochaine fois que je te chope à draguer dans un quartier nationaliste, tu auras moins de chance. Tu seras bon pour une petite baignade. Pigé ?

– Ou... oui... bégaya Butterfly en attrapant son fric et ses vêtements.

– Pas ici. Va t'habiller dans la rue ! aboya Nolan en bottant les fesses de Butterfly avant de le propulser contre la porte.

Butterfly sortit en titubant et laissa Barney seul avec Nolan.

– Remets ton caleçon, gronda Nolan. Tu es dégoûtant à regarder.

Barney fouilla pour trouver ses sous-vêtements et les enfila en vitesse tout en essuyant le sang qui coulait de sa bouche.

– Qu… qu'est-ce que tu veux ?

– Des informations.

– Quelle sorte d'informations ?

– La bonne sorte, celle que personne n'est supposé connaître, sauf quelques initiés. – Nolan se tapota l'aile du nez avec le doigt.

– Qu'est-ce qui te fait croire que je suis au courant de ce genre de choses ?

– Mon petit doigt m'a dit que tu es au courant pour Doc Holliday et que tu connais tous les petits secrets du pape Conor, sourit Nolan. Bien, je peux voir à ta gueule que mon petit doigt avait raison.

– Conor vous fera descendre.

– Et qu'est-ce que tu crois qu'il te fera à toi, son enfant de chœur favori, qui écartes les ailes d'un papillon pendant que tu lui plantes ta vieille chandelle dans son trou merdeux ?

– J'ai… j'ai pas peur de vous… ni de vos menaces de chantage.

– Bien sûr que tu n'as pas peur, *Bern-ard*, sourit Nolan.

– Conor ne vous croira jamais. Il vous méprise.

– Le pape Conor ne sera pas le chef éternellement. Laisse-moi te raconter un truc gratuitement. Ils sont fatigués d'O'Neill, dans le Sud. Du sang neuf arrive *très* vite, sous la forme de ton serviteur. Je me souviendrai de ceux qui sont restés de mon côté, quand le jour viendra, et je me souviendrai surtout de ceux qui ne l'ont pas fait.

– Je ne trahirai jamais Conor pour quelqu'un comme toi.

– Quel courage ! Quelle loyauté ! Comme c'est ridicule et pathétique. Bien, maintenant examinons les arguments que je peux invoquer pour te faire changer d'avis. – Nolan pointa son flingue sur le visage pétrifié de Barney. – Je pourrais te faire sauter la cervelle.

– Non, s'il vous plaît, pas ça…

– Je *pourrais* te tuer, sauf que je t'ai déjà tiré le portrait. – De sa main libre il alla pêcher son téléphone portable dans la poche intérieure de sa veste. – De sacrées petites choses. J'ai une bonne vue de toi, *Bern-ard*, pleine lune et couleurs haute définition. Pas de numéro d'acteur, là. Tout est naturel. Même tes grognements et tes mots d'amour ont été pris sur le vif.

Nolan tint l'appareil sous les yeux de Barney et poussa le son à fond. Barney s'éloigna rapidement.

– Un petit clic, et tout ça sera sur Internet… et avec un mineur par-dessus le marché. Oh, tu ne savais pas que Butterfly n'a que seize ans ?

Barney devint livide. Il secoua lentement la tête.

– Non… Je…

– Essaye de dire ça aux flics quand ils viendront t'arrêter. Ça fait de toi un violeur et un pédophile aux yeux de la loi, de toute ta famille et de tes amis. Pense à ce que ton héros Conor va faire de toi. Pense à l'ironie de tout ça. Moi t'entraînant dans une forêt solitaire avant de te tirer une balle en pleine tête, comme ton pape adoré me l'aura ordonné.

– Enfoiré…

– Probablement. Maintenant, au boulot. Raconte-moi tout ce que tu sais sur Doc Holliday. Mens-moi et je ferai de ta vie un enfer avant de t'y envoyer.

13

> "Je vais avoir sa carcasse dégoulinante de sang à minuit."
>
> Harold Shand dans *Du sang sur la Tamise*

Le jeudi, tard dans l'après-midi, Jim McCabe regardait les goélands raser l'eau et plonger sur la Lagan River, à côté de l'impressionnant front de mer du Quartier Titanic de Belfast. Il avait rendez-vous une heure plus tard avec le dentiste redouté et espérait avoir le courage d'aller jusqu'au bout.

La maudite pluie du matin avait fini par s'arrêter, et son odeur lui emplissait les narines. Un gros bataillon de cameramen se rassemblait un peu plus loin, se préparant à partir pour la forêt de Tollymore – la plus vieille forêt de pins d'Irlande – pour tourner une séquence de *Game of Thrones*.

Ces deux derniers jours, il était resté chez différents potes à squatter le canapé en attendant que les choses se calment. Le braquage – ou plutôt la *tentative* de braquage, comme l'écrivaient les journaux – n'était plus mentionné, mais Jim savait que retrouver son fric était la priorité absolue de son propriétaire d'origine.

Il avait gardé l'oreille fermement collée au sol, mais n'avait rien entendu de pertinent. Un de ses potes de Steeple House l'avait contacté pour lui dire que les flics avaient appelé le refuge et le cherchaient. Et que, le même soir, un autre flic s'était pointé pour fouiller sa chambre.

– Te bile pas, mec. On lui a donné une bonne leçon à cet enfoiré, l'assura Face cloutée. Il ne remettra plus les pieds à Steeple House. Garanti.

– Passe-moi Paul, pendant que j'y suis…

– Euh… Paul a un abcès sur la langue. Il a du mal à parler.

– Je comprends ça, mon pote. Bon, il faut que j'y aille. S'il se passe quelque chose, tu me tiens au courant le plus vite possible.

Il se demanda comment les flics l'avaient repéré si vite. Peut-être qu'ils étaient juste en train de pêcher les habituels suspects, ce qui, dans cet océan de crimes, n'était pas entièrement inhabituel.

Il espérait que cette partie de pêche ne cachait rien d'autre, mais il avertit quand même Charlie, et lui conseilla de ne pas rester chez lui, juste au cas où. Charlie s'était plus ou moins foutu de lui en disant que si les flics le cherchaient, ils seraient déjà venus frapper à sa porte. Il accepta, toutefois, de rester loin de chez lui quelques jours, avec l'intention de quitter Belfast pour de bon.

Plus embêtant que l'attitude blasée de Charlie était le fait qu'il n'arrivait pas à localiser Brian. Il n'était pas à son appartement et son téléphone mobile ne répondait pas. Il espérait qu'il était parti à Dublin assister à l'un de ces festivals de comics qu'il aimait tant.

Il s'envoya deux nouvelles pilules d'antalgique. C'est le moment que choisit la pluie pour revenir. Le genre de crachin qui vous trempe jusqu'aux os. Il se dépêcha de courir jusqu'à la guimbarde qu'il avait empruntée à Charlie. Une fois à l'intérieur, il vérifia que sa part du butin était bien dans le sac avec les armes.

Il ne voulait pas laisser le sac ou les armes à quiconque. Trop tentant. Ce sac était devenu une seconde peau, et il le resterait jusqu'à ce qu'il soit sorti de Belfast, demain. Il commencerait une nouvelle vie à Londres, ou aussi loin que possible de cet endroit de merde. Une fois en sécurité, il enverrait de l'argent à Marianne et Patrick. Elle détesterait devoir le prendre, mais elle le ferait.

Il essaya de faire démarrer la voiture. Elle s'ébroua et toussa comme un vieillard dans les affres de la mort.

Après quelques essais elle revint à la vie en crachouillant et en pétant des bouffées de fumée noire. Il mit le chauffage à fond, mais aucune chaleur n'en sortit.

Saloperie de tas de tôle!

Il poussa le bouton de la radio. Le poste grésilla un truc rétro des années 70. Les O'Jays, dans "Back Stabbers". Il dégagea la voiture et se dirigea vers le centre-ville.

Dix minutes plus tard, il se garait dans un parking de Castle Court. Il était presque plein. Le jeudi étant le jour où l'on peut faire ses courses jusque tard dans la soirée, des hordes de gens étaient venues plus tôt dans l'espoir de trouver des places.

Il sortit de la voiture, son sac à la main, et se mit à fendre la foule qui se dirigeait vers le centre commercial. Il se fit bousculer trois fois parce qu'il ne marchait pas assez vite et, deux fois, on l'éjecta carrément du chemin.

Quand il finit par arriver entier au cabinet du dentiste, la trouille le reprit. Il se posa à nouveau la question, ferma les yeux, soupira, ouvrit les yeux, regarda la porte et, finalement, entra.

Une heure plus tard, il émergeait, le visage engourdi et caoutchouteux, les veines encore pleines de la chaleur rayonnante de l'anesthésie. Il devait bien l'admettre, ça n'avait pas été aussi horrible que dans son adolescence. En fait, il avait trouvé ça presque agréable.

J'aimerais bien un flacon de ce machin qui fait dormir...

– Assurez-vous de ne pas conduire ni de travailler sur de gros engins avant trois à six heures, le prévint le dentiste.

– Pas... conduire, bafouilla Jim.

Il n'avait pas plus tôt quitté le cabinet que la jeune assistante du dentiste l'interpellait.

– Monsieur McCabe!

– Quoi… ? fit-il en se retournant au ralenti.

– Vous avez oublié ça, s'agitait-elle en brandissant le sac.

– Quoi ? Oh, merci…

Merde!

Il attrapa le sac, le cœur battant à l'idée d'avoir failli le perdre. Une seconde d'inattention et sa nouvelle vie presque détruite, disparue à jamais.

La pluie se faisait plus dense. Elle rebondissait sur le toit de la voiture avec un bruit désagréable, comme des gamins qui joueraient avec des pistolets à plomb. Ses mains tremblaient, il essayait de faire entrer la clé dans la porte, mais l'anesthésie lui menait la vie dure. Ses doigts étaient trop gros et bien trop lourds pour sa main.

Allez, bon Dieu!

Juste au moment où il était prêt à laisser tomber, la clé entra. Il ouvrit la porte, rangea le sac à l'arrière, et hissa maladroitement à l'intérieur sa carcasse bizarrement démontée. Il se regarda dans le rétro, sourit. La douleur était partie. *Délicieux demi-sommeil médicinal.* Il aurait voulu dormir dans la voiture, pour toujours, à jamais.

Sors de là. Va te prendre un café jusqu'à ce que ça passe.

Mais il ne le fit pas. Il sortit lentement la voiture du parking, direction North Queen Street et les ténèbres naissantes du soir.

Il n'alla pas plus loin que Limestone Road, à peine dix minutes de trajet, quand une des roues se mit à trembler. À moitié dans le coaltar, il pila net et la voiture se déporta de l'autre côté de la route, manquant de justesse un poteau télégraphique, une cabine téléphonique et un chien en train d'aboyer.

Merde! Réveillé par le choc, il réussit à s'arrêter devant le portail rouillé d'une église abandonnée. Il ne bougea plus, les mains serrées sur le volant, les nerfs en vrac, les yeux fixés sur un vieil ange fatigué qui lui rendait son regard sans ciller.

C'est pas passé loin...

Il sortit de la voiture pour constater les dégâts.

Un pneu crevé... merde! Il shoota dans le pneu mort, et regarda ce qui l'entourait. Des immeubles désertés et des rues sans une âme. L'église était couverte de graffitis, la plupart sectaires et politiques. Toutes les fenêtres semblaient fracassées. Un couple d'arbres sans feuilles se frottait contre elle, comme pour la réconforter.

Et si quelqu'un m'avait vu déraper au milieu de la route, et s'était décidé à appeler les flics?

Une pluie punitive tombait maintenant, lourde comme le péché. Il se dirigea vers le coffre. L'idée de changer de pneu sous une pluie battante le mit de mauvaise humeur. Il ouvrit le coffre.

Putain de merde! J'y crois pas! Pas de roue de secours. T'es vraiment un connard, Charlie. Si je t'avais devant moi, je t'étranglerais de mes mains.

Il chercha son portable dans la poche de sa veste. Il n'avait qu'à appeler Charlie ou quelqu'un d'autre pour leur demander de rappliquer en vitesse. Ce coin était inquiétant. Il ne s'agissait pas que les flics passent par là et trouvent les armes et le fric sur lui. Il n'avait aucune envie d'une fusillade avec la police, mais si ça se présentait, alors ainsi soit-il. Pas question de retourner en prison.

Où est-ce que j'ai foutu mon portable... ? Il se mit à se tâter un peu partout. Rien. Il courut à la voiture, chercha frénétiquement derrière les sièges. Zéro.

J'y crois pas! Il en aurait pleuré. Il avait plus que jamais envie d'étrangler Charlie. Il empoigna son sac et se dirigea rapidement vers la cabine qu'il avait manquée de peu.

Une fois dedans, il prit le combiné.

Merde!

Quand le truc lui resta dans la main, il ne savait plus trop s'il fallait en rire ou en pleurer.

Les phares obscurcis et dilués par la pluie, une voiture approchait. Ses mains plongèrent instinctivement dans les profondeurs du sac, le Magnum était bien là.

Les flics... ? Il pensa à se cacher quelque part, peut-être derrière la vieille église.

Les phares approchaient, mais il était toujours aussi difficile de voir quel genre de voiture c'était. En approchant de l'église, elle commença à ralentir. Le conducteur n'avait pas l'air rassuré. Il semblait étudier le chaos environnant, et Jim qui le regardait depuis la cabine vandalisée.

La voiture se remit à accélérer. Jim se rua hors de la cabine en agitant frénétiquement les mains.

– Stop !

La voiture continuait d'accélérer, prenait de la vitesse.

– Et merde... !

Et juste comme il perdait tout espoir, la voiture s'arrêta un peu plus loin.

Trempé jusqu'aux os, la bouche pleine de flotte, hors d'haleine, Jim s'était immobilisé de peur que le conducteur ne change d'avis.

Pendant une éternité, la voiture resta immobile. Jim ne bougeait pas non plus. Le conducteur se demandait sans doute s'il était bien avisé de venir en aide à un étranger dans un coin pareil, et pendant une nuit aussi affreuse.

– S'il vous plaît... murmura Jim. S'il vous plaît.

Les feux de recul de la voiture s'allumèrent et elle se mit à faire marche arrière.

– Merci...

La voiture s'arrêta. Le conducteur jeta un regard nerveux, mais sans baisser la vitre.

– Bonjour, mon vieux, dit Jim, le visage collé à la vitre. C'est un peu le bordel. J'ai crevé et je n'ai ni roue de secours ni portable.

Le conducteur regarda successivement Jim, le sac et le pneu à plat. À première vue, il n'avait pas l'air totalement décidé à ouvrir sa portière.

Pendant une autre éternité, les deux hommes se jaugèrent du regard, le visage noyé de Jim semblait à peine humain. Et puis, juste au moment où il se disait que c'était foutu, la porte s'ouvrit.

– Montez.

– Merci, mon vieux, dit Jim, qui n'osa respirer qu'une fois dans la voiture. Un pneu crevé et dans une putain de nuit pareille, par-dessus le marché.

– C'est toujours comme ça, non? répondit le conducteur, pas encore tout à fait rassuré. C'est une nuit affreuse quand on est coincé dedans.

– En plus, j'ai perdu mon portable. Quand la chance vous lâche, c'est pour de bon.

Le conducteur finit par craquer un sourire.

– J'ai eu pas mal de journées comme ça moi aussi, il n'y a pas longtemps.

– Écoutez, je déteste avoir à vous demander aussi ça, mais vous pourriez me prêter votre téléphone? Il faut que j'appelle un pote pour qu'il vienne me dépanner.

– Hélas, je n'ai pas de portable sur moi, mais si vous voulez je peux vous déposer plus haut. Il y a une station-service. Ils auront sans doute quelqu'un pour réparer votre roue. Il y aura peut-être aussi une cabine téléphonique.

– Ce serait formidable. Ça me dépannerait bien.

Le conducteur était sur le point de démarrer, quand le son d'un téléphone retentit. Il fouilla dans sa poche intérieure et en sortit un portable dont il consulta l'écran.

Jim était perplexe.

– Je croyais que vous n'aviez pas de portable.

– C'est vrai. C'est le vôtre.

– Le mien? – Jim tendit la main vers le téléphone, brutalement saisi par un très mauvais pressentiment.

Le conducteur sourit et administra une parfaite manchette de karaté à la gorge de Jim pour qui les ténèbres de la nuit se firent plus sombres encore.

14

“Si tu retiens quoi que ce soit, je te tue. Si tu déformes la vérité ou si je pense que tu déformes la vérité, je te tue. Si tu oublies quelque chose, je te tue. En fait, tu vas devoir travailler très dur pour rester en vie, Nick. Tu comprends tout ce que je viens de dire ? Parce que si tu ne le fais pas, je te tue !”

Rory Breaker dans *Arnaques, Crimes et Botanique*

Jim essaya d’ouvrir les paupières. Il avait l’impression qu’elles étaient collées à la glue. Il ne pouvait ni sentir ni bouger son corps, mais le percevait néanmoins intensément alerte. Il avait déjà eu ce genre d’attaque nerveuse dans son adolescence. Le médecin appelait ça paralysie du sommeil.

Le seul fait d’y penser le fit paniquer. Il avait du mal à respirer. Il essayait de canaliser la pression qui montait de ses mâchoires serrées.

Au secours… je suffoque… un deux trois… essaye de respirer… un deux trois… reste calme… un deux trois…

– C’est bon, Jim, fit une voix posée. Ne t’inquiète pas. Respire lentement. C’est bien… doucement.

Ses paupières commencèrent à se décoller. Il cligna plusieurs fois des yeux avant de se remettre les idées en place. L’endroit avait tout de l’aspect et de l’odeur d’un vieux garage abandonné : huile, graisse, rouille.

Sur le mur du fond, son reflet tordu s’étalait dans le miroir d’une vieille publicité pour batteries d’automobile. Ses yeux semblaient hagards. L’aspect d’un type qui ne comprend ni où il est, ni ce qu’il fait là.

Il était assis droit, nu, sanglé sur une espèce de chaise médiévale couverte de pointes métalliques, bras et jambes attachés individuellement. Une manette en métal émergeait sur le côté. Au-dessous de la manette, verrous, tourniquets et petites roues patientaient à leurs places, comme les entrailles d'une grosse et très vieille horloge. Son corps tout entier reposait sur les pointes, mais bizarrement il ne ressentait pas la moindre douleur ; il ne ressentait rien, même pas lui-même.

Un homme que Jim reconnut comme étant le conducteur apparut. À ses pieds, le sac ouvert laissait voir les armes et l'argent.

– Qu'est-ce que vous m'avez fait ? demanda Jim. – Il avait un horrible goût de caoutchouc dans la bouche et dans les tripes. Il avait envie de vomir. – Ça veut dire quoi, tout ça ?

– Ne fais pas ton timide, Jim. Francis Bacon ne faisait pas dans le beau ; je ne fais pas dans les conneries, dit Rasharkin. Dans mon boulot, le temps c'est de l'argent, et je n'entends pas le gaspiller sans toucher une sorte d'intérêt quelconque.

– Tu as déjà tout ce que je possède dans ce sac. Qu'est-ce qu'il te faut de plus ?

– Tes deux braves mais téméraires amis. C'est le maximum de ce que je te demande. – Il lui brandit son téléphone sous le nez. – J'ai déjà glané quelques infos là-dessus. Les numéros de téléphone de tous tes potes pour commencer.

– J'ai des centaines de noms là-dessus. Bonne chance pour les trouver.

– Fais-moi gagner du temps, et je te promets que je te faciliterai les choses.

– Et si tu allais te faire foutre, pour commencer ?

– OK, joue-le comme ça, sourit Rasharkin. Tu es assis sur une chaise de sorcière du XVIIIe siècle. Tu sais à quoi elles servaient ?

– À s'asseoir ?

– Amusant. J'aime bien les gens qui savent garder leur sens de l'humour en toute occasion. De manière plus spécifique, ces chaises étaient conçues pour arracher les confessions de soi-disant sorcières. Plutôt barbare, je te le concède, mais finalement plutôt efficace. Pour le moment, tu ne peux pas sentir les pointes de fer sur lesquelles tu es assis. Tu ne veux pas savoir comment c'est possible ?

Jim se força à sourire.

– Sorcellerie ?

– Kétamine.

– Kétamine ?

– Un tranquillisant pour chevaux… Non, ne fais pas cette tête. C'est moins mauvais qu'il n'y paraît. C'est même plutôt sympa pour l'homme, si c'est correctement administré. Je l'ai équilibré avec de petites quantités d'aspirine écrasées avec du bicarbonate de soude pour compenser toute complication. Ça va te conserver à l'abri de la douleur – au moins pour un moment. Ce *pour un moment* est très important pour ce que j'ai à faire.

Rasharkin sortit une photo d'identité judiciaire de Jim.

– Elle ne te rend pas vraiment justice. Le tatouage du rosaire, toutefois, ressort bien. Je n'ai jamais compris pourquoi les anciens détenus ont des tatouages. Ils se dressent comme des drapeaux rouges. Tu ne sais donc pas que les flics adorent les ex-taulards tatoués ? Ce sont les cartes au trésor de la trahison.

– Tu es flic ? Tu ne peux pas me faire ça. Je connais mes droits.

– Erreur sur toute la ligne. Je ne suis pas flic. Je peux faire ça, et tu n'as aucun droit. Tu as perdu tous tes droits le jour où tu as piqué le fric à ceux qu'il ne fallait pas.

– Putain de trafiquants de drogue. Qu'ils aillent se faire foutre !

– Trafiquants de drogue ?

– Les propriétaires du fric.

– C'est ça que tu crois ?

– Oui.
– Non.
– Non ?
– Non.
– Qui alors ?
– La Fraternité pour la liberté irlandaise.
– Oh merde…
– Exactement, Jim. Oh merde, c'est le mot juste.
– On… on savait pas. On ne l'aurait pas touché si on l'avait su.
– L'ignorance ne crée aucune justification dans un inventaire. La comptabilité est la mesure de toutes les actions, finalement.
– Comment tu m'as trouvé ? Je pensais avoir plutôt bien couvert mes traces.
– Malheureusement pour toi, plutôt bien a tourné rapidement en franchement moche. J'ai trouvé ta lettre de rendez-vous chez le dentiste dans ta chambre, dans la corbeille à papier… avec toutes les fioles d'antalgique.
– Putain de rage de dents…
– C'est facile de se prendre pour un coriace avant une rage de dents. Elle rendrait croyant un athée convaincu. Je pensais que tu te pointerais chez le dentiste le jour du rendez-vous, quel que soit le risque – enfin, c'est ce que j'espérais. C'était un pari, et il a payé. Tu ne te souviens probablement pas que je t'ai bousculé en sortant de Castle Court ?
– Je me souviens de deux personnes qui m'ont bousculé, mais je n'y ai pas fait gaffe.
– C'est là que je t'ai piqué ton portable.
– Le pneu et la roue de secours, c'était toi aussi ?
– J'ai fait une petite incision dans le pneu, et je l'ai bourrée de super glue. Je savais que ça ne tiendrait pas longtemps avant que le bouchon ne saute sous la pression. La roue de secours est dans le parking de Castle Court.

Jim eut un sourire contraint. Triste et blessé à la fois.

– Tu connais ma réputation? Tu ne tireras rien de moi, quoi que tu fasses.

– Oh, je sais que tu es un sacré coriace. Je sais que tu t'es fait tabasser pendant cinq jours par les flics, à seize ans, après ton premier braquage, malgré tes côtes cassées et ton bras pété en trois endroits. C'est digne de louange, et j'applaudis ta ténacité et ton courage. Malheureusement pour toi, j'ai un boulot à faire. La kétamine va très vite perdre son pouvoir bienfaisant.

– Va te faire foutre, toi et ta kétamine.

Rasharkin sortit un couteau qu'il brandit sous le nez de Jim.

– Ceci est un couteau de chasse Fällkniven NL1 Thor. Magnifique. Mortel. Efficace. Je pourrais t'enlever une jambe en moins de cinq minutes si c'était ce que je voulais. C'est le meilleur détecteur de mensonges que je connais. Ça sépare les conneries de la vérité.

– Va… te faire foutre. – Le doute pointait à présent dans la voix de Jim.

– Tu te crois si coriace que ça? Ce couteau transforme les hommes en petits garçons; des petits garçons qui appellent leurs mères en pleurant, en se chiant et en se pissant dessus. Crois-moi, j'ai eu ma part de soi-disant durs qui me riaient à la gueule, avant de le regretter.

– Va… te faire foutre…

– Je ne vais pas te mentir. C'est foutu pour toi. C'est regrettable, mais la chance et Dieu t'ont oublié. – Rasharkin fit glisser la lame du couteau sous les couilles de Jim qui tressaillit malgré lui. – Tu te doutes, bien sûr, que si tu ne parles pas, il faudra que j'aille les porter à Marianne et à Patrick, pour voir ce qu'ils peuvent me dire.

Jim essayait de se libérer. Les muscles et les veines de son cou et de ses bras gonflaient et se tordaient comme un nœud de serpents.

Rasharkin fit apparaître une photo de Patrick sur l'écran du portable de Jim.

– C'est un beau garçon, Jim. Aussi beau que sa mère d'après ce que j'ai pu voir sur d'autres photos. Je peux les amener tous les deux ici. Les faire asseoir dans ce fauteuil. T'obliger à regarder pendant que…

– Si tu touches un cheveu de mon fils, je te jure que…

– Oui, je sais. Tu me tueras. Reprends-toi, mon pote. On est en plein réel, pas dans une fantaisie hollywoodienne à la con. Liam Neeson ne va pas jaillir de cette porte pour te sauver. Personne ne sait où tu es, on ne le saura que demain, quand j'aurai laissé ton corps quelque part et que j'aurai dit où. Maintenant, où sont tes deux amis ?

– Tu n'obtiendras rien de moi.

– Les piques de la chaise vont finir pas entrer d'elles-mêmes dans ta moelle, au cœur de ton âme. Une douleur, dont tu ignorais qu'elle puisse exister dans ce bas monde, va fondre sur toi. C'est vraiment ce que tu veux, sachant qu'à la fin tu finiras de toute façon par me dire ce que je veux ?

Pas de réponse.

Rasharkin soupira et toucha une manette de la chaise, donnant vie, du même coup, au tas de ferraille. Roues et dents se mirent en mouvement ; les pointes frémirent lentement en se frayant un chemin dans la peau de Jim.

Sur son visage, un calme d'acier laissait la place à des tressaillements nerveux. Il grinçait des dents, essayait d'échapper à la douleur qui consumait sa chair, à mesure que la kétamine s'éliminait de son sang.

– La douleur va se répandre progressivement, tant que ton cerveau envoie des signaux de défense. Mais ça ne va pas durer longtemps. Tes stocks d'adrénaline et de testostérone vont s'assécher, jusqu'à ne plus pouvoir donner le change. Tu peux encore éviter tous ces désagréments. Il te suffit de me dire où sont tes deux amis pour que tout s'arrête très vite. Je t'en donne ma parole.

Le visage de Jim se tordait, ses yeux n'étaient plus qu'une fente.

– Ils sont… dans un endroit… appelé…

– Appelé ?

– Appelé… va… va te faire foutre…

– T'ai-je dit que mon vieux garage est insonorisé ? Tu peux hurler tant que tu veux. – Il toucha une autre manette. Les piques frémirent encore. De petits ruisseaux de sang se mirent à serpenter le long de la chaise et à former une mare aux pieds de Jim.

– Putaiiiiiiiiiinnnnnnnn ! – Menton enfoncé dans la poitrine, poings serrés, Jim hurlait sa douleur.

Au bout de quelques secondes, Rasharkin interrompit tous les mouvements de la chaise à l'aide d'une sorte de clé métallique.

– Tu n'es pas obligé d'aller jusqu'au bout, Jim. Tu as déjà largement prouvé ton courage. Au-delà du moindre doute. Tu peux arrêter cette folie d'un simple geste de la tête. Je te promets que tu ne sentiras plus rien après. Plus de douleur pour l'éternité.

Jim secoua la tête.

Rasharkin lâcha la clé. L'engrenage se remit à faire tourner les roues qui, à leur tour, firent pénétrer les pointes de plus en plus profondément dans la chair de Jim. Le sang coulait maintenant plus abondamment.

Jim se mordait frénétiquement les lèvres.

– Hhhhummmmmm !

– Pense à Marianne et à Patrick. Ils sont sûrement plus importants pour toi que tes deux amis ?

– Va au diable !

Plongé dans ses pensées, dans le silence oppressant du garage, Rasharkin regardait Jim. Seuls ses yeux trahissaient alternativement sa tristesse et son admiration.

– Tu ne me laisses aucune option, Jim. Je suis maintenant obligé de te révéler le côté sombre de la douleur, et ce que signifie vraiment aller au diable.

15

Mon fils, le plus grand tour du diable a été de convaincre le monde qu'il n'y en avait qu'un.
David Wong, *John meurt à la fin*

De l'autre côté de la ville, à peu près au même moment, deux autres hommes étaient aussi sur le point de faire connaissance, cette fois à l'Odyssey Arena, au cœur de Belfast.

Oublions Disney On Ice. Il s'agissait là de violence conflictuelle pure entre les gladiateurs de l'équipe de hockey sur glace des Belfast Giants et celle des Sheffield Steelers. Les Giants venaient juste de se faire mettre un joueur en prison pour ce qui semblait être un télescopage trivial. Les huées des supporters des locaux noyaient les encouragements de l'armée de supporters des Steelers.

Personne ne huait plus fort que Robert Boyd, debout, surplombant les rangées de sièges bondées. On pouvait entendre sa voix bien au-dessus du raz de marée des autres, comme si sa vie en dépendait.

– Achetez-lui une paire de lunettes, à cet arbitre !

Et puis, aussi vite qu'il avait éclaté, le brouhaha s'éteignit quand un des Steelers réussit une échappée.

– Descendez-le ! hurla Boyd dégoûté en regardant le joueur se débarrasser de la défense, et foncer droit sur le goal. Accroche-le ! Ne reste pas planté là, bordel de merde ! Accroche-le !

Silence total quand le palet fut projeté dans l'air à la vitesse d'une balle de caoutchouc pendant une émeute à Belfast. Le goal esquissa une défense en forme de X, mais tout fut dit quand le palet lui passa entre les bras pour aller s'écraser dans le filet.

Boyd s'écroula sur son siège dans la lumière chiche du stade, comme si le palet lui avait percuté le front.

– Moi aussi j'avais mis quelques ronds dessus, mon pote, dit une voix derrière lui.

Il se tourna vers le joueur malheureux et resta un bon moment figé, nez à nez avec Seamus Nolan, avant de se mettre à jeter des coups d'œil nerveux à droite et à gauche.

– Tout va bien, Robert. Je ne suis pas en mission et je n'ai pas d'intentions malveillantes. Je suis juste venu te faire une proposition intéressante et potentiellement lucrative.

– Ne t'avise pas de t'approcher si près de moi à nouveau, sac à foutre, dit Boyd en laissant voir sous sa veste la crosse d'un flingue. Sinon, tu pourrais bien goûter à ta propre médecine.

Nolan sourit en levant les mains, comme s'il était en état d'arrestation.

– Comme tu voudras, Robert. J'essayais juste de te sortir des mâchoires de tous ces requins d'usuriers que je vois tourner autour de toi, avant qu'ils ne te dépouillent jusqu'à l'os. D'après ce que j'ai vu, ils ne vont pas tarder à venir te rendre visite. Genre, dans les prochaines vingt-quatre heures. Et tu sais que ces mecs ne plaisantent pas avec le fric.

– De quoi tu parles, bordel ?

– De rien. Désolé, vis ta vie. Je pensais parler à un homme couvert de dettes de jeu et guetté par le tic-tac de l'horloge suspendue au-dessus de sa tête ; un homme qui apprécierait une belle somme d'argent pour se sortir de la merde où il s'est fourré.

Boyd se redressa lentement sur son siège.

– Qu'est-ce que t'as en tête ?

– Juste me montrer amical, Robert. Je sais que tu dois du fric à une certaine organisation et que tu payes tes dettes en leur refilant des infos de l'intérieur. Si ton patron, Harry Thompson, l'apprend, il va t'écorcher vif. Humiliation publique. Mépris de tous les flics et de tous tes potes. Suivi, bien sûr, par le pire cauchemar pour un flic : de longues années de prison en compagnie de tous les gens que tu as mis dedans. Dois-je vraiment continuer ?

Boyd semblait se fondre dans son siège. Il resta longtemps sans dire un mot. Quand il finit par le faire, ce fut d'une voix défaite.

– Tu en as après qui ?

– Trop de bruit et pas assez d'intimité, Robert. Tu ne tiens sûrement pas à ce qu'on te voie parler avec moi, et moi je ne veux définitivement pas qu'on me voie avec toi. Pourquoi pas dans ma voiture ?

– Tu parles ! Avec quelques-uns de tes potes qui m'attendent ?

– Ne sois pas stupide. J'ai besoin de toi autant que tu as besoin de moi. Pourquoi voudrais-je tuer ma poule aux œufs d'or ?

– Ne m'appelle plus *jamais* comme ça, salaud.

– OK, pas de problème. Je devrais peut-être t'appeler Doc Holliday à la place ?

– Enfoiré.

– Ça fait un bout de temps qu'on ne m'a plus insulté comme ça. T'as du bol que je ne sois pas du genre sensible.

– On va utiliser ma voiture. – Boyd se leva de façon mal assurée. – Je vais partir maintenant, et tu me suivras dans cinq minutes. Fais gaffe à prendre l'entrée principale, là où c'est bien éclairé, que je puisse te voir approcher.

– Dis-moi où tu es garé, Robert, pour que je puisse trouver ta bagnole.

– Tu te crois si finaud ? fit Boyd avec un soupçon de mépris. Tu savais où était ma voiture à la seconde où je me suis garé.

Nolan ricana.

– Je vois qu'on est bien sur la même longueur d'onde, Robert. Je te connais et maintenant tu me connais.

16

> Comme les morts sont complaisants. Vous pouvez les arranger comme des fleurs coupées.
> William Gay, *La Mort au crépuscule*

C'est l'heure du petit-déjeuner dans la maison Thompson, au sud de Belfast, et Harry déboule des escaliers, habillé et prêt à affronter un autre jour, un autre jour à biffer sur le calendrier de sa retraite.

L'odeur d'un petit-déjeuner nord-irlandais planait autour de lui quand il pénétra dans l'espace ouvert de l'impressionnante cuisine.

Il suspendit sa veste sur le dossier d'une chaise, se dirigea vers sa femme Elaine et l'embrassa sur la joue.

– Bonjour, ma chérie. Je croyais que tu avais une réunion de comité à l'hôpital ?

– Je l'ai repoussée. Je voulais être avec toi ce matin. – D'une seule main, Elaine cassa un œuf sur le côté de la poêle. – Tu aurais pu rester cinq minutes de plus au lit. J'allais te monter le petit-déjeuner.

– T'es bien gentille, aujourd'hui. Qu'est-ce que tu manigances ?

– C'est ta mentalité méfiante de flic qui te joue des tours. Je sais que tu vas être au tribunal la majeure partie de la journée et je ne veux pas que tu aies faim. De toute façon, je ne vois pas pourquoi une femme aimante ne pourrait pas rendre son mari heureux en faisant des petites choses pour lui.

– Tes petites choses finissent toujours par me coûter de grosses choses.

Il s'assit à la table, et se saisit de la dernière édition du *Belfast Telegraph*. Les journalistes locaux semblaient toujours plus au courant de ce qui se passait dans la police que lui. Ils avaient des exclusivités ; il avait des excuses.

– Un œuf ou deux, chéri ?

Il n'avait pas spécialement faim ce matin, mais il savait qu'Elaine déclencherait la Troisième Guerre mondiale s'il n'avait pas assez de boustifaille dans l'estomac avant de partir. Il préférait affronter une escouade de miliciens de la Fraternité armée de fusils Armalite qu'Elaine furieuse avec une poêle à frire.

– Un seul, mon amour, et vas-y mollo avec le bacon.

– C'est encore ces brûlures d'estomac qui te travaillent ? Tu veux que je te ramène quelque chose du boulot ?

– Je vais bien. J'essaye juste de faire attention à ma ligne et d'imaginer ce que tu manigances.

Elaine posa la poêle sur la table. Lui ébouriffa les cheveux. Lui embrassa le sommet du crâne.

– Rien qui puisse nuire à ta mâle apparence.

– Rien qu'un ou deux centimètres de tour de taille, tu veux dire ?

– J'aime que mon homme soit bien en chair.

– Bien en chair, c'est comme ça qu'on dit ?

Il regarda son assiette d'un air dégoûté. Elle était de taille à étouffer un cheval.

– J'espère que tu ne cavales pas après une de ces jolies fliquettes.

– Si tu trouves que Hyacinth Bouquet est jolie, disons que c'est le pire des choix qui s'offre à moi.

– Allez, je suis sûre que le commissariat regorge de jolis petits lots.

– Oui. On appelle ça des flingues. – Il tournait les pages du journal, cherchant des articles sur le braquage.

– Tu as des nouvelles des billets pour Tom Jones ?

Il fit semblant d'être sourd.

– Alors ? fit Elaine en lui arrachant le journal des doigts. Tu en as ?

– De quoi ?

– Des billets pour le concert de Tom Jones au Waterfront ?

– C'est donc pour ça que tu étais si gentille.

– Bon. Tu en as ou non ?

– Désolé, mon amour, mais Murray m'a dit que Brenda et toi avez foutu une telle pagaille la dernière fois qu'il n'avait pas pu faire jouer ses contacts habituels.

Elaine croisa les bras et fronça les sourcils.

– De quoi il parle, bon Dieu ? On a fichu aucune pagaille.

– C'est pas ce dont il se souvient. Il dit que, quand Brenda et toi avez jeté vos toiles de tente de culottes sur M. Jones, elles étaient si grandes qu'elles ont presque étouffé le pauvre homme.

– *Quoi ?*

Harry s'esclaffa. Elaine lui boxa le bras pour rire et il sortit une enveloppe de sa poche.

– Deux des meilleures places pour Brenda et toi. Au premier rang. Vous allez être si près qu'il va vous falloir un parapluie pour empêcher la sueur de Tom de vous tremper.

Elaine s'empara des billets. Elle les embrassa avant d'embrasser Harry.

– Je t'aime !

– J'ai remarqué que tu as embrassé Tom avant moi.

– Oui, mais est-ce qu'il a droit à ça ? – Elaine commença à lui bécoter le cou, tout en laissant glisser sa main vers la braguette de son pantalon.

– J'espère bien que non, sinon il aura du mal à reconnaître sa ville natale quand j'en aurai fini avec lui.

Elaine fit descendre la fermeture éclair. Plongea la main et se mit à explorer.

– Vous avez un mandat, madame ? D'un point de vue légal vous pourriez être inculpée pour cambriolage avec effraction.

– Si c'est le cas, ne devrais-tu pas me menotter ? demanda Elaine qui avait réussi à dégager de son sous-vêtement la bite excitée de Harry. Eh bien, qu'en penses-tu ?

– Ne me tente pas… – Le mobile de Harry se mit à sonner. – Putain, voilà autre chose…

– Ignore-le, dit Elaine, les doigts serrés sur sa virilité.

– Tu sais bien que je ne peux pas, mon amour. C'est peut-être important, dit Harry en prenant l'appel à contrecœur. Kerr ? Qu'est-ce qu'il y a, bon Dieu ? – Au son de la voix de Kerr, sa bite s'était instantanément dégonflée, comme s'il s'était trouvé dans la pièce à les regarder.

– *Désolé de vous déranger, monsieur.*

– Au fait, bon Dieu, au fait.

Elaine sourit et murmura à l'oreille de Harry :

– Je fais mon possible pour y arriver. Si tu arrêtais de gigoter…

Le doigt sur les lèvres, Harry lui fit signe de se taire.

– *Une voiture abandonnée, monsieur. On l'a trouvée près de Limestone Road. Il y avait un corps nu pas très loin. Vous n'allez jamais croire qui c'est.*

– Tu vas me le dire, bon sang, ou il faut que je trouve tout seul ?

– *McCabe, monsieur.*

– McCabe ?

– *Jim McCabe. Le suspect de…*

– Oui, oui. Je sais qui c'est… c'était.

– *On dirait qu'il a été salement torturé avant d'être tué, monsieur.*

Harry retira la main d'Elaine de son pantalon et se leva avec quelque difficulté.

– J'arrive. Ne faites rien avant que je sois là. Gardez la presse à l'écart de la scène de crime.

– *Je crains qu'ils ne soient déjà là, monsieur.*

– Qui les a prévenus, bon Dieu ?

– *Je n'en ai pas la moindre idée, monsieur.*

– Tu viens probablement de dire la chose la plus vraie de toute ta putain de vie, Kerr ! – Il coupa la communication et se tourna vers Elaine. – Désolé, chérie. Faut que je fonce.

– Prends juste garde à toi.

– J'y penserai. – Il l'embrassa rapidement, attrapa son pardessus et se précipita vers la porte.

– Tu ne crois pas que tu devrais remonter ta fermeture éclair ? fit Elaine avec un gloussement. Tu pourrais bien te faire arrêter pour attentat à la pudeur avec ton bâton dehors.

Harry et son équipe se tenaient là à regarder le corps nu de Jim McCabe. On l'avait redressé, dans une imitation grotesque de Cúchulainn et le corbeau*, à côté de la statue d'un ange de douleur devant l'église en ruine. Son torse entier était percé d'horribles trous.

– Il a l'air d'une pelote d'épingles, ce pauvre salopard, dit McCauseland. Je me demande ce qui a bien pu faire ces putains de trous. Je parierais mes couilles que ce chien pourri de Nolan a trempé là-dedans. C'est couru.

– Ou les autres braqueurs, dit Harry en remerciant les dieux d'avoir pris la précaution de mettre son pardessus pour l'abriter du vent glacé. Il n'y a pas d'honneur chez les voleurs. Un petit différend dans la bande fait son chemin pour engraisser un compte en banque.

– Ça pourrait aussi être un écran de fumée créé par quelqu'un pour des raisons encore inconnues.

---

* Cúchulainn est le prototype du héros et l'un des personnages les plus importants de la mythologie celtique irlandaise, un quasi-dieu. À son dernier combat, un corbeau sautille sur ses tripes en picorant son sang.

– Celui qui a fait ça avait besoin de temps. Il a été tué ailleurs et son corps a été balancé ici. Pourquoi a-t-il été balancé ici, je ne le sais pas encore. Il y avait peut-être plus d'une personne dans le coup, à moins que McCabe n'ait connu son meurtrier. C'était pas le genre de type à se laisser mener à l'abattoir comme un agneau. À moins qu'il soit sorti pour changer son pneu et qu'il se soit fait coincer ?

– J'ai vérifié le coffre, monsieur, coupa Kerr. Pas de roue de secours. Le coffre a été ouvert, mais peut-être par des gens du coin à la recherche de trucs à voler. Une vieille dame, de l'autre côté de la rue, m'a dit que la voiture était garée en face de chez elle depuis la veille au soir. Des gosses ont sauté dessus et ont cassé les vitres, si bien qu'elle a appelé la police ce matin. Quand la patrouille est arrivée, ils ont découvert le corps dans la cour de l'église.

– Tu m'as l'air inhabituellement calme, dit Harry en se tournant vers Boyd. T'es avec nous, ou non ?

– Quoi ? Oh ! Oui... Je suis là, monsieur. Désolé, j'ai un peu dérivé.

– Ouais, ben garde tes dérives pour quand tu es à la mer. Que penses-tu de tout ça ?

– Bon... on dirait bien qu'il y a eu dispute pour le fric. Pour moi, c'est ses potes qui lui ont fait ça.

– Merci. Tu nous as été très utile, fit Harry, sarcastique, en lui lançant un regard soupçonneux.

– Désolé... Désolé, monsieur. Je suis un peu préoccupé...

– Le porte-à-porte a été fait, Kerr ?

– Il est en cours, monsieur, par quatre agents en uniforme.

– Est-ce que c'est la voiture de McCabe, Bill ? Vraiment la sienne ?

– On vérifie les plaques. La Scientifique va aussi se mettre dessus – bien que ce soit un vrai bordel après ce que ces jeunes ploucs lui ont fait. Ils ont pissé et chié sur les sièges, ajoutant leurs merdes au merdier, si j'ose dire.

– Sales petits voyous. Les caméras de surveillance ?

– Dans ce quartier ? Ha ! Ils les auraient piqués. J'en ai trouvé une ou deux dans des magasins du coin, mais c'étaient des fausses.

Harry hocha la tête en signe de dégoût et retourna à sa voiture.

– Bill ? Convoque M. Nolan pour un interrogatoire.

– Avec plaisir. Tu veux que je lui refasse le portrait dans l'arrière-boutique ?

– Non. Pas de brutalité, pour le moment. Gant de velours maintenant ; main de fer plus tard, si besoin est. Amène-le discrètement. À l'écart de la presse.

– D'accord.

– Je file à la Haute Cour comme témoin de l'accusation. Ça va probablement me prendre la journée. Une perte de temps. Ça se finit presque toujours par un deal pourri et tout le monde a perdu son temps. Assure-toi de trouver le propriétaire de la voiture, s'il s'avère que ce n'était pas McCabe ou… Seigneur, je ne peux pas le croire. Est-ce que c'est bien celui à qui je pense ? – D'un coup de menton, Harry désigna un homme de l'autre côté de la rue trimballant une mallette de médecin.

McCauseland regarda dans la direction pointée et approuva d'un hochement de tête.

– Frankie Flanagan, en personne.

C'était un homme d'une bonne cinquantaine d'années, impeccablement habillé et portant des lunettes à montures dorées. Il ressemblait à un médecin faisant ses visites à domicile.

– Flanagan ! trompeta la voix de Harry.

Flanagan resta apparemment sourd à l'organe tonitruant, mais son pas s'accéléra nettement, jusqu'à ce que ses pieds dansent pratiquement la gigue sur le trottoir.

– Ne m'oblige pas à te courir après! Arrête-toi... *Tout de suite!*

À contrecœur, Flanagan ralentit l'allure, avant de s'immobiliser. Il se retourna et traversa la rue jusqu'à l'endroit où se tenait Harry. Il avait l'air dans ses petits souliers sous son regard inquisiteur.

– Oh, bonjour, monsieur Thompson... je ne vous avais pas vu... J'étais... plongé dans mes pensées.

– Plongé dans tes pensées! fit Harry en se raclant bruyamment la gorge. La seule chose de profond chez toi, ce sont tes poches, ou ce que tu fourres dedans après avoir cambriolé les maisons des riches.

– Je n'ai plus fait ce genre de chose depuis trois ans, monsieur Thompson, dit Frankie d'une voix blessée.

– Parce que tu étais en prison dans le Sud depuis trois ans, voilà pourquoi. Quand es-tu sorti? Je croyais que tu en avais encore pour un an.

– Bonne conduite.

– Bonne conduite, mes fesses. Bonne conduite pour que tu puisses y retourner pour mauvaise conduite.

– Honnêtement, monsieur Thompson, cette période est derrière moi.

– Pourquoi est-ce que tu trembles comme ça? T'es nerveux?

– Je me gèle les couilles. J'ai pas de quoi me payer un bon pardessus comme le vôtre, monsieur Thompson. Vous savez ce qu'on dit: tu ne sais qu'il fait froid dehors que quand tu sors et qu'il fait froid.

– Donc, si je te demandais d'ouvrir ton sac à malice, il n'y aurait pas la moindre malice dedans?

– Je vais vous le prouver, dit Frank en commençant à ouvrir son sac.

– Laisse tomber. Je t'accorde le bénéfice du doute – cette fois, mais pas la prochaine.

– Merci, monsieur Thompson. J'apprécie vraiment. Ça m'aide à croire que la société ne cherche pas à persécuter une personne qui a compris ses erreurs passées et…

– Garde tes conneries pour la prochaine fois que je te verrai en cellule.

– Je peux y aller, maintenant, monsieur Thompson ? J'ai rendez-vous avec mon agent de probation, et je ne veux pas être en retard.

– Je suppose que tu ne sais rien sur le corps qu'on a découvert devant l'église.

– Un corps ? Quel corps ?

– D'après toi, qu'est-ce qui est caché sous la couverture, juste derrière toi ?

Frankie ne bougea pas d'un cil, mais ses yeux firent un mouvement circulaire de cent quatre-vingts degrés.

– Dieu m'est témoin, monsieur Thompson, que c'est la première fois que je pose les yeux dessus.

– Heureusement pour toi, je te crois. Mais prends bien note de ça : je te garde à l'œil. Maintenant, dégage.

Harry attendit que Frankie soit parti pour monter dans sa voiture. Il ajusta son rétro et saisit le reflet de Boyd, debout sur le bord de la route, l'air préoccupé.

Toi, tu mijotes quelque chose, Boyd, et j'ai bien l'intention de trouver ce que c'est.

17

> “As-tu jamais eu envie d’oublier quelque chose ? As-tu jamais eu envie de couper un morceau de ta mémoire ou de l’effacer ? Tu ne peux pas, tu le sais.”
>
> Al Roberts dans *Détour*

Après avoir passé le plus gros de sa journée à nettoyer minutieusement son garage, Rasharkin regagna son appartement, à deux rues de là, quand la nuit commençait à tomber.

Une fois chez lui, il alluma la télé, ferma tous les rideaux, se déshabilla et entra dans la douche.

Il ouvrit le robinet à fond, et laissa l’eau chaude lui attaquer la peau. Il augmenta le débit d’eau chaude. La chaleur l’obligea à serrer les dents. Il l’augmenta encore. Plus longtemps cette fois. L’eau brûlante mettait sa chair à vif. Insupportable pour la plupart des gens, il en faisait un défi.

Bien qu’il vécût dans un monde dépourvu de justifications, un monde centré sur ce qui était clair et irréfutable, la culpabilité continuait à suinter en lui. Peu importait la façon dont il parvenait à la tenir à distance. Il essaya de se vider l’esprit, de dissiper le débat moral, sachant que ça ne faisait que solliciter la faiblesse et la vulnérabilité, mais la voix accusatrice d’un présentateur télé passait impitoyablement à travers les murs :

“*La police n’a pas révélé le nom de la victime du meurtre dont le corps a été découvert ce matin, à côté d’une église en ruine au nord de la ville. Des rumeurs non confirmées suggèrent que l’homme aurait été torturé, si bien que…*”

– Sois maudit, McCabe ! dit-il en frappant le mur violemment.

Quelque chose dans le visage et le comportement de McCabe l'avait perturbé. Bien sûr, il avait fini par recueillir toutes les infos dont il avait besoin, mais à quel prix ? La torture ? Est-ce que c'était ce qui lui tenait lieu de valeur, maintenant ? De la poussière venant de la poche d'un mort ? Dans le passé, il s'était toujours arrangé pour briser les hommes – n'importe quel homme – en n'utilisant que la terreur psychologique. Il n'avait jamais eu recours à la torture physique et se servait de la peur comme d'une arme pour glaner des informations. En fin de compte, c'était toujours la cervelle qui triomphait du muscle, mais pas cette fois. Non, pas cette putain de fois.

Sois maudit…

Il n'avait jamais encore rencontré un homme comme McCabe. Même quand il avait menacé de lui couper les couilles, il résistait encore. Jusqu'à ce que toute résistance soit devenue vaine, et que le bluff de s'en prendre à sa femme et à son fils finisse par sceller le deal et le sort de McCabe.

Il éteignit la douche et sortit. Se sécha. Se dirigea vers sa chambre. Sur le lit, il réfléchit aux deux noms et à tous les détails qu'il avait obtenus sur chacun d'eux : Brian Ross et Charlie Madden.

Il s'habilla rapidement et sortit dans la nuit.

18

"Cette ville pue comme un bordel à marée basse."
Jim Malone dans *Les Incorruptibles*

Il était tard quand Harry revint du tribunal au commissariat. Comme prévu, ça avait été une totale perte de temps, et des deals crados avaient été passés, dans le seul but de gagner du temps et de l'argent. Comme d'habitude, la justice avait été reléguée au second plan.

Boyd le salua juste comme il allait entrer dans son bureau.

– Le *Telegraph* a mis le meurtre de McCabe en une, monsieur. Ils disent que c'est en rapport avec une histoire de drogue, et ses complices sont les principaux suspects.

– Presque aussi inventif que ta réponse ce matin.

Boyd piqua un fard.

– Je suis désolé de...

– Des nouvelles de la voiture ?

– Rien... rien encore. Côté positif, on a Nolan. Il a été arrêté il y a une heure. Il est venu sans problème. Il n'a rien dit, comme d'habitude.

– On verra s'il s'obstine à jouer les Harpo Marx après quelques jours dans le sous-sol, sans dormir et avec la lumière dans les yeux.

– Il réclame son avocat.

– Je sais ce qu'il veut, et c'est pas un putain d'avocat. De toute façon, s'il ne dit rien, on ne peut pas l'entendre.

– Scarface Logan et deux de ses associés ont été aussi arrêtés.

– Cette ampoule basse tension ? Pourquoi ? Sous quelle inculpation ?

– Ils ont été interrogés sur le meurtre.

– Quoi ? Qui a ordonné cette connerie, bon Dieu ?

Du doigt, Boyd désigna le plafond.

– McCafferty.

– McCafferty est aussi utile qu'un pop-up en béton. Logan n'est intéressé que par la drogue, pas par le sang. C'est mauvais pour ses affaires. Et il ne donne certainement pas dans le braquage de banque. Il n'aurait pas les couilles.

– McCafferty a fait dire qu'il veut vous voir, dès que vous serez rentré.

Harry poussa un gros soupir. La dernière chose qu'il souhaitait, c'était une autre rencontre avec McCafferty et sa litanie de foutaises officielles. Question foutaises, il avait eu plus que son compte au tribunal.

– Il faut que je te parle avant. Dans mon bureau.

– Ça ne peut pas attendre ? Je suis en train de finir mon rapport sur McCabe et…

– *Ça*, ça peut attendre. Pas ce que j'ai à te dire.

Boyd suivit Harry dans son bureau.

– Ferme la porte.

– Quelque chose ne va pas ?

Harry croisa les bras et regarda Boyd dans les yeux.

– À toi de me le dire.

– Je… je ne vois pas où vous voulez en venir.

– Non ? Il y a deux ans, j'ai risqué ma tête et ma réputation pour toi, alors qu'ils essayaient de te virer de la police parce que tu étais accro au jeu. Aucune autre brigade ne voulait avoir affaire à toi. Tu te souviens ?

– Bien sûr, et… et je vous en serai éternellement reconnaissant.

– Pas assez, à ce qu'il paraît.

– Qu'est-ce que c'est supposé vouloir dire ?

– C'est toi le flic. À toi de me le dire.

– Je ne sais pas.

– Si tu veux vraiment me foutre en rogne, continue à jouer les crétins.

– Je n'essaye pas de vous foutre en rogne ni…

– Tu ne joues plus ? Une part du marché stipulait que tu ne serais plus jamais impliqué dans aucune sorte de jeux.

– Je le jure devant Dieu, je ne…

– Arrête. J'ai horreur de penser que tu me regardes dans les yeux en mentant comme un chien bâtard.

– Je n'oserais pas. Je vous dois trop.

– C'est vrai, et tu ferais mieux de ne jamais l'oublier. Il y a quelque chose qui ne tourne pas rond chez toi en ce moment. Ton travail redevient mollasson, comme à l'époque où tu pissais ton salaire sur tous les comptes en banque des usuriers de la ville. J'ai besoin d'intelligence, pas d'indulgence. Depuis combien de temps tu n'es plus allé au JA ?

– Depuis combien de temps ?

– On dirait qu'il y a de l'écho, ici.

– Quelques semaines… Un mois peut-être.

– En fait, ça fait deux mois. J'ai vérifié. Ça aussi, ça faisait partie du deal, que tu assistes aux Joueurs Anonymes. Toutes les semaines, à toutes les réunions. Pas d'excuses. Quelle partie du règlement tu n'as pas comprise ?

– Vous avez raison. Qu'est-ce que je peux dire ? Je vous ai laissé tomber en n'y allant pas. Je suis désolé.

– Laisse tomber le drame et les conneries. J'en ai assez avec McCafferty. À partir de maintenant, tu y vas tous les jeudis soir. Je vérifierai, et ne te crois pas plus malin en faisant signer un autre pour toi. Un dérapage de plus et tu es viré. Dehors sur ton cul, et tu peux parier là-dessus. C'est clair ?

Boyd ne put supporter le regard de Harry.

– Oui, monsieur… parfaitement.

– Bien. Maintenant, hors de ma vue et commence par me ramener des résultats.

Harry attendit un petit moment après le départ de Boyd pour monter à l'étage.

Posté devant la porte du bureau de McCafferty, un type costaud montait la garde stoïquement, comme une sentinelle en béton armé. Il ignora le salut amical de Harry.

Harry frappa une fois et entra.

– Vous vouliez me voir, monsieur ?

McCafferty semblait tendu. Un exemplaire du *Belfast Telegraph* était posé sur son bureau.

– Fermez la porte, s'il vous plaît, Harry. Asseyez-vous.

Harry ferma la porte et resta debout.

– Vous avez engagé un garde du corps ? fit-il avec un sourire forcé.

– Pardon ?

– Le Frère Grimm*, dehors.

McCafferty ignora le quolibet. Il brandit le journal qui publiait, en une, une photo du cadavre recouvert de Jim McCabe.

– Sinistre affaire. Qu'en pensez-vous ?

– Qu'il est encore trop tôt pour tirer des conclusions. Différend dans la bande, peut-être ; ou écran de fumée pour masquer les méfaits de quelqu'un d'autre. J'ai vu que vous avez demandé l'arrestation de Scarface Logan. Vous ne pensez pas sérieusement qu'il est impliqué là-dedans, si ?

– Un os à ronger pour la presse. Ça les tiendra en haleine quelques jours, jusqu'à ce qu'on le relâche sous caution avec une inculpation quelconque en rapport avec la drogue.

– Je tiens déjà le suspect principal : Seamus Nolan. Il m'attend patiemment dans le donjon. Je soupçonne

---

* Jeu de mots entre les Frères Grimm et *grim* qui signifie "sinistre".

fortement son implication, d'une manière ou d'une autre. J'allais justement l'interroger.

– Vous devez le relâcher.

On aurait dit que Harry venait de se faire shooter dans les couilles. Deux fois. Fort.

– Le relâcher ?

La porte latérale s'ouvrit, et l'homme aux yeux de requin entra dans la pièce. Harry sentit son estomac se contracter, ce visage au sourire suffisant annonçait une très mauvaise nouvelle.

– Tu n'as pas l'air content de me voir, Thompson, j'ai plaisir à le constater.

– Qu'est-ce que tu viens faire là-dedans, Purvis ? Toi ou la MRF* ?

– Je n'ai pas à t'expliquer quoi que ce soit, mais je vais le faire par courtoisie professionnelle. Tout d'abord, le Frère Grimm, comme tu l'appelles, c'est Carson McComb, un de mes enquêteurs.

– Enquêteur ? Content de savoir que tu t'es constitué un petit gang. Tu le mérites, après avoir été si souvent mis sur la touche pour échecs répétés.

– Toujours aussi grande gueule, hein, Thompson ? Un jour elle finira par t'attirer des ennuis, et tu ne pourras pas t'en sortir juste en causant.

Harry allait claquer une réponse, mais McCafferty intervint pour faire baisser la tension.

– Gordon et son équipe surveillent Nolan depuis un bout de temps, Harry, lui et les types avec qui il est associé.

– Jusqu'à ce que tu viennes mettre le boxon, fit Purvis en brandissant un doigt sous le nez de Harry. Il a fallu que tu t'en mêles et que tu fasses arrêter Nolan, et maintenant tout est foutu.

---

* Military Reaction Force. Police secrète britannique en Irlande du Nord.

– Il est suspect dans un meurtre particulièrement brutal. En principe, c'est ce qu'on fait des suspects dans les affaires de meurtre. On les arrête. Je sais que ça doit être compliqué à comprendre pour un type qui a aussi souvent foiré dans sa carrière.

– C'est bon, Harry, ça suffit. Laissez Purvis terminer ce qu'il a à dire.

– On soupçonne Nolan d'avoir des sympathies pour d'autres opposants à l'Accord du Vendredi saint, dit Purvis. Et, en fait, qu'il fasse entrer de l'argent et des armes pour eux.

– Je croyais que toutes les armes avaient été détruites. Vous étiez supposés veiller à ça, non, les gars ?

– De façon réaliste, il n'a jamais été possible de recenser chaque arme et chaque gramme d'explosif. Parmi les tonnes qui devaient être détruites, certaines ont inévitablement réussi à passer entre les mailles du filet et à atterrir entre les mains de gens comme Nolan. C'est pour ça qu'on a besoin qu'il soit relâché le plus vite possible, pour qu'on puisse continuer à le surveiller.

– Surveiller ? C'est comme ça que ça s'appelle ? Du genre le surveiller pendant qu'il dépose son fric à la Bank of New Republic, avant de se le faire chourer par les trois Stooges ? Me dis pas qu'ils l'ont fait sous votre nez ?

Purvis se hérissa.

– Tu peux parler. À ce qui semble, vous avez déjà perdu un suspect qui ne pourra plus être interrogé. Je suis là pour que ça ne se reproduise plus.

– Qu'est-ce que ça veut dire ?

– Que je reprends l'affaire de la banque. J'ai besoin que tu me transmettes tout le dossier et les preuves que vous avez déjà rassemblées.

– Si ça ajoute du laiton à tes couilles de me demander…

– En fait, c'est trop tard pour demander ; je t'informe.

– Tu m'informes que dalle. Je suis toujours en charge de l'affaire.

– Je suis installé au cinquième étage, Thompson. Dans l'ancien bureau de Jackson. J'attends que tout ce qui concerne le braquage soit sur mon bureau demain matin.

Purvis se retourna et sortit par la grande porte.

– Qu'est-ce qui lui prend, bon Dieu, de dire des conneries pareilles ? – Harry dévisagea McCafferty. – Quoi ? C'est quoi ce regard ? Je suis toujours sur l'affaire, n'est-ce pas ?

– Ça vient de très haut, Harry. Le MI5 est dans le coup, maintenant. Ce n'est plus de mon ressort. Je n'ai plus mon mot à dire, désormais.

– Mais surtout pas Purvis… Cet enfoiré opère toujours en dehors des règles, il agit sans aucune limite.

– Écoutez, Harry, je sais que vous avez eu des histoires tous les deux, mais Purvis est bon dans ce qu'il fait.

– Comme assassiner un vieux flic à cause de sa religion ?

Le visage de McCafferty se crispa.

– Ces allégations n'ont jamais pu être prouvées, et vous ne devriez pas les répéter, surtout en ma présence.

– Oh, je sais qu'il l'a fait. Tout le monde le sait. Un jour, je le prouverai. Justice sera faite, d'une manière ou d'une autre.

– Je pourrais vous retourner la question. Qu'est-ce qui vous prend de dire des conneries pareilles, de proférer des menaces voilées ?

– Ce sera tout, monsieur ? – Harry marcha jusqu'à la porte et l'ouvrit.

– Écoutez, Harry, en fin de compte il n'y a rien que vous ou moi puissions y faire. Il est chargé de l'affaire jusqu'à nouvel ordre. Laissez-le supporter toute la pression. Il ne vous reste qu'une poignée de semaines avant la retraite. Laissez flotter les rubans.

– Merci pour votre soutien, monsieur, et de vous battre si férocement pour moi. Maintenant, si vous voulez bien m'excuser, il faut que je m'occupe de choses importantes, comme les PV pour stationnement et les querelles d'ivrognes.

19

Elle avait du mal à trouver quelqu'un pour y arriver.
Ross Macdonald, *Le Cas Wycherly*

Il était près de minuit. Depuis une heure, Rasharkin se tenait dans une entrée crasseuse, raide comme un point d'exclamation, à scruter le terrain vague stérile de l'autre côté de la rue.

Le terme *rue* était exagéré ; c'était plus une scène apocalyptique d'un film de guerre, avec des monceaux de saletés et de briques cassées déroulant leur solitude le long de machines rouillées.

La maison Madden était plongée dans l'obscurité complète. Dehors, dans la rue, c'était la même histoire. La poignée de réverbères encore debout était décapitée par les vandales. Une centaine de mètres plus loin, une maison presque identique, les fenêtres animées par la faible lueur d'un écran de télé, fermait la rue ou ce qu'il en restait.

Il se demanda si Madden et Ross avaient compris quelque chose de ce qui était arrivé à McCabe et s'étaient enfui. Est-ce qu'ils avaient une sorte de signal secret dans l'éventualité où l'un d'entre eux ne se présenterait pas à un rendez-vous ?

L'appartement de Ross, dans le centre, était lui aussi désert deux heures plus tôt quand il y était allé, c'était donc fort possible. Il allait devoir considérer sérieusement la chose, sans se soucier de ce que ça avait de désagréable. Cependant, en dépit de ce qu'il avait observé, il pensait que Ross reviendrait. Tôt ou tard. Il en était quasiment certain. Madden ? Peut-être jamais.

Il se dirigea vers sa voiture, et, une fois à l'intérieur, il passa un coup de fil.

– *Oui ?* dit Conor O'Neill.

– Un des trois costumes que vous avez laissés au nettoyage est prêt.

– *De quoi il a l'air ?*

– Il manque une ou deux coutures, mais rien de sérieux. Une tache vraiment récalcitrante m'a donné du mal, mais j'ai fini par en venir à bout.

– *Comment ça avance pour les deux autres ?*

– Malheureusement ils offrent un peu plus de résistance.

– *Je vois... ce n'est pas les nouvelles que j'attendais.*

– Je finirai par en récupérer un. J'ai juste besoin d'un peu plus de temps. Je ferai tout ce que je peux pour l'autre à la première occasion, mais je voulais juste vous prévenir au cas où je n'arriverais pas à le repriser.

– *Je sais que vous faites de votre mieux, comme toujours. Deux sur trois, je peux m'en arranger. Ce serait acceptable.*

Rasharkin coupa la communication, démarra et se dirigea vers le quartier chic de Malone Road, dans le sud de la ville.

Il gara sa voiture le long d'une maison individuelle. L'impressionnante demeure victorienne était cachée par de vieux arbres rappelant les Ents sortis de l'imagination de Tolkien et par des arbustes taillés par une main experte.

Il sortit de sa voiture, et se reprocha de s'être laissé aller, plus tôt, sous la douche, à cet accès tout à fait inhabituel de faiblesse à propos de McCabe. McCabe était un lointain souvenir. Un homme qui vécut et mourut à cause de ses erreurs, de son choix de vie. Un nom sur une longue liste de noms qui s'estompait dans le passé et serait bientôt oubliée. C'était pour ça qu'il était ici, et McCabe, là-bas.

Parvenu devant l'imposant portail en fer forgé, il appuya sur un bouton de cuivre. La porte s'ouvrit sans bruit. Il remonta le chemin jusqu'à deux grandes portes en acajou. Une seule s'ouvrit lentement et une femme apparut.

– Bonsoir, monsieur Bailey.

C'était la voix de Louise, la tenancière de l'établissement. Séduisante. Petite quarantaine. Élégamment vêtue de soie rouge et blanche, dévoilant un décolleté plongeant, mais de bon goût.

– Bonsoir, Louise, dit-il en entrant.

– Votre chambre habituelle ?

– Non, pas tout de suite, merci. Je vais prendre un verre d'abord.

– Faites-moi savoir quand vous serez prêt. J'aurai tout préparé. Prenez un siège et je vous envoie une fille pour vous servir.

Il trouva une place à son goût, une table nichée dans un coin éloigné, et il prit ses aises. La musique douce se mêlait parfaitement à cette ambiance agréable et au plaisir de voyeurs offert par de belles courtisanes s'affairant sur des clients élégamment vêtus, la plupart issus de professions à hauts revenus comme des avocats, médecins ou hommes d'affaires.

Pas de noms. Pas d'identités. Pas d'existence.

Cependant, en dépit des lumières tamisées et des règles strictes concernant l'intimité, il reconnut quelques-uns des visages vus lors de ses visites précédentes.

– Que désirez-vous boire, monsieur ? demanda une jeune femme séduisante, un sourire professionnel sur le visage.

– Un Lagavulin pur malt, s'il vous plaît.

Elle revint deux minutes plus tard, portant un verre en parfait équilibre au centre d'un plateau en argent. Pendant la légère attente, il s'était distrait en regardant – à la dérobée – les allées et venues des occupants, les lèvres qui confiaient subrepticement dans des oreilles, mystères et secrets révélés et discutés.

Il donna un généreux pourboire à la jeune femme. Elle sourit à nouveau, mais cette fois c'était sincère.

– Autre chose, monsieur? proposa-t-elle timidement.

– Comment vous appelez-vous?

– Candice, répondit-elle après une légère hésitation.

Il en doutait sérieusement. Chacun ici était un pseudonyme vivant à l'intérieur d'une poupée russe.

– Eh bien, Candice, si j'ai besoin de quoi que ce soit, vous serez la première à le savoir.

Il la regarda s'éloigner. Confiante. Élégante. À mi-chemin, elle inclina légèrement la tête. Il était sûr qu'elle le regardait de côté. Il leva son verre, le porta ensuite à ses lèvres et en avala la moitié d'une seule goulée, sans grimace.

Il était sur le point d'en commander un autre à Candice, peut-être lui proposer de passer la nuit avec elle, quand il aperçut une silhouette à côté de l'impressionnant escalier en acajou.

Soudain, son souffle se fit très court. Il toussa pour s'éclaircir la gorge sans cesser de surveiller la femme près de l'escalier. Même à cette distance, la ressemblance était troublante. À faire froid dans le dos.

Un sourire nerveux flottait sur ses lèvres. Il jeta un coup d'œil à ses mains. Elles tremblaient légèrement.

– Monsieur Bailey? Vous allez bien? fit Louise en interrompant ses pensées.

– Cette fille... à côté de l'escalier. Comment... comment s'appelle-t-elle?

– Alice. Elle n'est là que depuis deux mois, mais elle est en passe de devenir très populaire. Elle est superbe, n'est-ce pas?

– Magnifique...

– Voulez-vous que ce soit elle qui prépare votre chambre?

Pendant ce qui lui sembla une éternité, il ne put détacher son regard d'Alice. Il finit par répondre.

– Je veux l'emmener chez moi. Est-ce que ça pose un problème ?

– Aucun. Je vais arranger ça tout de suite.

20

Et tu viens juste de prendre une sorte de champignon,
et ton esprit fonctionne au ralenti.
Jefferson Airplane, "White Rabbit"

– Ouah ! fit Alice en entrant dans l'appartement. Quel bel endroit, monsieur Bailey.

– Jack. Pas monsieur.

– OK, Jack. – Elle sourit timidement en avançant vers l'immense baie vitrée au milieu du salon qui offrait une vue panoramique de la nuit. – Qui aurait cru que la vieille et sale Belfast pouvait paraître aussi belle ?

Tout en dessous, les rues, les lignes rapides des phares qui balayaient l'obscurité, formaient un conglomérat de jeux de points à relier électriques.

– La distance donne une illusion de propreté. – Il se dirigea vers le bar. – Vous voulez boire quelque chose ?

– Non, merci. – Elle sortit de son sac un briquet Betty Boop et un étui à cigarettes assorti. Elle ouvrit l'étui, exposant un ensemble de joints. – Je préfère ça. Ça vous ennuie si je fume ?

– Pouvez-vous le faire sur le balcon ? J'ai de nombreux tableaux sensibles au moindre changement d'environnement. Je dois faire attention.

– Pas de problème. J'aime ça chez un homme.

– Quoi ?

– La sensibilité et l'attention.

Ils sortirent tous deux sur le balcon. La nuit était plus rafraîchissante que vraiment froide. Elle lui tendit l'étui Betty Boop. Il déclina. Elle choisit un joint. L'alluma, inhala profondément la fumée et la garda quelques secondes dans ses poumons avant de l'expulser par les narines.

– On dirait que vous en aviez besoin.

– C'est vrai. – Elle tira à nouveau sur le joint, ferma les yeux et laissa sortir lentement la fumée de sa bouche d'une façon très sexy, très séduisante. – Ça m'aide…

– Ça vous aide… à affronter des gens comme moi ?

Elle rouvrit les yeux, maintenant légèrement vitreux.

– Qu'est-ce que c'est supposé vouloir dire ?

– Ça ne doit pas être facile, ce que vous faites.

Elle haussa les épaules.

– C'est un boulot. Je suis une professionnelle. Je gagne pas mal d'argent. Ça paie les factures. De toute façon, si tous mes clients étaient comme vous, alors là…

– Vous parlez de l'argent ?

– Pas seulement. Votre personnalité, votre style, votre beauté.

– Ma beauté ! Je ne suis pas beau.

– Oh, vous ignorez à quel point vous l'êtes. Les hommes comme vous attirent les femmes comme les flammes attirent les papillons de nuit. Il y a quelque chose de dangereux en vous, quelque chose qui dit : baise avec moi et subis les conséquences.

– N'en jetez plus. – Il rit. Ça sonnait rouillé, inusité et étranger.

– En plus, vous sentez bon.

– C'est une condition requise ?

– Ça aide ! J'ai rencontré des hommes qui ne s'étaient pas lavés depuis des jours. Ils s'asseyent dans le club, puant le vieux sexe et l'alcool. Certains peuvent même se montrer menaçants. – Elle se pencha pour l'embrasser. – Mais pas vous. Vous, vous êtes gentil.

– Vous me connaissez depuis combien de temps ? Moins d'une heure ?

– Ne vous moquez pas. Je sais que vous êtes gentil. Je suis bonne pour lire les gens. Il y a du chagrin dans vos yeux. Et ça reste, même quand vous souriez. Quelque chose… de blessé. Vous avez souffert dans le passé, mais votre gentillesse est là, dans les ténèbres.

Il se sentit soudain mal à l'aise.

– Rentrons. – Ils descendirent d'un étage, et il la fit entrer dans sa chambre.

– Je ne suis pas déçue, Jack. Pour un mec célibataire vous avez beaucoup de goût. – Elle hochait la tête d'un air approbateur tout en ôtant la plupart de ses vêtements en exécutant une danse de Salomé qui la mena jusqu'au grand lit.

Rasharkin regardait, envoûté. Il s'imaginait être en présence de la jeune séductrice, brandissant la tête décapitée de Jean-Baptiste, paiement sanglant d'Hérode pour ses services.

À demi nue, Alice se tenait sur le côté du lit, avant de basculer plaisamment sur le dos, comme si elle plongeait dans une piscine. Elle tapota les draps. Fit un clin d'œil. Sourit de façon foutrement innocente tout en murmurant un ambigu :

– Vous venez, Jack ?

– Une seconde. – Il pressa le bouton d'une télécommande. Quelques carreaux du plafond au-dessus du lit s'écartèrent, laissant un carré d'obscurité épier Alice comme un morceau de ciel sans lune.

Nerveuse, elle désigna le trou.

– C'est quoi, ça ? J'espère que c'est pas un genre de caméra. Je ne veux pas que des photos compromettantes sortent d'ici. Ça tuerait mon père et ma mère s'ils savaient ce que je fais.

– Non, rien de cette sorte, je peux vous l'assurer. C'est privé. Juste vous et moi. Vous avez ma parole. Détendez-vous. C'est un vieil appareil qui projette des vieux films.

– Oh, des vieux pornos ? Bon, je suis mal placée pour faire la morale. La semaine dernière je suis allée au lit avec des jumeaux juste pour savoir si leurs queues étaient identiques. Et devinez ?

– Je préfère pas.

– Elles l'étaient !

Il aurait dû rire. Il le savait, mais bizarrement une ombre d'amertume vint obscurcir ses sentiments.

– Il faut que vous fermiez les yeux un petit moment, jusqu'à ce qu'ils s'acclimatent à la luminosité. Le rayon de lumière du projecteur peut être assez violent au début.

– Vous… vous n'allez pas m'attacher, n'est-ce pas ?

– Non, je ne vais pas vous attacher.

– J'aime pas être attachée… j'ai eu une mauvaise expérience avec un client… il s'est montré très cruel avec moi…

– Ne vous en faites pas. Je ne ferai rien contre votre gré. J'arrêterai à l'instant où vous vous sentirez mal à l'aise. Vous avez ma parole.

– D'accord…

D'un tiroir, il sortit la boîte en or. Il l'ouvrit d'une pression des deux pouces. En sortit un timbre de LSD/BBC.

– Qu'est-ce que c'est ?

– Mon billet pour le monde des merveilles.

– Un ticket pour le manège ? – Ses yeux s'étaient mis à pétiller malicieusement. – Je peux vous accompagner en voyage ? Je vous promets de n'emporter aucun vêtement.

Il fit non de la tête.

– C'est pas de l'herbe. C'est du LSD mélangé à de la coke. Un truc à vous péter grave la tronche, si votre cervelle n'est pas assez costaud pour résister. C'est dangereux, ça ne fait pas de prisonnier.

– Je suis une grande fille. J'aime le danger. Ça m'excite. C'est pour ça que vous me plaisez tant. De toute façon je peux baiser, quelle que soit la force du truc.

Il hésitait.

– Allez ! Ne foutez pas en l'air ce moment. Pourquoi vous réserver tout le fun ? S'il vous *plaîîîîîîîîît* !

– D'accord. Prenez-le.

Tout excitée, elle lui prit le timbre des doigts en gloussant.

– Qu'est-ce que j'en fais ?

– Mettez-le sous votre langue. Ça va se dissoudre en quelques minutes. Ensuite, laissez-vous aller, relax.

Elle fit ce qu'il lui recommandait. Pendant qu'elle attendait que la magie opère, elle souleva les hanches et sortit en gigotant de sa culotte.

Il écouta le bruit soyeux que faisait le sous-vêtement en glissant le long de ses jambes magnifiques.

Elle était maintenant totalement nue.

– Je ne me rase pas le minou, dit-elle en passant les doigts dans sa luxuriance.

– Ça tombe bien. Moi non plus.

Elle éclata de rire.

Il commença à ôter ses vêtements.

– Mon Dieu… toutes ces cicatrices… qu'est-ce qui vous est arrivé ?

– Rien. Juste les vieilles blessures d'une vieille guerre. Ne soyez pas troublée par ça.

– Je… Je ne le suis pas. Pas du tout.

Il préleva deux timbres de la boîte. Se les mit dans la bouche. Appuya sur la télécommande. L'appareil commença à projeter des images sur le corps d'Alice. Il choisit un morceau dans sa collection de musique.

– Une chanson pour vous, Alice.

– Pour moi ?

La chambre s'emplit du vibrato hypnotique de Grace Slick dans "White Rabbit".

Une pilule te fait devenir plus grand, et une pilule te fait rétrécir… et celles que maman donne ne font rien du tout… Va demander à Alice quand elle mesure dix pieds…

– Ça doit être le LSD, mais ce rayon de lumière qui vient du projecteur me chatouille le minou. – Alice gloussait en lui poussant son buisson dans la figure.

– Vous pourriez me le lécher ? Goûtez-le. Dites-lui de ne pas être si nerveux…

Il se pencha en chuchotant.

– Ne sois pas nerveux, petit buisson.

Alice gloussa à nouveau, plus fort cette fois.

– Ça chatouille encore plus.

Il mit une main dans le creux de son dos, là où il s'épanouit en fesses, et se mit à lui embrasser l'intimité jusqu'à ce qu'elle devienne tout humide.

– Ohhhhhhhhhhh… gémit-elle en se poussant tout contre son visage.

Et si tu vas chasser les lapins et que tu sais que tu vas tomber… Raconte-leur que la chenille qui fume le narguilé a appelé… Et appelle Alice, quand elle vient de rétrécir…

Il leva la tête pour reprendre son souffle, ses lèvres luisaient d'un éclat argenté. Les images du projecteur continuaient à danser sur son corps. Le sosie de Jane Russell apparut, souriant.

Il plaça Alice de façon à ce que son corps et la femme sur l'écran ne forment qu'un, comme des clones entre lumière et chair.

La voix d'homme à l'arrière-plan s'estompa. Rasharkin coupa le son.

– *Maintenant amuse-toi toute seule…* – Sa voix était rauque.

Alice et la femme laissèrent leurs doigts faire tout le boulot.

– *Plus fort ! Baisez-vous plus fort !*

Alice se mit à accélérer de plus en plus le mouvement. Le visage intense. Les dents serrées contre ses lèvres.

– *Je… veux que tu… me baises dans la bouche, dis-le.*

– Je veux que tu… me baises dans la bouche. – Les lèvres d'Alice et celles de Jane fonctionnaient en parfaite synchronisation.

– *Ensuite… ensuite dans le cul. Fort dans le cul… avec… avec ta grosse queue. Dis-le !*

– Je… veux que tu… me baises dans la bouche… ensuite dans le cul. Fort dans le cul avec ta grosse queue. – Le corps d'Alice en tremblait. – Vite, Jack. Vite… je ne vais pas tenir plus longtemps… baiiiiiiiiiiiiiise-moi…

Quand les hommes sur l'échiquier se lèvent et te disent où aller… Et tu viens juste de prendre une sorte de champignon, et ton esprit fonctionne au ralenti… Va voir Alice, je pense qu'elle saura…

Il s'installa à côté d'Alice. Sur l'écran la femme riait.

– Plus fort, articulait-elle. Plus fort… dans le cul…

Souviens-toi de ce qui dit le loir… Nourris ta tête, nourris ta tête…

Pendant que Rasharkin baisait avec l'apparence épidermique d'Alice, celle-ci traversait le terrier du lapin via sa première Projection Astrale. En sortant de l'autre côté, elle se retrouva nue, étendue sur une pelouse et inondée de soleil. Deux personnages assis à une table de pique-nique la regardaient, un air d'amusement rusé sur leurs drôles de frimousses. Le Lapin blanc et Le Chapelier.

Le Lapin fut le premier à chanter un commentaire.

"Une Alice toute nue aux tétons exposés dégageant un parfum!

Comme c'est excitant! Quelle entrée céleste."

Le Chapelier le rejoignit vite:

"Et quelle prairie luxuriante, étalée aux yeux de tous!

On pourrait s'en faire un chapeau, ou du moins un toupet."

Alice tenta vite de couvrir sa nudité, mais ce qu'elle couvrait d'un côté, elle l'exposait de l'autre.

Le Lapin blanc et le Chapelier s'éloignèrent de la table et se tinrent debout au-dessus d'elle. Le Chapelier était nu, excepté le chapeau accroché à sa bite. Le Lapin blanc était nu aussi, à l'exception d'un nœud papillon sur sa longue bite en forme de carotte, avec, ce qui semblait suspect, l'empreinte des dents du Chapelier grignotée dedans.

– Vous n'allez pas me faire de mal, n'est-ce pas, monsieur le Lapin blanc ? *Boop oop a doop*, chantait Alice, en battant des cils comme Betty Boop.

Le Lapin blanc ne répondit pas, mais un ricanement sinistre parcourut son visage quand il se baissa et lui écarta lentement les jambes.

– Votre clitoris ressemble bizarrement à la Chenille... tout aussi gras et juteux.

– Vous, vous n'allez pas me faire mal, monsieur le Chapelier, n'est-ce pas ? dit-elle en jetant un coup d'œil par-dessus son épaule sur le Chapelier.

– N'aie pas peur, Alice, j'suis pas porté sur les filles et leurs petites fentes humides. Les hommes sont un mets plus goûteux, leurs oignons en saumure et leurs saucisses emplissent bien ma main.

La seule chose dont Alice se souvint, ce fut un Rasharkin nu courant au ralenti vers la scène, un fusil à double canon à la main, tirant ses cartouches sur le Chapelier et le Lapin blanc, et transformant leurs têtes en des confettis de riz au lait qui lui dégoulinaient sur le visage.

– Je ne sais pas avec qui vous avez fait l'amour, mais ce n'était pas avec moi, dit Alice, une heure plus tard, en regardant Rasharkin s'habiller. Pas que je me plaigne, remarquez. C'était la meilleure – et la plus *étrange* – baise de ma vie. Vous ne voulez pas me dire son nom ?

– Quel nom ?

– La très belle femme, dans le vieux film.

Il se tendit. Ne répondit pas.

– OK, je comprends. Nous avons tous nos fantasmes et nous aimons les garder dans nos pensées les plus sombres. Merde, on a tous besoin de nos secrets, n'est-ce pas ?

Il se leva. Finit de boutonner sa chemise, se tourna et la regarda avec un étrange sourire.

– Je ne saurais mieux dire.

21

C'est le crime bâillonné qui attise le remords.
PG Wodehouse, *Une affaire étourdissante*

Pendant les heures des visites du soir, l'hôpital Mater bourdonnait de visiteurs. Charlie arpentait le couloir, avec sous le bras un journal et un sac en papier plein de fruits et d'une bouteille de Lucozade.

Quand il vit son vieux pote s'approcher du lit, le visage couvert de pansements de Brian parvint à produire ce qui ressemblait vaguement à un sourire.

– Charlie ! Tu es un régal pour les yeux tristes.

– Sauter d'une putain de fenêtre ? À quoi pensais-tu, bon Dieu ?

– Justement, je ne pensais pas. C'est pour ça que tu es là avec ton régime de bananes. Coup de pot, j'étais tellement défoncé que je n'ai rien senti.

Charlie posa son sac sur la table de chevet, puis se pencha à l'oreille de Brian.

– T'as entendu la nouvelle ?

Brian secoua la tête.

– Ils m'ont shooté jusqu'aux yeux. Ça ne fait que quelques heures que j'ai enfin les idées en place. C'est le braquage ?

– Jim.

– Jim ? Merde ! Ils l'ont arrêté ? Où ? Quand ?

– Il est mort, Brian. Assassiné.

– Quoi ? Qu'est-ce que tu racontes ? T'as picolé ou quoi ?

– Ils l'ont torturé et assassiné.

Brian semblait hébété.

– Qui l'a assassiné ? Ça n'a pas de sens, Charlie.

– Les dealers. Ils l'ont balancé nu dans la rue, comme un sac d'ordures. Et ils ont arrêté cette merde de Scarface Logan.

Charlie dégagea le journal de sous le sac et montra la manchette à Brian.

LE CORPS TORTURÉ D'UN HOMME TROUVÉ
PRÈS D'UNE ÉGLISE EN RUINE
Un deal de drogue qui tourne mal ?
Scarface Logan arrêté.

Brian s'empara du journal et commença à lire. Des larmes lui montèrent aux yeux. Il les essuya avec colère.

– J'ai essayé de l'appeler pour lui dire que j'étais à l'hosto, mais je n'ai eu que la tonalité. J'ai encore essayé un peu plus tard, mais son téléphone était coupé. Merde, Charlie, ils devaient l'avoir déjà chopé à ce moment-là.

Charlie hocha la tête.

– Jim m'a appelé deux fois pour me dire de rester loin de chez moi, au cas où les flics se pointeraient. On était loin de se douter que ce n'était pas des flics qu'il fallait se soucier.

– Comment Logan a-t-il pu le repérer aussi vite ?

– J'en sais rien, mais ce que je sais, c'est que s'ils ont eu Jim, on est les prochains sur la liste. Ils ont beau avoir coffré Logan, son gang est toujours dehors. Il faut que tu files d'ici.

– Je ne peux pas, du moins pas tout de suite. Le toubib passe ce matin pour examiner mes côtes.

– Qu'il aille se faire foutre. Je pense vraiment que tu devrais partir tout de suite. Moi, à la première occasion, je me tire de Belfast. Pour de bon. Rosie et moi. On ne reviendra plus. On va s'acheter un bateau et mettre le cap au sud. J'espère l'avoir dans une semaine. En attendant on va rester à l'hôtel pendant quelques jours, du côté de…

– Non ! Ne me dis pas où vous allez. J'aime mieux ne pas le savoir. Écoute, Charlie, ils ne vont rien tenter dans un hôpital. C'est probablement l'endroit le plus sûr pour le moment.

– Il y a d'autres hôpitaux loin d'ici. Avec le fric, tu peux te payer une chambre seul dans le Sud.

– Putain, non. Je quitte pas Belfast pour n'importe où. Je respecte ta décision de partir avec Rosie, mais c'est pas pour moi, mon pote. J'aime Belfast avec tous ses défauts.

– Ne sois pas stupide. Ça ne vaut pas le coup. On ne sait pas ce que Jim a raconté à Scarface et à ses gars.

– Quoi ? Qu'est-ce que tu racontes ? Va te faire foutre, Charlie Madden, pour avoir dit un truc pareil ! Jim n'était pas du genre à nous balancer.

– Ils l'ont torturé ! Il avait des trous plein le corps. Lis le journal.

– Pas besoin de lire quoi que ce soit pour savoir qu'il n'aurait jamais rien dit sur nous. Toi, par contre, tu vendrais ta grand-mère pour une tranche de bacon pourri.

– Tiens donc, espèce de petit enculé. Je n'aurais jamais dû venir. J'ai risqué ma peau en me pointant ici pour…

– T'as risqué que dalle, espèce d'enfoiré sans couilles. T'es juste venu pour apaiser ta conscience de ne pas avoir épaulé Jim. Maintenant fous le camp, où que tu ailles, toi et ton putain de bateau à rames.

La figure de Charlie se convulsa de rage.

– Je devrais…

– Tu devrais foutre le camp d'ici pendant que t'as encore une chance ! Je te donne cinq secondes pour bouger ton cul de trouillard, avant que je t'écrase ça sur le crâne. – Brian s'empara d'une canne de marche en prunelier serti d'acier, et se mit à l'agiter sous le nez de Charlie.

Charlie recula.

– Va te faire foutre !

– J'en ai autant à ton service ! Et fourre-toi ces bananes pourries dans le cul aussi profond que tu peux. Elles sont aussi jaunes que toi ! gueula Brian en jetant les bananes sur un Charlie déjà en fuite. Amusés, les patients regardaient, certains applaudissaient, heureux de ce divertissement inattendu dans cet endroit sombre et déprimant.

22

La légende raconte qu'Ossian repose
sous ce repère sur la colline,
endormi jusqu'à ce que Fionn et Oscar se lèvent
pour faire appel à son ancien talent de barde
et accueillir leur dernière entreprise.
John Hewitt, "Tombe d'Ossian"

Dans le salon de son modeste deux-pièces, Conor O'Neill posa une tasse de thé et une assiette de biscuits McVitie sur une petite table. Cette table était l'un des rares meubles qu'il possédait, achetée à une vente de charité locale.

Une femme assise à la table prit la tasse de thé, le remercia, mais ignora les biscuits. Elle avait une bonne quarantaine d'années, et malgré les assauts dévastateurs du cancer et les contre-attaques de la chimio, la beauté légendaire de Fiona Harrison prédominait encore sur ses traits.

Miss Jeune Irlande dans ses jeunes années, elle avait également été membre du mouvement républicain. Ses désillusions sur le mouvement avaient suivi de peu l'accusation de mouchardage qui avait frappé son fils Michael, encore adolescent, deux ans plus tôt. Sa famille et lui – surtout Fiona – avaient véhémentement protesté de son innocence. Sa condamnation à mort fut commuée en bannissement à vie d'Irlande après l'intervention de Conor qui lui avait obtenu un sursis de dernière minute.

Dans la pièce, il y avait également Barney Dennison, appuyé contre un mur, les bras croisés, qui semblait mal à l'aise chaque fois qu'il bougeait.

– Pour l'amour de Dieu, Barney, assieds-toi, dit Conor. Tu t'agites comme si tu avais une abeille dans le cul.

– Je… je suis bien debout, pour l'instant.

Les deux chats de Conor, Tiddles et Chairman Meow, regardaient l'assemblée avec une indifférence endormie.

– Bon, Fiona. Maintenant, dis-nous ce qui te fait croire que Michael est revenu à Belfast, demanda Conor, assis en face d'elle.

– Une intuition maternelle, peut-être? Appelle ça comme tu veux, je *sais* qu'il est revenu. On a essayé de lui cacher mon cancer le plus longtemps possible, mais une tante l'a laissé échapper quand elle lui a parlé au téléphone il y a deux jours. Il lui a dit qu'il allait revenir à la maison le plus vite possible. Il n'est plus dans son appartement de Liverpool.

Dennison intervint vivement:

– Tu crois qu'il reviendrait, tout en sachant les conséquences?

Elle lui lança un regard noir.

– *En dépit* des conséquences. L'amour d'une mère et d'un fils. Quelque chose que les gens dans ton genre sont incapables de comprendre. Ne crois pas que j'ignore que tu fais partie de ceux qui ont accusé mon fils d'être un mouchard.

Dennison avait l'air d'être à nouveau soumis à la torture du flingue-dans-le-cul chère à Nolan.

– Tu… devrais faire très gaffe… à ce genre d'accusation, Fiona.

– Pourquoi? Tu vas me faire descendre, comme le caïd que tu n'es pas?

Conor intervint rapidement de sa voix calme mais impérieuse.

– Bon, ça suffit. On se calme. On n'ira nulle part si on continue à s'engueuler.

Dennison, incapable de soutenir le regard de Fiona, semblait de plus en plus mal à l'aise.

– Que veux-tu qu'on fasse exactement, Fiona? demanda Conor.

– *Toi*, Conor. Personne d'autre. Ce que je veux que *tu* fasses, c'est passer le mot : on ne doit pas toucher à Michael. Il est là pour une tentative de pardon. Tu peux faire ça, n'est-ce pas ?

Conor sortit de la poche de son vieux gilet sa pipe Caminetto. Il en frotta le fourneau du pouce et de l'index tout en réfléchissant à la question avant d'y répondre.

– Oui… Je peux faire ça, s'il est à Belfast. Mais s'il n'est pas en ville, c'est une autre histoire.

– Je veux lui parler, avant qu'on le force à quitter Belfast, *encore une fois*.

– Tu mets Conor dans une situation impossible, une situation inextricable, marmonna Dennison. Personne ne peut te garantir une trêve pour ton fils…

Fiona ignorait Dennison et continuait à fixer résolument Conor.

– Eh bien, Conor ?

– Barney a raison, Fiona, personne ne peut le garantir.

– Tu n'es pas personne. Tu le peux, et tu le feras. Pour moi. Le mouvement me doit bien ça, tu ne crois pas ?

Conor mit quelques secondes à répondre.

– D'accord. Si on arrive à le trouver, je m'assurerai que tu puisses lui parler.

– Mais Conor, commença Dennison, tu ne peux pas…

– Passe le mot. Il doit être gardé dans un endroit sûr, jusqu'à ce que j'arrive, si nous le localisons. Qu'on ne lui fasse aucun mal. C'est un ordre.

Dennison semblait sur le point de dire quelque chose. Il jeta un coup d'œil à Fiona, puis à Conor, avant de quitter la pièce sans un mot.

– Dieu que je déteste cette infâme créature, dit Fiona quand il eut fermé la porte. Un couard opportuniste qui n'a pas levé le petit doigt pour se battre quand la guerre faisait rage. Bien sûr, maintenant que c'est fini et qu'il n'a plus peur d'être blessé, il arpente le terrain comme s'il était le dernier Spartiate.

Conor fit semblant de frémir.

– Honte à toi, Fiona Harrison. Tu viens d'évoquer sous mes yeux l'image de Barney en sous-vêtements spartiates.

Elle éclata de rire.

– Quelle horreur !

– Malheureusement, le mouvement est désormais plein de clones de Barney, et les authentiques républicains ne peuvent rien y faire. Bon, comment tu vas ? Pour de vrai ?

– Pour de vrai ? Très mal. Je sais que je suis supposée sortir de courageuses déclarations sur le combat contre le cancer, comment je n'abandonnerai jamais, mais pour être honnête, Conor, j'ai déjà abandonné et j'ai fait la paix avec l'Homme – ou la Femme – d'En Haut. Je suis trop fatiguée pour tout ça. Je veux juste voir Michael avant de mourir. Est-ce trop demander ? De toi à moi ?

Conor regarda sa pipe comme si, soudain, il la voyait pour la première fois.

– Quel crétin insensible je fais. Je n'aurais jamais dû la sortir en ta présence. Je n'ai pas réfléchi. Désolé. – Il fit rapidement disparaître la pipe dans sa poche.

Elle lui prit la main pour le tranquilliser, gentiment mais fermement.

– C'est bon…

– Tu es sûre ? Je peux attendre que tu sois partie.

– C'est pas un peu de fumée qui va faire une grande différence maintenant, si ? – Elle lui tendit sa main ouverte. – Laisse-moi l'allumer, comme avant, comme quand je te l'ai achetée.

Il hésita avant de porter la pipe à sa bouche ; d'aller pêcher la boîte d'allumettes Swan dans sa poche ; de placer la boîte dans sa main à elle.

Elle ne sortit qu'une allumette, l'enflamma au-dessus de la pipe pendant qu'il aspirait pour lui donner vie, sans jamais cesser de la regarder. La fumée planait autour d'eux, comme dans un vieux film noir.

Fiona aspira la fumée par les narines en fermant les yeux. Quand ils s'ouvrirent à nouveau, elle souriait du sourire qu'il aimait, un sourire qui venait du passé.

– Cet arôme me manque, Conor. Il ramène des souvenirs heureux.

– Inutile de ratisser les vieilles cendres des années passées. Elles ne servent qu'à brûler l'âme.

– Je me dis parfois que les souvenirs couvant sous la cendre sont tout ce qui me reste. Les nuits chaudes de Cushendall. Les balades estivales dans la forêt de Glenariff. Tu récitais "Tombe d'Ossian" pendant qu'on pique-niquait de sandwichs à la fraise de chez Hartley et de thé de Lyons.

Les yeux de Conor se teintaient de tristesse.

– Oui, bon…

– Pour être honnête, je pensais que tu aurais laissé tomber la pipe.

Il ne put contenir l'amertume dans sa voix.

– Comme tu m'as laissé tomber ?

Elle eut l'air abasourdi.

– C'est… c'est injuste.

– Je suis tout à fait d'accord.

– Tu sais ce que je veux dire. Je t'ai quitté parce que je t'aimais. Tu le savais.

– Ah bon ? Drôle de façon de le montrer.

– Le scandale t'aurait détruit, t'aurait affaibli à l'intérieur du mouvement, surtout si tôt après la mort de Bridget. Voilà combien je t'aimais, même si ça me brisait le cœur de devoir revenir à Paddy.

Il aspira une longue bouffée tout en regardant au-delà d'elle. D'une torsion de la bouche, il dirigea la fumée vers le plafond, puis il posa la pipe sur la table.

– Paddy est un homme bien. Bien meilleur que moi. Je sais qu'il me déteste toujours, qui pourrait bien le lui reprocher ?

– Il n'y a pas de haine en lui. Il n'y en a jamais eu. Il n'y pense même plus.

– Ha ! Ne te fais aucune illusion. Il y pense toujours, comme à une blessure inguérissable qui lui ronge la peau. Aucun homme n'oublie un coup aussi personnel, aussi près du cœur.

– Il… il ne m'a pas approchée depuis des années. – Elle rougissait comme si elle avouait des choses impardonnables à son confesseur, cherchant l'absolution. – Quelquefois il se comporte comme s'il allait être contaminé, simplement en me touchant. Je suppose que je ne peux pas le lui reprocher, vu mon apparence.

– Tu es aussi belle que la première fois que je t'ai rencontrée, dans cette vieille salle de North Queen Street où tu t'exerçais auprès des ambulances Saint John. Tu te souviens ?

Elle sourit.

– Je ne l'oublierai jamais. Chacun de nous était en mission secrète pour apprendre les premiers soins aux victimes des fusillades. Tu croyais que tu maîtrisais tout, parce que tu étais naturellement doué pour ça. Un peu frimeur sur les bords.

– Ah bon ? sourit-il.

– Toujours à contredire l'instructeur. Je dois te rappeler que c'était sensé être secret, et que tu faisais tout sauf profil bas.

– Tu as raison, j'étais un peu vaniteux à l'époque, mais surtout parce que je pensais avoir mes chances auprès Miss Jeune Irlande !

Elle éclata de rire puis soudain son visage se contracta de douleur. Elle se mit à tousser. Conor se précipita pour aller chercher de l'eau, mais elle lui agrippa la main.

– Non… Ça va. Ça va passer dans quelques secondes.

Inquiet, il resta debout en lui tenant la main.

La toux finit par s'arrêter. Elle se leva.

– Il faut que je me prépare. Paddy va bientôt passer me prendre.

– Tu ne ferais pas mieux de t'asseoir, jusqu'à ce que la toux se calme ? Au moins, laisse-moi te chercher un peu d'eau.

– Je vais bien, vraiment. – Elle le regardait intensément. – Tu vas trouver Michael, n'est-ce pas ? Protège-le. Promets-le-moi, Conor.

– Je vais faire tout mon possible. – Il serra sa main. – Tu as ma parole.

– Ça me suffit. Je suis soulagée de t'avoir vu. Grâce à toi, je me sens beaucoup mieux – dans tous les sens du terme.

– Je suis content que tu sois venue. Ça faisait trop longtemps. Je n'ai jamais cessé de penser à toi.

Le klaxon d'une voiture résonna trois fois.

– Ça doit être Paddy, dit-elle.

– Je… voudrais que les choses soient…

Elle posa un doigt sur ses lèvres, interdisant aux mots de se former.

Il la serra contre lui, et fut choqué par sa maigreur sous ses couches de pulls. Des côtes. Rien que des côtes. Une bouffée d'émotion le saisit. Sa gorge se serra, Il ne voulait ni pleurer devant elle, ni la laisser partir.

Le klaxon impatient retentit encore trois fois.

Elle l'embrassa rapidement, puis le repoussa, l'abandonnant dans la présence éthérée de son parfum resté accroché à ses vêtements.

23

Nous n'avons jamais entendu la version du diable de l'histoire, c'est Dieu qui a écrit tout le livre.
Anatole France

De nuit, à Belfast. Scarface Logan, Logan le Balafré, sortit d'un 4x4 agressif, et se tint debout devant sa grande maison couverte de lierre d'Antrim Road, comme s'il la voyait pour la première fois.

– C'est toujours chouette de revenir à la maison après une dure journée de travail… dit-il sans s'adresser à personne en particulier, un sourire ironique aux lèvres. Il ressemblait au portrait de baron de la drogue que la presse avait fait de lui : une double rangée de cicatrices faites par un type qu'il avait doublé.

La pluie tombait en rafales cinglantes. Le véhicule s'éloigna lentement, laissant Scarface dans la lumière blanchâtre des réverbères et leurs ombres mystérieuses.

Il se tenait là, fixant le ciel et laissant la pluie ruisseler sur son visage, comme s'il espérait diluer la puanteur d'une cellule encore imprégnée du vomi, de la pisse et du sang d'un autre.

Une fois le 4x4 hors de vue, les seuls bruits de la nuit furent le vent et la pluie, unis et déterminés dans une étrange quiétude. Il écouta l'averse encore quelques instants, avant de gravir les marches jusqu'à sa porte d'entrée où il tapa son code.

La porte s'ouvrit silencieusement. Il pénétra dans le vestibule et fut aussitôt bousculé sur le côté, tandis qu'on pressait quelque chose de dur sur l'arrière de son crâne.

– Les mains en l'air, sac à merde ! Ne te retourne pas ou je débarrasse tes épaules de ta tête, siffla un Brian

Ross cagoulé en fermant la porte d'un coup de pied sans cesser de presser le pommeau de sa canne en prunelier contre le cou de Logan.

Scarface leva les mains.

– Qu'est-ce que ça veut dire ?

– Ta gueule. – Brian fouilla rapidement les fringues de Logan.

– Je ne trimballe pas de flingue, si c'est ça que tu cherches, mon pote.

– Je suis pas ton pote, ordure. Avance lentement, *très* lentement, jusqu'au salon.

– Qu'est-ce que...

– Ferme ta gueule et marche !

– OK... doucement... pas de problème. – Logan se mit à avancer en direction du vaste salon. – Regarde, tu vois ? J'obéis. Ne faisons rien de stupide ou...

Brian frappa Logan derrière la tête avec sa canne. Il y eut un horrible bruit sourd quand le bois percuta l'os. Logan s'effondra face contre terre, hors combat.

Brian sortit d'un sac un fer à repasser et un rouleau de ruban adhésif. Il attacha les poignets et les chevilles de Logan, et le traîna vers une grosse table de salle à manger en acajou. Satisfait, il se trouva un siège confortable, enleva sa cagoule et épongea la sueur qui lui coulait sur le visage.

Il s'écoula un bon bout de temps avant que Logan – maintenant attaché et étalé comme un cadavre sur la table – ne recouvre ses esprits.

Brian remit rapidement sa cagoule et se leva, surplombant le dealer.

En dépit de sa réputation, le visage de Logan avait plutôt l'air d'une marchandise ayant dépassé la date limite.

– Tu as déjà vécu un de ces jours où tout se passe comme prévu et où tout finit bien ? Ouais, moi non plus. Puis-je te demander ce que je fous saucissonné comme ça ?

– T'as déjà entendu parler du *waterboarding*? Ça, c'est l'équivalent irlandais : le *ironing-boarding**. *Je* pose des questions, *tu* fournis les réponses. Je veux que tu me dises tout sur le meurtre de Jim McCabe.

– Jim Mc... oh, tu veux parler de toutes ces conneries dans le *Sunday Truth*. C'est ça? Un gros bonnet de la drogue arrêté, blablabla, soupçonné de meurtre, blablabla.

– Et tu ne serais qu'un pauvre bouc émissaire ?

– Bouc émissaire et suspect habituel chaque fois que les flics et ce foutu torchon veulent faire croire qu'ils savent quelque chose. Ça aide à convaincre le public crédule qu'il en a pour son argent et qu'il peut dormir tranquille la nuit dans son lit.

– Abrège ton baratin.

– Il n'y a pas de baratin à abréger. Les flics savent que je n'ai trempé dans aucun meurtre. Je n'avais jamais entendu parler de Jim McCabe jusqu'à ce qu'ils m'arrêtent il y a quelques jours et qu'ils mentionnent ce nom. C'est pas la première fois qu'ils essayent de me coller une saloperie sur le dos, malgré tous les pots-de-vin que je leur refile. C'est pour ça qu'ils m'ont relâché ce matin sous caution, en m'inculpant seulement de possession de marijuana.

– Si c'est ta réponse finale, tu viendras pas te plaindre que je ne t'ai pas donné l'occasion de t'en sortir. – Brian introduisit la fiche du fer à repasser dans une prise murale et colla un morceau de ruban adhésif sur la bouche de Logan.

– Hmmmmmmmmppppppppphhhhhhhhhhhhh !

Brian poussa la chaleur du fer à fond. Quelques secondes plus tard, il cracha sur la semelle qui se mit aussitôt à grésiller pendant que des bulles de salive se

---

* Jeu de mots entre *waterboarding* ("simulacre de noyade", un type de torture) et *ironing board* "planche à repasser").

transformaient en petites billes marbrées qui fuyaient aussitôt le métal brûlant.

– Parfait. Il est temps d'effacer les rides qui défigurent ton service trois pièces. – Il posa le fer sur le côté, détacha la ceinture de Logan et baissa son jean.

– Hmmmmmmmpppppppppphhhhhhhhhhhh!

– Très coquin. Ni slip ni poils de cul, hein? Le temps que j'en finisse avec toi et t'auras les bourses plus douces qu'un cul de bébé, assorties à ta bite toute bichonnée. – Brian porta le fer dangereusement près des couilles nues de Logan.

Les yeux de Logan s'écarquillèrent d'horreur. Il s'agita frénétiquement pour se libérer, mais cela ne fit que resserrer ses liens.

– Hmmmmmmmpppppppppphhhhhhhhhhhh!

– Désolé. Je ne comprends pas un mot de ce que tu dis. Alors, où en étais-je?

La pointe du fer toucha les bourses de Logan qui se tordit comme atteint par une décharge électrique.

– Hmmmmmmmpppppppppphhhhhhhhhhhhh
hhhhhhhhhhhhhhhhhhhhhhhhhhhhhhhhhhhh
hhhhhhhhhhhhhhhh!

Brian arracha le bâillon d'un coup sec.

– Prêt à parler?

– Puuuutaaaaaain! J'ai les couilles en feu, espèce de saloperie de maniaque!

– C'est exact. Je suis une saloperie de maniaque. Maintenant, si t'as pas tué Jim, qui l'a fait?

– Comment veux-tu que je le sache? J'ai rien à voir avec ça.

– Comme tu veux. – La pointe du fer toucha à nouveau sa cible. Plus longtemps, cette fois.

– Aaaaaaaaaaaaaaaaaaaaaaaaaaaaaaaaaaaa
aaaaaaaaaaaaaaaaaahhhhhh!

– Il te reste une dernière chance avant que je transforme ton trois-pièces en saucisse grillée et boudin noir.

Si ça ne marche pas, j'ai de la poudre à canon et du papier tactile qui me restent d'Halloween. Je vais remplir le trou de ta bite avec et l'allumer comme un feu d'artifice. Maintenant, pour la dernière fois, qui a tué Jim ?

Le visage de Logan était dévasté. Il transpirait terriblement.

– Je ne peux rien te dire sur… quelque chose que j'ignore ! Putain de merde… il va falloir que tu me croies ! Tu penses vraiment que j'ai envie qu'on me grille les couilles et qu'on me fasse éclater la bite ? J'ai des tonnes de fric… Donne ton prix.

– Je ne toucherai jamais à ton sale fric, même avec une gaffe. Je hais les marchands de drogue et ce qu'ils font aux enfants.

– Je ne vends pas aux enfants. C'est un fait.

– Un dealer avec une conscience ?

– Je ne vends qu'aux étudiants, aux profs, aux hippies… aux gens comme ça. Rien de lourd. Ni héro, ni coke, aucune merde de ce calibre. Toutes ces saloperies dans les journaux sur moi ? C'est tout ce que c'est, des saloperies et des mensonges.

– Des saloperies et des mensonges ? Ouais, je peux le voir à ton humble demeure et à ton humble train de vie.

– OK, je me fais quelques ronds sur l'export, mais ça ne fait pas de moi un sale type. J'ai bon cœur. J'aide les sans-abri ; je donne aux pauvres. Je sais que tu n'es pas un sale type non plus. Tu ne veux pas me tuer. Tu portes une cagoule. Tu veux pouvoir sortir d'ici sans être reconnu. Exact ?

– Ferme ta gueule !

– Je ne crois pas à la violence non plus. Je ne m'en suis jamais servi de ma vie.

– Ouais, eh bien moi je vais recommencer si tu ne me donnes pas une réponse.

– Écoute… tout ce que je sais, c'est ce que m'a dit un de mes flics infiltrés. Il y a des conjectures sur un certain abruti qui se serait fait voler dans le braquage de cette banque, la Bank of New Republic. T'as dû en entendre parler ?

Brian sentit sa poitrine se serrer. Sa peau se mettre à picoter.

– Continue…

– T'as jamais entendu parler de Seamus Nolan ?

– Nolan… ? Je ne crois pas.

– Tape son nom sur Google. Si t'as déjà fait un gros cauchemar, il était probablement dedans. Un vrai psychopathe et un membre influent de la Fraternité.

– La Fraternité… ? – Brian sentit un frisson lui passer dans le cou.

– Il y a trois choses qui te conduisent à la tombe. Dieu, les croque-morts… et Nolan. C'est un de leurs tueurs favoris. Il ne fait pas de prisonniers. Il pète les crânes pour le compte de la Fraternité, d'où son surnom, Nutty Nolan, Nolan le Casse-Noix. Apparemment – je ne peux me fier qu'à mon contact chez les flics – il était dans la banque quand il s'est fait cogner par les braqueurs.

Les genoux de Brian mollirent soudain. La cagoule sembla rétrécir et l'étouffer.

– Il y a mieux, continuait Logan. Ils lui ont piqué un gros tas de cash. Ensuite, ils ont eu le culot de le tabasser. Putain, qu'est-ce que j'ai été content quand j'ai entendu ça. J'ai eu quelques prises de bec avec lui. Il y a deux ans, il m'a tiré dans le genou et m'a exilé de Belfast. Il a dit que, si je revenais, il se chargerait personnellement de me tirer dans la gueule et me regarderait me vider de mon sang.

– Vider de ton sang…

– C'est ce genre de malade. Aussi futé qu'un ballon de plage et doté de moins de cervelle qu'un masque d'Halloween, mais il est implacable. Comme Terminator avec une Duracell dans le cul. Il te lâche pas. Merde, d'après ce que je sais, il va s'en prendre à moi maintenant que les flics et les médias ont révélé que je vivais de nouveau à Belfast. Ce qui entraîne cette question : comment diable as-tu su où j'habitais ?

– La BBC locale a annoncé que tu avais été arrêté, puis ce matin que tu étais relâché sous caution. J'ai attendu toute la journée sous une pluie battante que tu te pointes. C'est te dire si je te voulais.

– Tu parles au passé. J'aime mieux ça. Ça indique des pensées positives pour le futur.

– Pas si vite. T'es encore loin d'être sorti d'affaire. Qu'est-ce que les flics ont dit d'autre sur le braquage ?

– Ils étaient trois. Je dirais que ce pauvre Jim a été le premier que Nutty a abattu. On dit qu'il a été horriblement torturé. Ça aussi, c'est signé Nutty.

La pièce se mit à tourner, les meubles à danser au ralenti. Saisi d'un vertige nauséeux, Brian s'assit dans un grand fauteuil Victoria, espérant que tout cela ne soit qu'un mauvais rêve. Pas de braquage de banque. Jim toujours en vie. Pas de psychopathe adorant regarder les gens se vider de leur sang à ses trousses.

– Si j'étais un des gars qui ont braqué cette banque, dit Logan en regardant Brian droit dans les yeux, je m'arrangerais pour être armé jusqu'aux dents. Au moins pour me donner une chance de combattre quand Nolan viendra frapper. Car il viendra frapper, aucun doute là-dessus.

Brian essayait de rebrancher son cerveau, pesait le pour et le contre.

– Et si ces gars n'avaient pas de flingues ?

– Pardonne-moi le jeu de mots, mais je peux t'arranger le coup. – Les yeux de Logan s'étaient mis à briller d'espoir. – Tout ce que tu veux comme arme de n'importe quelle forme, taille ou poids : je suis ton homme et j'ai ce qui faut.

– Je pensais que tu ne croyais pas à la violence ?

– Je… disons que j'y crois pas, mais que je ne suis pas idiot. Dans mon business, il faut bien que je me protège contre ceux qui y croient, à la violence. Chacun a le droit de se défendre, surtout contre un dingue comme Nutty.

– Et je suis supposé avoir confiance en toi ?

– En ce moment, je suis peut-être suspendu par les couilles, mais toi tu es suspendu à une menace. La nécessité prévaut sur la confiance. Alors, que penses-tu de notre nouvelle alliance ?

– Il faut que j'y réfléchisse un peu.

– Pendant que tu réfléchis, tu pourrais peut-être me remonter le pantalon. Il fait affreusement froid ici, étendu à poil avec la bite et les couilles à l'air. Sans compter qu'être maté par un mec avec une chaussette sur la tête, ça énerve.

24

"Bonjour messieurs. Belle journée pour un meurtre."
Rocky Sullivan dans *Les Anges aux figures sales*

Billy "Goat" Butler, dit la Chèvre, attendait, assis à la place du conducteur, se délectant d'un rare rayon de soleil belfastois qui illuminait le pare-brise.

Pour être honnête, la place du conducteur était le dernier endroit où Billy aurait souhaité être assis, pour la bonne raison qu'il souffrait de narcolepsie depuis son adolescence. C'était là un noir secret qu'il gardait pour lui, malgré la longue liste de désastres qu'il avait frôlés en tant que volontaire actif dans la Fraternité pour la liberté irlandaise, il y a bien longtemps.

Par trois fois il s'était endormi en assemblant les composants d'une bombe, ce qui aurait pu l'expédier vers une mort prématurée, lui et quiconque se trouvait dans un rayon d'un mile. Il finit par se faire soigner, mais seulement après s'être endormi pendant sa mission la plus importante : faire exploser l'ambassadeur anglais sur une petite route secondaire, en se servant d'un câble de commande caché relié à une bombe de cent kilos planquée dans un caniveau.

Camouflé sur un flanc de coteau feuillu dans le sud d'Armagh, en embuscade aux premières heures d'un dimanche matin de juillet, il avait sombré dans une sorte d'inconscience zombie. Pendant qu'il était au pays des rêves, une chèvre sauvage s'était pointée et avait mâchonné le câble dissimulé dans l'herbe, sauvant les miches de l'ambassadeur et affublant Bill d'un surnom pour la vie.

Dieu merci, le médicament qu'on lui avait prescrit faisait des miracles et le tenait éveillé des heures durant.

Le seul effet indésirable était une tendance à la nervosité et à l'excitation, sans compter qu'il pouvait, à l'occasion, éclater d'un fou rire irrépressible quand le stress devenait trop fort.

En temps normal, il aimait bien son boulot pépère, balader les oligarques de Stormont et leurs familles partout où il leur prenait l'envie d'aller, que ce soit dans leur restaurant, leur bar ou leur salon de bingo favoris. Toutefois, cet officiel en particulier lui faisait toujours frétiller les tripes comme des chauves-souris surexcitées dans leur grotte. Non que Billy ait quelque chose à cacher, surtout quelque chose ayant trait à l'insubordination ou à des pensées non orthodoxes. Dieu du ciel, non ! Jamais de la vie.

Soudain, on frappa à la vitre, dérangeant les tripes et l'âme déjà dérangées de Billy. Il essaya de sortir de la voiture pour aller ouvrir la porte du passager, mais c'était trop tard. Seamus Nolan s'était déjà installé à l'arrière.

– Bonjour, Seamus, fit Billy avec un sourire forcé. Pas trop mauvais temps pour un début novembre, hein ?

Nolan ignora à la fois le salut *et* Billy, ouvrit un exemplaire des *Andersontown News* et se mit à lire.

Seigneur, ça va encore être un trajet interminable avec Dark Vador tapi à l'arrière. Billy sortit la voiture de l'allée de Nolan et mit le cap sur Dundalk en empruntant les routes les moins fréquentées pour des raisons de sécurité, et histoire d'éviter de tomber sur les barrages routiers.

Le trajet fut effectivement interminable, et silencieux, et déplaisant. À quelques reprises, Billy crut sentir le regard inquisiteur de Nolan lui brûler la nuque, comme à la recherche des plus saugrenues de ses pensées.

Une heure insoutenable plus tard, ils arrivèrent à destination – une ancienne église abandonnée dans un vallon boisé désolé. La structure gothique, silencieuse comme une maladie encore inconnue, reposait au milieu d'un dépotoir de carcasses de voitures rouillées.

Billy y était déjà venu plusieurs fois. Et chaque fois, ça lui avait flanqué la trouille. Comme la maison dans *Psychose* de Hitchcock. En dépit de toutes ses tentatives, il n'arrivait pas à effacer de sa mémoire les odeurs d'autres églises : arômes passés de bougie, de bancs pourris et du vernis séché des confessionnaux.

Et cet endroit était un autre confessionnal, le genre où de fausses confessions étaient arrachées des bouches, où les espoirs étaient détruits et les prières rarement exhaussées. Un endroit qui n'avait que deux issues : l'effrayant Pack de six – une balle dans chaque cheville, chaque genou et chaque coude –, ou le définitif UDE – Une Derrière l'Oreille.

Nolan sortit de la voiture et resta un instant pensif, comme s'il prenait le soleil.

– Vous avez fini votre journal, Seamus ? demanda Billy en passant la tête par la fenêtre.

– Tu peux le prendre, répondit dédaigneusement Nolan. Il se dirigea vers l'église, au grand soulagement de Billy.

Nolan hors de vue, Billy s'étira sur son siège, prit le journal local et sortit rapidement de la voiture. Ses tripes lui envoyaient un signal. Il fit un pet lourd et mouillé. Pria le ciel de ne pas s'être chié dessus à l'ombre d'une église.

Tiraillé par l'envie de chier, mais soucieux d'éviter le chemin, il s'aventura sur un vieux sentier couvert par une jungle d'herbes. La dernière chose dont il avait besoin c'était que Nolan lui tombe littéralement dessus, le pantalon sur les chevilles.

Il se dirigea vers l'arrière de l'église, vers un chouette petit endroit dont il s'était déjà servi pour fertiliser la terre sacrée, pour ainsi dire.

À l'intérieur de la vieille église, Nolan s'avança jusqu'au milieu du sol nu, un capuchon d'obscurité flottant sur lui, comme le célèbre dominicain Alonso de Hojeda, le Frère de la Mort.

Une table et un ensemble de cinq chaises meublaient le lieu, un groupe d'hommes à l'air sinistre en occupaient quatre, leurs ombres aux contours très nets semblaient surréelles dans la tension palpable.

Nolan s'assit sur la cinquième chaise, sans saluer ni répondre au salut des autres.

Au-dessus, dans l'abside, les icônes abandonnées d'anges aux yeux écarquillés et de saints aux visages pelés, mi-curieux mi-anxieux, contemplaient l'assemblée. Une odeur écœurante de chair morte depuis longtemps se mêlait à la puanteur reconnaissable d'urine et d'excréments animaux.

– On n'aurait jamais cru que tu aurais les couilles de revenir à Belfast, mon petit Mickey, finit par dire Nolan, les yeux plantés sur le visage pâle d'un Michael Harrison à l'air anéanti.

– Il fallait que je revienne… quoi qu'il arrive.

– Pas très malin de ta part de prendre un taxi noir depuis l'aéroport il y a deux nuits, n'est-ce pas ? Beaucoup de gens à nous en conduisent. Tu en avais sûrement entendu parler ?

– Je m'en fous. Il fallait que je revienne aussi vite que possible.

– Tes bavardages ont conduit de braves gens en prison. Ils ont brisé des familles. Les répercussions de ta trahison se ressentent encore aujourd'hui. Suicides, drogues, dépressions, pour n'en citer que quelques-uns.

– Je n'ai jamais balancé. Inutile de te dire que j'ai été piégé, Sean, et que je suis totalement innocent, n'est-ce pas ? Tu ne me croirais pas, de toute façon. Ma mère… elle est en train de mourir… d'un cancer… C'est pour ça que je suis revenu.

– Désolé de l'apprendre. Fiona était une bonne républicaine. Un bon soutien jusqu'à ce que tu foutes tout en l'air. Ensuite c'est devenu personnel pour elle, de nous haïr pour quelque chose que *tu* as fait. Combien de temps lui reste-t-il ?

– Quelques mois au plus. Tout ce que je demande c'est d'être à ses côtés, quand elle mourra. Ensuite… Ensuite vous pourrez m'abattre, si vous voulez. Je ne fuirai pas. Je me rendrai.

– J'en doute.

– Je jure devant Dieu que je le ferai ! Je le ferai, Sean. Je le ferai quoi qu'il arrive…

– Du calme. On ne va pas te tuer. D'accord ? Je t'en donne ma parole. De plus, ces choses ne se font plus. Tu peux remercier ta bonne étoile et les Accords du Vendredi saint. Sans oublier Conor O'Neill, bien sûr. Il a l'air très soucieux de ton retour à Belfast en un seul morceau. Il a un petit faible pour toi, apparemment. Pourquoi ?

Michael haussa les épaules.

– J'en sais rien.

– Si tu as quelque chose sur lui, bien sûr, je serais très désireux de l'entendre. Ce pourrait être bénéfique pour nous deux.

– Je… je le connais à peine. Je ne l'ai jamais rencontré.

Le silence, à peine troublé par le chant rauque des corbeaux et la rumeur de l'autoroute, occupa l'espace.

– OK, voici le verdict, fit Nolan en pointant le doigt sur Michael. Tu restes jusqu'à l'enterrement de Fiona. Pas une seconde de plus. C'est clair ?

Michael hocha la tête, manifestement soulagé.

– Merci, Seamus.

– Garde tes putains de remerciements. Je ne veux rien recevoir d'une ordure dans ton genre. Je connais des gars à Belfast qui seraient furax d'apprendre que tu vis encore après être revenu. – Nolan se leva, imité par le reste du groupe.

– Il se passe quoi, maintenant ? demanda Michael.

– On va te bander les yeux et te ramener à la sortie. N'enlève pas le bandeau avant d'avoir marché au moins cinq minutes. *Ne te retourne pas.* Si on te chope à essayer de repérer cet endroit, on te descend.

– Je jure sur...

– Ta gueule ! Contente-toi de la fermer et d'écouter. Tu vas entendre le bruit de la circulation qui mène à la route principale. Fais du stop jusqu'à la gare du chemin de fer, ou vas-y à pied. Je me fous de savoir comment tu y vas, du moment que tu y vas. Débrouille-toi pour faire profil bas jusqu'aux funérailles de ta mère. Après ça, tu te démerdes. Je ne peux rien te garantir si tu te fais repérer par un des gars.

– Merci, Seamus. Merci.

Nolan l'ignora et fit signe aux autres.

– Mettez-lui le sac.

Un sac de tissu puant la patate pourrie fut installé sur la tête de Michael et attaché avec une ficelle sale. On le poussa rudement vers la porte et on le conduisit dans un champ. Une main le tenait fermement par le bras, le guidant sur un terrain inégal dans un champ de mines de cailloux et de hautes herbes. Au loin, c'est à peine si on percevait le sifflet d'un train. Il semblait dire quelque chose. D'affectueux. De désespéré.

Michael faillit tomber une ou deux fois, mais il fut vite remis d'aplomb par la main qui le guidait. Après quelques minutes de marche, on l'arrêta brusquement, on défit la ficelle et on enleva le sac. Le soleil lui fit cligner des yeux, l'aveuglant presque.

– Est-ce que... je dois continuer à marcher... droit devant moi ?

– Plus besoin de marcher, Mickey. Tu es arrivé à la fin du voyage.

– Seamus ?

– Tu ne pensais tout de même pas que j'allais te laisser filer deux fois. – Nolan souriait en pointant un flingue sur la tête de Michael. – Tu es vraiment aussi stupide que ça ?

Une puanteur d'excréments animaux et humains emplissait maintenant l'air. Des émanations de gaz empoisonnées, légèrement transparentes et spectrales, s'échappaient d'une fosse d'aisances marécageuse.

– Je... je suppose que je suis stupide vu que je t'ai fait confiance.

– Je tiens toujours ma parole. Je ne vais pas te flinguer, ne serait-ce que pour économiser une balle. Tu vas juste prendre un petit bain dans ma piscine privée. Régale-toi.

Et il lui balança un coup de pied en pleine poitrine, le faisant basculer à la renverse dans la fosse d'aisances grand ouverte.

Michael heurta la surface moussue sur le dos, disparut pendant ce qui sembla de longues minutes, avant de réapparaître soudain, son visage éclata la surface putride marron en étouffant et crachotant pendant que l'immonde substance suintait de sa bouche. Impossible d'y reconnaître quoi que ce soit d'humain, mais plutôt quelque créature gothique des marais essayant désespérément de nager hors du cauchemar.

– Y a-t-il quelqu'un que tu reconnais dans le coin, Mickey ? rigolait Nolan pendant que deux de ses complices tiraient le lourd couvercle métallique de la fosse au-dessus de l'ouverture, noyant du même coup les horribles cris de Michael. Ne t'en fais pas, j'enverrai une couronne à ton nom aux obsèques de Fiona.

– Il n'a pas beaucoup lutté, dit un membre de l'équipe quelques minutes plus tard, en s'essuyant les mains sur son jean.

– C'est ça, l'idée. Les tenir au calme, jusqu'à ce que tu n'aies plus besoin de leur calme.

– Autre chose, Sean ?

– Non, c'est tout. C'était du bon boulot, les gars. Une balance de moins à se soucier. – Il posa son arme, enleva ses gants. – Il faut que je vous dise une chose. De grands changements arrivent, m'a-t-on dit sous le manteau. Je suis sur le point d'être promu et O'Neill rétrogradé.

– Félicitations, dit l'équipe d'une seule voix, en lui souriant et en lui tapant dans le dos.

– Je n'oublierai aucun de vous en route. Bon, fermez avant de partir. Je retourne à Belfast. Pas un mot à quiconque. Compris ?

– Pas de problème, Sean.

Et il sortit en empruntant le sentier jusqu'à la voiture, quand quelque chose le fit sursauter. Un bruit quelque part dans l'épaisseur des buissons et des herbes. Il s'arrêta, marcha avec précaution jusqu'aux fourrés, regrettant de ne pas avoir pris son arme.

Un lièvre jaillit soudain, et courut s'abriter plus loin. Et puis, juste comme il se tournait pour reprendre son trajet, il avisa quelque chose sur le sol. Il s'agenouilla. Examina sa trouvaille.

Billy regardait Nolan émerger de l'arrière de la vieille église. Il n'avait pas l'air heureux. Nolan n'avait jamais l'air heureux, mais cette fois il avait l'air encore moins heureux que d'habitude.

– Calme-toi… Calme-toi… se murmurait-il à lui-même à un rythme nerveux. Il essayait de neutraliser le cauchemar auquel il venait juste d'assister, pendant qu'il s'abritait dans les herbes hautes, mais son cerveau n'arrêtait pas de lui rejouer la scène : un jeune homme balancé d'un coup de pied dans une fosse d'aisances mortelle.

Comme une goutte d'huile sur du cuir, Nolan se glissa silencieusement à l'arrière de la voiture.

– Prêt… Prêt à partir, Seamus ? – Billy avait du mal à contrôler sa respiration.

Nolan, silencieux, le fixait dans le rétroviseur.

Billy prit l'initiative de démarrer la voiture et de manœuvrer pour sortir du terrain vague. Le long trajet silencieux vers la vieille église avait certes été inconfortable, mais il était certain que le retour serait pire.

Pour ajouter à ses malheurs, le soleil l'avait abandonné et la pluie d'hiver s'était mise à tomber comme une vengeance, rendant la conduite difficile sur ces routes secondaires précaires et dangereuses. Toutefois, après quelques minutes de conduite, il fut heureux de constater que le temps changeait, ce qui l'aida à se concentrer sur le volant plutôt que sur Nolan, tapi derrière lui comme un assassin aussi machiavélique que silencieux.

– Traître… dit Nolan.

Billy en perdit presque le contrôle du véhicule, comme s'il venait d'entendre un muet parler pour la première fois.

– Quoi ? Tu… tu as dit quelque chose, Seamus ?

– Arrête la voiture.

– Quoi ?

– *Quoi* ? T'es sourd ?

– Non… Désolé… – Billy ralentit et se gara au bord de la route, dans une jungle de buissons et d'arbres flétris. Pas une âme en vue. Un endroit parfait pour se faire tuer et enterrer.

Billy glissa un coup d'œil à Nolan, dont la main était planquée à l'intérieur de son manteau, comme s'il cherchait ses cigarettes. Sauf que Nolan ne fumait pas et que Billy soupçonnait qu'il était en train de chercher quelque chose de plus létal qu'un paquet de cigarettes. Il en pleura presque de soulagement quand l'objet s'avéra être un téléphone.

– Traître, répéta Nolan. Ce temps, c'est traître.

Billy approuva, et se mit à glousser de soulagement.

– Ça, c'est sûr. Hi hi… hiiiiii !

Nolan le regarda comme s'il lui était poussé une tête supplémentaire.

– T'as pris quelque chose ?

– Quoi ? Non. Bien sûr que non, Seamus. Je n'ai jamais touché aux drogues de toute ma vie.

– Tu ne crois pas que tu pourrais conduire un peu moins vite avec ce temps ?

– Oh ! Oui… oui, tu as raison, Sean ! Il faut que je conduise un peu moins vite. Hi hi… hi hi. Pas de problème. Lalalalalère… !

Nolan se mit à taper sur les touches de son téléphone. Quelques secondes plus tard, il parlait dans l'appareil si doucement que Billy ne put rien percevoir de ce qu'il disait, sauf "… *ce putain de clown qui conduit. Il a un truc…*"

En raison de la pluie, il s'écoula encore deux heures avant que Billy finisse par arrêter la voiture devant la maison de Nolan. Pendant un temps infini, Nolan resta dans la voiture à fixer la nuque de Billy.

– T'as besoin… t'as besoin d'autre chose, Seamus ?

Nolan se pencha en avant.

– J'ai vu une chose très étrange, là-bas à Dundalk. Et toi, tu as vu quelque chose d'étrange ?

– Là-bas à Dundalk ? Étrange ? Moi ? Non, je n'ai rien vu du tout.

– Un lièvre ?

– Une lèvre ? Comme sur ma bouche ?

– Le genre qui saute.

– Comme un lapin, tu veux dire ?

Nolan se pencha plus près. Son souffle rampait comme un insecte sur le cou de Billy.

– Un lièvre qui chie comme un humain. Vu la taille de la merde, il devait être sous stéroïdes. Une pyramide en miniature, avec de la vapeur qui sortait, comme un putain de train tchoutchou.

Billy ne se sentait pas bien du tout. Il surveillait nerveusement la porte, en espérant que Nolan ne le voie pas surveiller nerveusement la porte.

– On dit… on dit que les lièvres de la région peuvent atteindre la taille d'un chien, Seamus. Pas d'un chien-loup, bien sûr, mais… mais d'un bâtard de bonne taille. Ils sont capables de foutre une rouste à un jack russell, ces lièvres. C'est ce qu'on dit.

– Et si soucieux d'hygiène, avec ça.

– Soucieux d'hygiène ?

– Oui, celui-là s'était même torché le cul.

– Un lièvre qui se torche lui-même le cul ?

– Tu peux croire une chose pareille ?

– J'ai entendu parler d'un truc comme ça, il y a un ou deux ans. On dit qu'ils peuvent être dressés à presque tout, les lièvres.

– C'est là que ça devient encore plus bizarre. Il s'est torché avec ce qui semblait être une page de mon *Andytown News*.

Billy essaya de répondre, mais sa langue ne voulait rien savoir.

Nolan s'approcha encore.

– Si je croyais une seule seconde que tu te mêlais de mes affaires, tête de chèvre, je t'enverrais illico piquer une tête dans ma piscine privée.

Là-dessus, il sortit de la voiture aussi silencieusement qu'il y était entré, laissant un Billy en sueur à ses pensées et à ses tripes sous pression.

25

Le monde devenait dangereusement encombré de fous.
John Dunning, *The Bookman's Wake*

Il était tard et la pluie tombait à seaux quand Charlie et Rosie rentrèrent de leur séjour à l'hôtel. Quelques secondes après qu'ils eurent posé leur valise dans le salon, la sonnette de la porte d'entrée retentit.

Rosie fronça les sourcils.

– Qui peut bien sonner à cette heure de la nuit ? Je parie que c'est ce casse-pieds de Norton. Si c'est lui, réponds qu'on vient de rentrer.

Charlie parut soudain nerveux.

La sonnette retentit à nouveau.

– Qu'est-ce que tu attends pour aller voir, Charlie ?

Il jeta un coup d'œil derrière les rideaux.

– Tu as raison, chérie. Ce n'est que Tommy !

– C'est pas une raison pour avoir l'air aussi ravi. Dis-lui que tu le verras demain. On vient juste de rentrer.

– Ça ne prendra qu'une seconde. Sers le thé.

Il ouvrit la porte à son seul voisin. Tommy Norton n'avait pas loin de quatre-vingts ans, mais on aurait pu lui en donner soixante-cinq. Son beau visage bronzé témoignait de ses longues années à parcourir le monde dans la marine marchande.

– On vient juste de rentrer, mon pote, on prend une tasse de thé. Je te fais signe dans une heure, et on va se taper un gorgeon. OK ?

– Pas de problème, Charlie, je voulais juste que tu saches qu'un drôle de personnage est venu renifler autour de ta maison pendant que Rosie et toi étiez partis.

– Quoi ? Quel genre de personnage ?

– Je l'ai vu dans la rue, une ou deux fois. Toujours tard le soir. J'étais sur le point de lui demander ce qu'il foutait là, mais il n'avait pas l'air du genre à papoter avec des gens comme moi. Il avait quelque chose de…

– Tu voudrais pas arrêter de parler par énigmes…

– C'est dur à décrire… juste une intuition… donc, probablement rien. Tu sais à quel point je suis méfiant avec les étrangers.

– Désolé de m'être énervé, Tommy. Je suis simplement un peu fatigué…

Tommy éclata de rire.

– C'est pour ça que je ne prends jamais de vacances. Il te faut des vacances pour t'en remettre.

– Merci d'avoir surveillé la maison.

– Pas de problème, Charlie. C'est ce que font les bons voisins. On se voit dans une heure, hein ?

– Oui… bien sûr, mon pote. Je te dois quelques pintes. Je t'appelle chez toi et on va faire un tour au Rocktown. – Charlie referma rapidement la porte. S'appuya contre. Le hall tout entier se mit à tourner.

Robert Boyd attendit que le dernier des employés de l'équipe du soir ait quitté le commissariat pour monter au deuxième étage. Kerr était dans son bureau, au même étage, en train de trier quelques dossiers.

– Bonsoir, Bob, dit chaleureusement Kerr.

Boyd se contenta de hocher la tête. Il éprouvait une profonde antipathie pour Kerr, surtout quand il le voyait exercer en maître l'art de lécher le cul des supérieurs hiérarchiques.

Au milieu du couloir, il se dirigea vers le bureau des communications. Une jolie jeune femme était assise devant l'un des bureaux, ses doigts volant frénétiquement au-dessus du clavier d'un ordinateur.

– Tu travailles bien tard, Julie.

– J'ai besoin de fric, répondit-elle, sans lever les yeux.

– N'est-ce pas notre sort à tous ? Des nouvelles du propriétaire de la voiture que McCabe conduisait ?

– L'adresse et le numéro de téléphone sont arrivés il y a une heure environ. Les ordinateurs sont nazes depuis cet après-midi. Infectés par un virus.

Boyd sentit son cœur faire un petit bond.

– L'information est passée ?

– Pas encore. On m'a demandé de faire le nécessaire pour qu'elle arrive directement dans les mains de Purvis, mais il n'a pas été là de la journée.

– C'est bon. Je m'arrangerai pour qu'il l'ait.

Julie s'arrêta de travailler, et leva les yeux sur Boyd.

– Désolée, mais McCafferty a précisé très clairement qu'on devait les donner à Purvis, et à personne d'autre.

– Tu as aimé le flacon de Chanel que je t'ai offert pour ton anniversaire le mois dernier ?

– Sans blague ? Tu as oublié ce que tu as reçu en retour ?

– Je me disais juste que tu apprécierais un petit cadeau.

– Certains pourraient prendre un petit cadeau pour un petit pot-de-vin.

– D'autres pourraient le prendre comme une juste rétribution de ton travail jour après jour.

– Arrête avec tes belles paroles.

– Qu'est-ce que tu penses de cent millilitres ?

– Deux cents sonnent mieux.

– Tu pratiques l'extorsion ?

– Tu aimes que je sente bon, non ?

– Elles viennent d'où les belles paroles, maintenant ?

– Bon, vu que tu sais parler aux femmes… je ne travaille pas demain. Ça te dit de m'emmener dans un endroit chic ?

– Parfait, un endroit chic et deux cents millilitres. L'info, maintenant.

Julie griffonna sur un post-it et le lui tendit.

– Tu as trois heures avant que je le mette dans le système. Il faut que ça y soit avant minuit, si Purvis ne se pointe pas avant.

Boyd quitta rapidement le bureau, descendit au rez-de-chaussée et se dirigea vers le téléphone public du supermarché Tesco. Il composa le numéro en bourrant l'appareil de pièces. Rien. Juste la tonalité. Il allait raccrocher quand une voix masculine répondit :

– *Allô ?*

– Oui, allô, ici Stevie Fitzpatrick et j'appelle du bureau. Désolé de téléphoner si tard, mais je me demandais si je pourrais parler à Albert à propos la réunion de ce matin.

– *Albert ? Vous... vous vous êtes trompé de numéro. Il n'y a pas d'Albert ici.*

– Quoi ? Oh, je suis terriblement désolé. J'ai dû me tromper de touche.

Il raccrocha précipitamment et composa un autre numéro. Il essayait d'introduire quelques pièces dans la fente, mais la sueur rendait ses mains si glissantes qu'elles ne parvenaient qu'à répandre les pièces sur le sol. Un couple d'acheteurs tardifs regardait dans sa direction.

Se penchant, il récupéra la plupart des pièces, et parvint cette fois à les glisser dans la fente. Le son monotone de la tonalité lui semblait interminable.

Du calme... respire profondément... relax.

Une voix finit par répondre.

– *Il vaudrait mieux que ça soit bon*, dit Nolan.

– Charlie Madden... 18 King's Court. Il est chez lui en ce moment. Je viens de lui parler au téléphone. Tu as moins d'une heure pour faire le job, avant que l'information soit mise dans le système. À ce moment-là, la rue va grouiller de flics.

– *Moins d'une heure ? Ça ne me donne pas beaucoup de putain de temps pour...*

– Tu perds ton *putain* de temps à parler. – Et il raccrocha brutalement. Il se sentait bien ; il se sentait à nouveau comme un homme, pas comme un chien rampant. Pas comme une poule aux œufs d'or.

Il composa rapidement un autre numéro, à qui il répéta la même information, sauf que cette fois le destinataire était Dennison, et qu'il ajouta un avertissement :

– Ne plaisantez pas avec Madden. Notre informateur dit qu'il est armé jusqu'aux dents, et sacrément dangereux. Un de ses potes pourrait être avec lui. Soyez prudent.

– Je vais m'assurer que l'info soit transmise à qui de droit.

Sa tâche achevée, il revint vers le commissariat et là où sa voiture était garée. Il ouvrit le coffre. Vérifia le compartiment qu'il avait fait installer et qui contenait un SIG Sauer P226 avec son silencieux. Il sortit les deux objets et les assembla en une longue rallonge, avant de refermer le coffre.

Au moment d'entrer dans la voiture, son œil fut attiré par une fenêtre encore éclairée, celle du bureau de Kerr. Quelqu'un l'avait-il observé depuis cette fenêtre ? Il la regarda encore quelques secondes. Rien. C'étaient ses nerfs et son imagination qui lui jouaient des tours.

Tu as merdé avec le mauvais type, Nolan. Et pas qu'un peu, se dit-il pendant qu'il remontait Antrim Road, cap au nord, en direction de King's Court.

26

> "Tu leur dis que j'arrive, et que l'enfer me suit de près, tu entends ? L'enfer me suit de près."
> Wyatt Earp dans *Tombstone*

Charlie était dans son pigeonnier. Il retirait frénétiquement des briques de fric d'un sac de nourriture pour oiseaux et les laissait tomber dans un vieux sac de voyage. La nuit avait beau être glaciale, il transpirait comme un bœuf. Le drôle de coup de téléphone vingt minutes plus tôt avait commencé par l'énerver et pour finir par le galvaniser.

– Charlie ! Tu es là-haut ? cria Rosie. Le thé est prêt.

Trente secondes plus tard, il entrait dans le salon, le sac à la main.

– Qu'est-ce que tu as, Charlie ? Pourquoi tu transpires comme ça ? On dirait que tu vas dégobiller. – Déconcertée, elle regardait le sac. – Qu'est-ce que tu fabriques avec ce vieux sac ?

– Il faut qu'on file, tout de suite, dans la minute.

– Quoi… Qu'est-ce que tu racontes, *filer* ? On vient juste de rentrer. Je ne vais nulle part avant que tu m'expliques ce que tu as dans le crâne.

– Il faut qu'on se tire, *tout de suite* !

– Qu'est-ce qui te prend de me parler sur ce ton, Charlie Madden !

– Désolé, mon amour, mais il faut vraiment qu'on dégage d'ici. On a très peu de temps. Je t'expliquerai en route. J'appelle un taxi.

– Je veux savoir ce qui se passe, et pas de mensonges. Si tu commences à mentir, je ne bougerai pas d'ici. Je ne plaisante pas.

– Écoute, soupira Charlie. J'aurais dû t'en parler depuis le début, mon amour, mais je ne voulais pas t'inquiéter.

– Ça, c'est une première.

– C'est à propos du meurtre de Jim.

Rosie se signa.

– Je préférerais que tu ne parles plus de ça. Je ne peux toujours pas m'ôter cette horrible photo de la tête, ce que ces gens immondes lui ont fait, en prétendant qu'il leur avait volé leur drogue.

– C'était pas une histoire de drogue. C'est à cause de l'argent qu'il leur a volé.

– L'argent ? Comment peux-tu le savoir ? Tu m'as dit que tu n'avais pas vu Jim depuis des mois ; que vous étiez fâchés, et que c'était pour ça que tu n'étais pas allé à son enterrement. – Soudain, elle parut comprendre. – Cet argent… c'est pas les chevaux. Tu m'as menti ! C'est ça qu'il y a dans le sac ?

– C'est pas le moment de me remonter les bretelles. S'il te plaît… faut qu'on se grouille de faire les valises. Je t'expliquerai tout, une fois qu'on sera partis d'ici. Je te le promets.

– T'es vraiment un pourri, Charlie Madden. Un sale chien pourri… – Et elle se mit à sangloter.

Nolan, équipé d'une casquette noire et de vêtements sombres, gara sa voiture à l'abri des regards, et en sortit, un petit sac de voyage dans la main gauche. Il se dirigea vers la maison de Madden en surveillant sa droite. Les rideaux tirés, mais pas complètement, laissaient apercevoir deux silhouettes animées, probablement en train de se disputer.

Il pensait forcer la porte principale, mais les lumières allumées dans la dernière maison de la rue le firent hésiter. Quelqu'un pourrait surprendre les allées et venues.

Il décida donc de vérifier l'accessibilité de la porte de derrière.

Il s'aventura dans la ruelle à moitié démolie et s'arrêta devant le 18 griffonné à la peinture sur la porte. Il sortit une cagoule, des gants et un flingue de son sac. Fourra le flingue dans sa ceinture avant d'enlever sa casquette pour enfiler la cagoule, puis il mit les gants.

Il commença par dévisser les ampoules au-dessus du cadre en bois de la porte, provoquant une obscurité complète à l'exception d'une faible lueur jaune qui venait de l'intérieur de la maison.

Il sortit également du sac un couteau de chasse avec lequel il se mit à travailler la serrure jusqu'à ce qu'elle cède avec un bruit sourd. Il avança dans la cour en suivant la faible lueur jaune.

Parvenu à la porte de la cuisine, il essaya la poignée. Elle n'offrit aucune résistance. Il entra. On entendait des voix sourdes se quereller. Il suivit ce son le long du couloir plongé dans l'obscurité et s'arrêta dans le salon.

Les Madden se disputaient, des larmes coulaient sur le visage de la femme. Il aurait aimé pouvoir rester là pour toujours, comme un dieu voyeur espionnant ses créatures. Hélas, il avait très peu de temps devant lui. Il allait bientôt trouver où était l'argent et, tout aussi important, le nom du trouillard arrogant qui l'avait cogné avec son flingue. Il avait planifié quelque chose de spécial pour lui ; quelque chose de vraiment délicieusement spécial.

Il entra dans le salon en souriant, le flingue pointé sur Charlie.

– Hello, Charlie…

Planqué derrière les ruines d'une salle de billard, Boyd avait vu, de sa voiture, Nolan disparaître dans la ruelle.

Il regarda sa montre, puis le SIG. Vingt minutes s'étaient écoulées, et pas de signe du retour de Nolan. Il alluma une cigarette. Elle avait bon goût et lui expédia un choc de nicotine jusque dans les poumons. La nicotine l'aidait à calmer ses nerfs, mais il savait que ce répit ne durerait pas longtemps.

Je peux le faire. Pas de problème. Il ne saura pas qui lui a tiré dessus. Deux derrière la caboche. Bang bang, et il dégringole en enfer, ou encore plus bas.

Il inhala à nouveau la nicotine, imaginant la tête de Nolan explosant comme une pastèque. Mais était-ce vraiment la façon dont il voulait tuer Nolan ? Deux dans la tête? Deux secondes de satisfaction? Trop rapide. Beaucoup trop rapide, bordel, pour une ordure comme Nolan. Non, il lui fallait autre chose. Il pourrait lui tirer dans le dos, dans la colonne vertébrale, le regarder ramper, gémir pour sa vie comme une misérable limace.

Il balança son mégot par la portière et s'apprêtait à sortir de sa voiture quand les phares d'une autre voiture l'arrêtèrent net.

L'Audi bleu nuit ralentit jusqu'à s'arrêter. La porte du conducteur s'ouvrit. Rasharkin sortit dans la lueur couleur d'urine dispensée par les réverbères, avec pour toute info celle que lui avait donnée un Dennison paniqué qui avait insisté sur le facteur temps et la dangerosité de Madden.

Il ferma la portière derrière lui, et étudia soigneusement la rue et au-delà. Déserte. Un paysage désolé, sans âme.

Au-dessus de lui, à la limite de sa vision périphérique, un mouvement capta son attention. Un oiseau d'une espèce quelconque sortant et entrant des nuages nocturnes, manœuvrant comme un cerf-volant libéré de sa corde. Une mouette peut-être, bien que cela paraisse trop petit pour une mouette. Il le regarda jusqu'à ce qu'il disparaisse en lui laissant dans les tripes un désagréable pressentiment.

Il se déplaça alors le long de la rue, prêt à affronter tout ce qui pouvait survenir. Il ne voulait pas blesser la femme de Madden, mais il allait falloir la ligoter et la bâillonner pour éviter qu'elle fasse quoi que ce soit de stupide ou de dangereux, du genre tenter de sauver son mari de l'inévitable. En ce qui concernait Madden, ce serait rapide et presque sans douleur, à condition qu'il coopère. Il était déterminé à ne pas laisser les choses se transformer en affreux mélo, comme avec la mort de McCabe.

Il s'aventura dans la ruelle jusqu'au bon numéro et jeta un coup d'œil sur le haut du mur. Pas de fil de fer barbelé, mais une armée de tessons de bouteille alignés comme à la parade. Si la porte de derrière s'avérait trop difficile, il pourrait toujours passer par le mur en se servant de son manteau pour couvrir les éclats de verre. Il vérifia la porte. Curieusement, elle était grand ouverte, la serrure étripée. Il l'observa longuement, comme s'il espérait qu'elle lui raconte son histoire.

Il dégagea un revolver au canon court de son holster et avança avec précaution dans la cour. Une grande structure de bois en dominait le centre, comme le donjon d'un château médiéval. C'était un abri bricolé, ou quelque chose comme ça, construit à l'arrache avec des bouts de bois, de la sueur, et pas mal d'échardes aux mains.

Il le contourna silencieusement et s'arrêta à la porte de la cuisine. Grand ouverte, elle aussi. Avec précaution, il l'ouvrit encore un peu du bout du pied, pointant son flingue dans l'obscurité, totalement sur ses gardes. Comme rien ne se passait, il fit un pas à l'intérieur de la cuisine et s'engagea dans un étroit couloir, en direction du salon.

Il y avait deux sacs aux pieds de Nolan. Le sien et le sac de voyage de Madden. Posté en observation dans l'ombre du palier du premier étage, il pointait son arme droit sur la tête de Rasharkin. Celui-ci n'avait pas l'air d'un flic, du moins pas un de ceux qu'il connaissait, et ça l'inquiétait. Si ce n'était pas un flic, qui diable était-il ?

Le nez de Rasharkin perçut l'odeur bien avant que ses yeux ne lui racontent l'histoire. Deux corps ligotés sur des chaises. Comme des mannequins bourrés de sciure de bois rouge. Ils étaient assis face à face, et leur souffrance était comme un miroir sombre se reflétant dans leurs yeux. Un homme et une femme, nus, leurs vieilles peaux couvertes de sang, comme un lavis criard. Une pantomime de l'horreur.

Il conjectura que le ou les tueurs avaient d'abord travaillé la femme, son supplice servant à briser la résistance de Madden, pendant qu'il la regardait, impuissant.

Il examina la pièce. Il y avait de l'argent répandu un peu partout, en billets de vingt et de cinquante. La même provenance que la part de McCabe. Tous tachés de sang. Sur une table ovale au milieu de la pièce, deux tasses de thé et un éclair au chocolat non entamé formaient un visage macabre et souriant. Une brochure de bateaux fluviaux pendait lamentablement sur un côté de la table, les pages maculées de cloques sanglantes. Des photos encadrées étaient brisées, et le verre jonchait la zone comme une mer de strass épars.

Il s'agenouilla pour examiner le poil de la moquette, partiellement écrasé par des traces de chaussures ; il étudia leur forme et leur direction et se redressa ensuite pour les suivre jusque dans la cour. Il examina le pourtour gris de béton et la structure plantée en son centre.

Il s'en approcha prudemment, se rendant maintenant compte qu'il s'agissait d'un pigeonnier mal fichu. Étrangement, il était silencieux. Pas de roucoulements, pas de frottements d'ailes dans l'espace confiné. Il se dit qu'on avait peut-être libéré les oiseaux et qu'ils avaient littéralement fui la cage. Peut-être Madden, en mode miséricorde, pensant qu'il n'allait jamais revenir des voyages et de la nouvelle vie qu'il avait prévus.

Il sortit de sa poche une puissante lampe LED miniature et l'alluma. Le minuscule ustensile produisit un faisceau large et net.

Il entra. La puanteur de déjections d'oiseaux et de plumes arrachées était étouffante. Il se tourna lentement et le rayon de lumière de la lampe révéla un autre massacre. Une volée de pigeons domestiques en parfaite formation, le cou tordu, dessinait un parfait et macabre point d'interrogation.

Madden n'aurait jamais fait un truc aussi sinistre, même s'il avait l'intention de les abandonner. C'est l'œuvre d'un sadique, pas d'un amoureux des oiseaux. Peut-être pour délier une langue récalcitrante ?

Deux grands sacs de nourriture pour oiseaux avaient été ouverts, les graines renversées formaient des pyramides presque identiques en hauteur et circonférence. Il éclaira l'intérieur du sac, et un sourire cynique lui parcourut le visage. Quoi qu'il y ait eu à l'intérieur, c'était parti, dérobé par un voleur dans la nuit*.

Soudain quelque chose dégringola à travers un trou près de la porte. Il se laissa instinctivement tomber sur un genou, le flingue pointé et le cœur battant à tout rompre.

C'était un pigeon. Le même qu'il avait vu dans le ciel plus tôt ? Avait-il aperçu la lumière de la lampe, et l'avait-il suivi jusqu'au nid ? Ses plumes portaient encore un crachin de sang, ses yeux liquides observaient Rasharkin avec une curiosité silencieuse.

---

* Allusion à une série de films évangéliques de Donald W. Thompson avec Patty Dunning.

Son pouls ralentit. Sa respiration redevint normale. Il sortit du pigeonnier et revint rapidement dans le salon qui abritait les cadavres.

De la pointe du pied, il fouilla les débris de verre. Une photo émergea du chaos. Il se pencha pour la ramasser. C'était un selfie de McCabe, Madden et Ross dans un pub, souriant, songeant à l'avenir, sans savoir qu'ils n'en avaient aucun. Il froissa le cliché et le laissa tomber par terre.

Il regarda encore les billets répandus sur le sol. Ils n'étaient pas répartis par hasard comme il l'avait tout d'abord cru. Il y avait un motif dans ce chaos. Comme un arrangement floral attendant que les visiteurs viennent le sentir.

Un son faible lui parvint du couloir. Il se figea. Tendit l'oreille. Assourdissant le mécanisme du chien de son flingue, il s'avança à pas de loup en direction du bruit. L'espace, petit et étroit, était plein de manteaux et d'ombres. Ils bougeaient imperceptiblement dans la brise venant de la porte de derrière maintenant largement ouverte. Le fantôme d'un fantôme.

Boyd surveillait toujours de l'intérieur de sa voiture, incapable de se décider à agir. Qui diable était le deuxième homme ? Quelqu'un en rapport avec Dennison, déjà ?

– Qu'ils aillent tous se faire foutre ! – Il frappa violemment du poing sur le volant. Il n'avait aucune chance de les prendre tous les deux, même par surprise. Ce serait de la folie.

Il sortit de sa voiture, alluma une autre cigarette pour se calmer les nerfs. Il lui fallait un plan, avant qu'il ne soit trop tard ou que l'opportunité s'en aille pour de bon. Juste à cet instant, il sentit quelque chose de froid sur sa nuque. *Baisé comme un bleu,* se maudit-il.

– Les mains au-dessus de la tête, et en douceur, dit calmement Nolan en appuyant plus fort le canon de son arme.

Boyd hésitait.

– Je sais ce qui te traverse la cervelle, Bob. Essaye et t'es mort.

– Tu vas me tuer, de toute façon.

– Je le ferai certainement si tu ne lèves pas les mains. Je ne veux pas te tuer. J'ai encore besoin de toi.

Boyd leva lentement les mains.

– Brave garçon. – Nolan lui prit son portable et le jeta par terre. – Maintenant, en te servant de ta main gauche, passe ton doigt dans le pontet du joli flingue qui est dans ta voiture et sors-le très délicatement.

Maladroitement, Boyd fit ce qu'on lui demandait.

– C'est ça. Touuuuuut doux.

Dès qu'elle fut à sa portée, Nolan arracha l'arme des doigts de Boyd.

– Un Sig Sauer ? Ça, c'est ce que j'appelle un flingue, siffla Nolan avec admiration. Et le silencieux qui va avec en guise de bonus. Merde, t'étais venu pour faire un vrai carnage, non ? J'espère que ce n'était pas contre moi ?

Nolan shoota Boyd dans les couilles. Il s'effondra sur le sol. Sans un cri en dépit de la douleur.

– Tu pensais vraiment que j'allais me précipiter dans ton petit piège, Bob ? Qu'est-ce que tu avais l'intention de faire, hein ? Une dans la tête ? Sans bavure ? Ou bien quelque chose de plus sanglant, de plus lent, par ton copain armé dans la maison ?

Boyd essaya de se relever en s'appuyant sur le côté de la voiture. Nolan lui balança un coup de pied dans la figure qui l'envoya dinguer par-dessus le capot.

– Personne ne t'a donné la permission de te lever. – Il braqua le pistolet sur la partie inférieure du corps de Boyd et tira deux fois, lui faisant éclater les deux rotules.

Boyd poussa un hurlement, puis se tut, étreignant ses genoux ensanglantés, le visage ravagé par la douleur.

– C'est vraiment un chouette pistolet. L'équilibre est parfait. – Nolan fit à nouveau feu, presque en rafale, et fit sauter les coudes et les chevilles de Boyd.

– Arghhhhhhhhhhhhhhhhhhhhhhhhhhhhhhh !

Boyd fut saisi de spasmes incontrôlables, le sang s'échappant de ses nombreuses blessures se répandait dans la boue et le gravier.

– C'est une douleur atroce, n'est-ce pas ? Si on pouvait te porter secours *immédiatement* et s'il s'agissait d'une course de chevaux, je dirais que tes chances de survie seraient la photo-finish. Mais vu le trou du cul du monde où tu es, le temps que tes potes de la maison se pointent, tu ne seras plus qu'un dossier vide.

Boyd semblait essayer de dire quelque chose à travers ses lèvres tremblantes. Rien ne vint.

Nolan fourragea dans le sac de voyage. En sortit une poignée de billets.

– Juste pour te prouver que je n'ai rien contre toi, Bob, et même si tu as essayé de me baiser, je te laisse un peu d'argent pour que tu continues à jouer avec les mauvaises personnes. – Il balança les billets au hasard dans la voiture de Boyd, éclata de rire, et s'en alla dans la nuit en emportant son butin, laissant un Boyd couvert de sang, à l'agonie, se tortiller et gémir.

Harry s'apprêtait à rejoindre Elaine au lit quand le téléphone sonna. Il vérifia le numéro. C'était le commissariat.

À cette heure de la nuit ? Vous voulez vraiment ma mort ? Il appuya sur le bouton.

– Oui ?

– *Désolé de vous appeler chez vous, monsieur, et si tard.*

– Kerr ? Bon sang, tu ferais bien d'avoir une bonne raison.

– *C'est à propos de Bob Boyd, monsieur.*

– Qu'est-ce qui lui arrive à Boyd ?

– *C'est dur à expliquer, monsieur.*

– Cesse de tergiverser et explique !

– *Vous m'aviez dit de le tenir à l'œil, monsieur.*

– Et ?

– *Il a quitté le poste il y a presque une heure et il n'est pas revenu. Je l'ai vu sortir une arme cachée dans le coffre de sa voiture.*

– Une arme cachée ?

– *Je viens juste d'entendre le dispatcher dire que la voiture que McCabe conduisait appartient à Charles Madden, et un appel d'urgence vient d'arriver d'un voisin de Madden. Lui et sa femme ont été tous les deux assassinés.*

Harry se sentit soudain glacé.

– L'adresse ?

– *18 King's Court.*

– Trouve McCauseland et rejoignez-moi sur place. Aussi vite que possible.

27

Rien ne va aussi bien avec un bon feu et des crêpes beurrées qu'une journée humide au-dehors et une bonne dose d'horreurs confortables à l'intérieur. Plus la pluie est forte et plus les détails sont sinistres, meilleur est le goût.

Dorothy L. Sayers, *Strong Poison*

Harry arriva chez les Madden au moment où le ciel se décidait à s'ouvrir et à déverser sur la scène une pluie torrentielle, noire comme l'encre et froide comme la glace.

La porte principale était grand ouverte, l'incitant à entrer. Harry, l'arme à la main, hésitait. L'expérience lui conseillait d'attendre les renforts, mais le flic en lui était impatient. Il fit un pas à l'intérieur. Tout était étrangement calme. Il passa de pièce en pièce, jusqu'à l'horreur du salon.

– Dieu tout-puissant…

La scène avait tout d'un abattoir miniature. Malgré les nombreux cadavres qu'il avait vus sur les nombreuses scènes de crime qu'il avait arpentées, rien ne l'avait préparé à un tel massacre, surtout si l'une des victimes était une femme et qu'elle avait été torturée d'une manière aussi brutale que Rosie Madden l'avait visiblement été.

Quel genre d'être malfaisant peut faire ça à une personne, sans aucune pitié ni hésitation, et spécialement à une femme ?

Il pensa à Elaine, une vague d'angoisse le balaya et il se rendit compte qu'il retenait sa respiration depuis déjà un bon moment, comme s'il était sous l'eau.

Une main lui effleura l'épaule. Il sursauta comme sous l'effet d'une décharge électrique.

– Harry, ça va ?

McCauseland se tenait à côté de lui, l'arme à la main, et semblait incertain face à l'incertitude qui se lisait sur le visage de Harry.

– Oui... Des nouvelles de Boyd ?

– Rien. Kerr m'a mis au courant en venant ici. Tu crois qu'il pourrait être mêlé à ça ?

– Je ne sais plus quoi penser de lui. J'ai appelé son portable sur le trajet, mais pas de réponse.

– Qu'est-ce que tu penses de tout ce fric répandu par terre ?

– Va savoir ? Peut-être que Madden le cachait et que ses complices ont décidé de le récupérer. Ça peut aussi être une piste délibérée pour nous envoyer dans la mauvaise direction. Si c'était dans le but d'ajouter de la confusion, alors c'est réussi... pour le moment.

– Le voisin, M. Norton, est dans la rue. C'est lui qui nous a appelés. Tu veux lui parler ?

– Où est Kerr ?

– Dans la ruelle, il donne ses instructions pour chercher des indices à deux hommes en tenue.

– Un ignorant qui instruit les autres. J'espère qu'il ne va pas se tirer dessus ou quelque autre maladresse de ce genre.

Harry suivit McCauseland dans la rue, où Tommy Norton avait l'air perdu, comme un marin naufragé.

– Voici M. Norton, monsieur, le voisin qui nous a appelés, fit McCauseland en matière de présentation. Il habite au bout de la rue. Monsieur Norton, voici l'inspecteur principal Harry Thompson.

– Merci de nous avoir contactés, monsieur Norton, dit Harry en lui tendant la main.

Les yeux du vieil homme étaient rouges, marbrés et humides. Il serra la main de Harry.

– Tommy, inspecteur. Appelez-moi Tommy. C'est ce que tout le monde fait. J'espère que vous allez choper les animaux qui ont fait ça.

– Les animaux ne feraient pas une chose pareille, Tommy. Seuls les humains sont capables d'une telle monstruosité. Pourriez-vous me dire ce que vous faisiez chez les Madden ?

– Charlie et moi sommes bons copains. Lui et Rosie – c'est sa femme – revenaient juste d'un petit congé. Je surveillais la maison pour eux, je gardais un œil sur les choses, quoi. Bref, ils sont arrivés plus tôt dans la soirée…

– Quelle heure pouvait-il être ?

– Oh, aux environs de huit heures. J'ai frappé à la porte pour parler à Charlie d'un mec douteux qui traînait dans la rue. Il avait l'air particulièrement intéressé par la maison de Charlie.

– Comment ça ?

– Un air de ne pas y toucher, si vous voyez ce que je veux dire.

– Vous le reconnaîtriez si vous le voyiez à nouveau ?

– Je ne l'ai pas bien vu, mais il était plutôt grand, un gars costaud. Comme je l'ai dit à Charlie, le genre de gars à qui on ne va pas chercher des histoires.

– Vous alliez me dire ce que vous faisiez dans la maison.

– Charlie m'avait dit qu'il m'appellerait dans une heure et qu'on irait prendre un verre, genre une bière, rien de plus fort. Une heure plus tard et aucun signe de Charlie, ce qui n'est pas habituel chez lui ; il est plutôt du genre à faire ce qu'il dit. Pour vous la faire courte, inspecteur, je suis venu le chercher. J'avais vachement envie d'une bière. Quand je suis arrivé, la porte était grand ouverte. J'ai appelé une ou deux fois, mais pas de réponse. Au bout de deux minutes, je me suis permis d'entrer…

Des larmes commençaient à se former dans ses yeux.

– Vous vous sentez de continuer, Tommy ?

Il fit signe que oui.

– Je… Dans le salon… Horrible… horrible. J'ai juste titubé hors de la maison, en marche arrière. Un cauchemar…

– Vous souvenez-vous d'avoir touché ou dérangé quelque chose ?

– Non… j'ai rien touché. J'ai hésité une seconde, juste… juste pour voir s'ils étaient encore en vie… même si je savais que c'était impossible… vu leur état.

– Est-ce qu'ils avaient un ennemi quelconque, quelqu'un qui aurait pu vouloir du mal à l'un ou à l'autre ?

Tommy secoua la tête et ses larmes se mirent à couler.

– Pas d'ennemis. Ils… on les aimait bien tous les deux. De chouettes voisins…

– OK, Tommy. Rentrez chez vous et dormez un peu. On prendra votre déclaration complète demain, quand…

Le portable de Harry se mit à sonner. Il regarda l'écran. *Boyd.* Il décrocha.

– Vaudrait mieux que ça soit sérieux, Boyd. Tu marches sur une pellicule de glace avec des briques plein les poches.

Un essoufflement lui répondit. Pas un mot.

– Boyd ? Tu trouves ça drôle ? On verra si c'est si drôle que ça quand tu seras devant moi, à la première…

– *Au s… secours… saigne… salement… touché.*

– Tu essayes de me faire marcher ?

– *Salle… billard…*

– Salle de billard ? Quelle salle de billard ? Où es-tu, bon Dieu ?

Pas de réponse, juste les bruits de la nuit noyés dans le vide pesant renvoyé par le téléphone.

Tommy intervint :

– Il y a une vieille salle de billard désaffectée un peu plus loin, inspecteur, en haut de la colline. C'est derrière l'endroit où les arbres commencent à pousser. Faites gaffe. La colline est boueuse et piégeuse.

– Allons-y ! – Suivi par McCauseland, Harry fonça vers la colline. Avant de l'atteindre, il eut le loisir de vérifier les dires de Norton. Deux fois, il parvint jusqu'à mi-course, avant de glisser et de dégringoler sur le cul jusqu'en bas.

Quand il finit par arriver au sommet, les ruines de la salle de billard émergèrent d'un bosquet.

– Voilà sa voiture ! cria-t-il, éreinté, titubant sur les cailloux, glissant dans la boue et trébuchant presque sur Boyd, le téléphone ensanglanté encore serré dans la main. – Appelez une ambulance !

Il tomba à genoux tout en essayant de se débarrasser de son pardessus dont il recouvrit Boyd.

– Bob ? Bob, tu m'entends ? C'est moi, Harry. Qui a fait ça ?

– Je... je suis navré... J'ai merdé grave...

– T'occupe pas de ça, qui t'a fait ça ?

– No...

– No ? Nolan ? C'est Nolan que tu veux dire ? C'est lui ?

Pas de réponse.

– Bob ? Tu m'entends ? fit-il en se penchant sur la bouche de Boyd. Bob ? Est-ce que c'était Nolan ?

– L'ambulance arrive, Harry, dit McCauseland. Dis à Boyd de s'accrocher.

Harry lui lança un long regard avant de se relever.

– Tu peux leur dire que ce n'est plus une urgence.

– Ah, merde. – McCauseland avait l'air anéanti. – Est-ce qu'il a pu te dire quelque chose, qui lui a fait ça à lui ou aux Madden ?

– C'était à peine un murmure. Je n'en jurerais pas sur la Bible, mais... je crois qu'il a dit Nolan.

– On aurait dû en finir avec Nolan pendant qu'on l'avait sous la main. D'une façon ou d'une autre.

– Il faudra que ce soit d'une autre façon.

– Plus de gant de velours ?

– Coup-de-poing américain avec des pointes. – Harry regardait un petit bosquet, sur sa gauche. Un couple d'oiseaux de nuit se déplaçait furtivement de branche en branche en faisant trembler les feuilles. – Tu n'aimerais pas savoir ce qu'ils savent… ?

– Tu vas bien ?

La pleine lune jaillit de derrière l'obscurité, balayant la scène sanglante. Harry avait l'air fatigué. Vieux. Il se *sentait* fatigué et vieux.

– Si ça va ? Au bout de deux ans, je viens seulement pour la première fois d'appeler par son prénom un homme de mon équipe, juste parce qu'il me déplaisait. Et tu me demandes si ça va ?

– Boyd savait qu'il avait de la chance d'être sous ton commandement, surtout après avoir autant merdé avec ses problèmes de jeu. Il me l'a souvent dit.

– Je l'ai traité comme une merde, Bill. N'ayons pas peur des mots. J'ai honte de moi maintenant ; maintenant, quand c'est trop tard. – Il jeta un coup d'œil dans la voiture de Boyd. – Encore de l'argent laissé là pour qu'on le trouve facilement.

– Tu crois que Bob savait quelque chose, depuis le début ?

– Je ne veux pas penser ce que je pense.

On entendait les sirènes se rapprocher.

– Ils ont fait vite, dit McCauseland.

– C'est bien connu. Les flics ont toujours droit à un traitement préférentiel – *quand ils sont morts.*

Avant de retourner au commissariat, Harry fit un détour rapide pour rentrer chez lui en se glissant par la porte de derrière, le plus doucement possible dans l'espoir d'éviter Elaine, mais il se fit repérer dans le couloir avant même d'atteindre les escaliers.

Elle eut l'air contente de le voir jusqu'à ce qu'elle avise l'état de ses vêtements, déchirés et couverts de boue.

– Mon Dieu, Harry, qu'est-ce qui t'est arrivé ?

– J'espérais avoir le temps de me nettoyer avant de t'en parler, ma chérie. Il n'y a pas de manière facile de le dire. Bob Boyd est mort, assassiné.

– Assassiné… ?

– Tout n'est pas encore très clair, mais un homme et une femme du nom de Madden ont été aussi tués. On a trouvé Boyd pas loin de la scène.

Elle le prit dans ses bras et le serra très fort.

– Fais attention. Tu vas te salir, mon amour, dit-il en la serrant encore plus fort.

– Je m'en fiche. La boue, ça se lave.

Ça se lave… Si seulement je pouvais aussi laver cette nuit, la bannir à jamais de ma mémoire.

– Monte et prends une bonne douche chaude. Je te prépare de quoi te changer. Tu te sentiras mieux après.

Il se sentit en effet légèrement mieux après la douche. Elaine l'attendait en bas avec une tasse de thé fumant.

– Ça va mieux ?

Il hocha la tête.

– Est-ce que je t'ai déjà dit combien je t'aime ? Sans toi, je ne suis rien.

– Arrête d'essayer d'avoir l'air romantique, quand tu es tout sauf ça.

– Tu t'es souvent fait un sang d'encre à cause de moi.

– J'ai su ce qui m'attendait dès la première fois que je t'ai vu dans un lit.

– Et quel spectacle. J'étais en morceaux ! C'est terrible à dire, si je n'avais pas été en morceaux, je ne t'aurais jamais rencontrée. Tu as vraiment été ma Florence Nightingale à l'hôpital en m'aidant à affronter la douleur de toutes ces greffes de peau. Tu m'as sauvé la vie.

– Je sais que tu n'aimes pas qu'on te le rappelle, mais je n'ai pas été celle qui t'a administré les premiers soins. *C'est ça* qui t'a sauvé la vie.

– Non, je n'aime pas qu'on me le rappelle, mais il faut bien que je vive avec… – Son ton était amer. – La putain d'ironie de tout ça, c'est que j'ai été secouru par l'homme qui était visé par la bombe. L'ange et le démon, c'est comme ça que je vous appelle tous les deux.

– C'était moi le démon ? – Son rire lui redonna des forces.

Il l'embrassa avec douceur, comme s'il venait de la rencontrer.

– Je voudrais que ma retraite commence aujourd'hui et pas le mois prochain.

– Tu dis ça maintenant. Demain tu seras redevenu toi-même. En pleine forme.

– Il va me falloir un bout de temps. Cette nuit, j'ai vu des choses que personne ne devrait voir.

Quelques heures plus tard, au commissariat, Harry entra dans son bureau, un gobelet de son café favori à la main. Au moment où il posait ses fesses derrière son bureau, la porte s'ouvrit à la volée et Gordon Purvis fit une entrée fracassante en agitant un index menaçant.

– Va te faire foutre, Thompson ! Comment faut-il te dire que c'est moi qui suis en charge de *tout* ce qui a trait au braquage ?

– Pas maintenant, Purvis. Garde ta connerie de vanité blessée pour plus tard.

– Toi et ton cirque n'aviez rien à foutre à côté de la maison de Madden. Madden était un des suspects du braquage, et maintenant sa femme et lui sont morts.

– Et Bob Boyd avec, au cas où ce détail particulier ne serait pas arrivé jusqu'à toi.

– Oui, Boyd, qui détenait une information vitale sur Madden avant de la partager. Oh, je vois à ta gueule que ce petit détail-*là* n'est jamais arrivé jusqu'à toi.

– Qu'est-ce que tu racontes ?

– Tu n'es pas vraiment détective, hein ? Une bouteille de parfum et la promesse d'une soirée en ville ont permis à Boyd d'obtenir une info d'une dispatcheuse avant qu'elle ne soit officiellement diffusée.

– Quelle dispatcheuse ?

– Tu vois, c'est de ça que je parle quand je dis que tu n'es pas un très bon détective. Tu ne poses que les mauvaises questions. La bonne, c'était pourquoi diable Boyd voulait absolument détenir l'info, et pourquoi il traînait autour de la maison Madden ?

– Je ne parle pas à la place des morts, mais peut-être voulait-il arrêter Madden lui-même, et en tirer un peu de crédit.

– Qui raconte des conneries, maintenant ? ricana Purvis. Tu n'y crois pas plus que moi. Tu penses vraiment que tout ce fric dans la voiture est entré tout seul ?

– Pour quelqu'un qui n'était pas là, tu m'as l'air d'en savoir un bout.

– C'est mon boulot de savoir. C'est pour ça que je suis en haut de l'échelle, et que je contemple tes misérables et pathétiques tentatives de travail policier. Un de tes hommes qui se laisse corrompre juste sous ton nez et Dieu sait quelle autre merde encore.

– Sors d'ici, tout de suite.

– Tu t'es couvert de ridicule. Heureusement que tu t'en vas bientôt. Peut-être qu'une grande surface t'embauchera comme gardien. Si tu veux une référence, viens me voir et lèche-moi le cul.

Et il quitta le bureau en trombe, laissant un Harry fumasse à ses pensées.

28

N'oubliez pas que je suis folle, n'est-ce pas ?
Stieg Larsson, *Les Hommes qui n'aimaient pas les femmes*

Nolan, pensif, était assis dans un grand fauteuil jaune Homer Simpson. Il ne se sentait pas tout à fait à l'aise dans ce siège de dessin animé, mais c'était le seul de la pièce capable de contenir sa masse. Il tenait un petit livre noir dans la main droite.

Quatre heures s'étaient écoulées depuis le massacre de Boyd et des Madden, et il avait déjà pratiquement fouillé chaque centimètre de l'appartement. Il bouillait de colère. Il n'avait trouvé aucune somme d'argent conséquente – à moins d'y inclure la grande collection de tirelires *Star Wars* et *Star Trek* pleines de devises spatiales en plastique. Et pas la moindre trace du propriétaire, Brian Ross. Il voulait vraiment trouver Ross, presque autant qu'il voulait mettre la main sur le reste de l'argent.

La seule chose qu'il avait trouvée, c'était ce petit carnet noir qui détaillait tous les objets que Ross avait achetés ces dernières années à un magasin de comics du nom de Heroes and Villains. Une carte de visite glissée entre les pages portait le nom du propriétaire, Kieran Kelly. Une entrée du carnet mentionnait : CSM George Reeves = 20 G. Acheté.

Vingt G. Humm. Vingt mille livres ? Ou juste un de ces langages codés bizarroïdes ?

Nolan était déconcerté et tout à fait perturbé par ce qu'il avait trouvé en explorant l'appartement. Comme si c'était un gosse qui vivait là : des statues de super-héros, des posters de science-fiction et des milliers d'illustrés rangés dans des boîtes d'un mur à l'autre, frôlant le cauchemar claustrophobique. Est-ce que cet enfoiré de Ross était un pédophile ? Sûrement, pour vivre ainsi dans une maison pleine de jouets et de comics.

Dieu du ciel, dans quel monde déglingué vivons-nous ?

Si Ross était pédophile, il aurait encore plus de plaisir à le torturer quand il finirait par mettre la main dessus ; et ce n'était plus qu'une question de temps. De temps et de timing.

Madden avait lâché l'adresse de son pote et celle de l'hôpital où on l'avait transporté après qu'il avait sauté par la fenêtre de Heroes and Villains. Mais un contact à l'hôpital l'avait informé que Ross était parti précipitamment après s'être engueulé avec un visiteur.

Nolan avait envoyé par e-mail une photo de Madden à son contact, qui avait confirmé qu'il s'agissait bien du visiteur. Ce précieux contact avait aussi dit à Nolan que c'était Kieran Kelly, le patron de la boutique, qui avait accompagné Ross dans l'ambulance.

Le meurtre de McCabe avait, selon Madden, effrayé le reste du gang. Mauvaise nouvelle pour Nolan. Il avait espéré que le meurtre était la conclusion d'une querelle interne, ce qui aurait facilité la récupération de l'ensemble du fric.

Mais non, pas d'après Madden. Le gang s'était partagé le butin à parts égales, mais ensuite quelqu'un avait kidnappé McCabe, l'avait torturé, tué et lui avait piqué sa part. Qui était le tueur ? Les journaux avaient parlé de Scarface Logan et ses acolytes, mais Nolan n'en avait pas cru un mot. Logan était facilement dégoûté par la violence et la vue du sang.

Les pensées de Nolan revinrent au type armé chez Madden. Se pourrait-il qu'il fasse partie du mystérieux gang responsable de la mort de McCabe, ou était-ce un tout nouveau joueur dans la partie ?

L'idée qu'un autre puisse choper Ross avant lui était presque trop difficile à envisager. Il avait des projets spéciaux pour Monsieur-Ross-le-Gros-Dur.

Il porta instinctivement sa main à sa tête. La blessure se mit à le lancer. *Je ne vais pas compter jusqu'à trois, je ne vais même pas compter jusqu'à un. Tu vas fermer ta putain de gueule ou je vais te chanter une berceuse.*

– Quand je t'aurai chopé, gros dur, c'est pas une berceuse que tu vas me chanter, mais t'iras piquer une petite tête dans ma piscine privée.

29

Tu n'as jamais eu l'impression que l'enfer était sur le point de se déchaîner et que tu ne pouvais rien y faire ?

Ali Vali, *The Devil Unleashed*

– On a une vue magnifique d'ici. – Conor O'Neill était assis à côté de Rasharkin sur un banc dans le célèbre Cat Garden du château de Belfast, au-dessus des lumières nocturnes de la ville. – J'ai toujours trouvé ce petit coin très apaisant, avec ses neuf chats qui nous gardent. La légende dit que le château sera toujours en sécurité tant que les chats y habiteront. Vous aimez les chats, vous aussi ?

– Je n'ai jamais possédé d'animaux domestiques, répondit diplomatiquement Rasharkin.

– Ah, c'est une idée fausse. Les chats ne sont *pas* des animaux domestiques, et on ne peut pas les *posséder*. Ce sont des individus. Mes chats, Tiddles et Chairman Meow ? Ils viennent à la maison aux heures des repas et de la sieste et, en contrepartie, ils s'occupent de tous les rôdeurs assez fous pour s'aventurer dans notre rue.

Au bout de quelques secondes de silence, Rasharkin changea de sujet.

– Je suis désolé que la nuit dernière ait tourné aussi mal. La part de Madden évanouie ; désolé aussi pour ce qu'ils ont fait à Rosie Madden.

– C'était complètement hors de votre portée. Malheureusement, on a aussi perdu Boyd. Une perte presque aussi grande que l'argent.

– Vous lui faisiez confiance ?

– Pourquoi aurais-je fait confiance à quelqu'un qui cherche à vendre ses camarades ? Non, ce n'est pas le mot que j'emploierais. Mais j'étais plus que reconnaissant de l'avoir avec nous. Dans les affaires, la trahison est toujours pratiquée et payée par les deux parties. Un indicateur vaut largement son poids d'or. – Il tira sa pipe de sa poche. – Ça vous ennuie si je fume ?

– Pas du tout.

Conor bourra sa pipe, l'alluma en tirant doucement dessus.

– Vous avez une explication plausible pour la présence de Boyd dans le coin en même temps que moi ?

– Ça, mon ami, c'est un mystère – tout comme l'identité du ou des tueurs. Mais c'est une chose que nous considérons comme une urgence.

– J'ai ma propre théorie. Vous voulez l'entendre ?

– Je suis tout ouïe.

– Vous n'allez peut-être pas aimer.

– Je sais encaisser.

– Je crois que Boyd essayait de me piéger pour les Madden.

Conor tira une bouffée de sa pipe, souffla une fumée bleu cobalt dont l'arôme se répandit tout autour.

– Pourquoi aurait-il fait ça ?

– L'argent. Comme je vous l'ai dit, il y avait quelqu'un dans la maison pendant que j'y étais.

– Vous pensez que c'était Boyd ?

– Les parties intéressées ont failli trébucher l'une sur l'autre ? C'est une possibilité sérieuse. De plus, son corps a été retrouvé dans le coin.

– Il ne connaissait même pas votre existence.

– Nous ne saurons jamais la vérité. Je ne crois pas aux coïncidences. Sans doute est-ce ma nature méfiante, mais je sens que quelque chose ne tourne pas rond.

– S'il cherchait à vous piéger, pourquoi ne vous a-t-il pas tué quand il en avait la possibilité dans la maison ?

– Manque de temps, peut-être ? Il fallait qu'il soit sûr de sortir l'argent de la maison, avant que quelqu'un ne devienne trop curieux.

– Dans ce cas, qui l'a tué ?

– Si je ne me trompe pas, il a quitté la maison avec l'argent. Ensuite il a été tué alors qu'il essayait de fuir en voiture, probablement par un complice, un type en qui il avait confiance.

– Vous pensez qu'il a buté les Madden ?

– Ça m'en a tout l'air.

– Boyd était tout ce qu'on veut, mais je ne le vois pas tuer une femme. Et pas de la façon dont elle a été tuée. Il faut une sacrée dose de sang-froid pour étriper son prochain. Non, ce n'était pas son *modus operandi*. Le jeu, toutes formes de jeu, il ne vivait que pour ça. On ne passe pas des cartes et des chevaux au massacre fanatique, pas en une nuit.

– Pas en une nuit, non. Mais il était flic depuis des années. C'était déjà un tueur – ou du moins il avait été entraîné pour en devenir un.

– Et Ross ? Si c'était lui qui attendait Boyd en embuscade pour faucher la part de Madden ?

– Pour le moment, il se planque. J'imagine que lorsqu'il a quitté précipitamment l'hôpital, sa première escale a été son appartement, sans doute pour y récupérer sa part. J'y suis allé. J'ai fouillé et je n'ai rien trouvé. Il a toutefois laissé derrière lui certains objets auxquels il tient sûrement. Je ne le vois vraiment pas se montrer chez les Madden. Il a bien trop peur.

– Vous avez probablement raison. En ce moment, il est sans doute dans le Sud, ou de l'autre côté de l'eau.

Rasharkin se leva pour partir.

– Je pense qu'il est toujours à Belfast.

– Qu'est-ce qui vous fait dire ça ?

– Vous allez devoir me croire sur parole, mais je commence à en connaître un rayon sur Ross. Il ne veut surtout pas perdre les précieux objets qu'il a entreposés dans son appartement. Notre problème, c'est juste de l'attraper avant que quelqu'un d'autre le fasse. Celui qui a tué Madden, quel qu'il soit, a probablement Ross et sa part en ligne de mire.

– Heureusement, nous ne sommes pas encore hors jeu.

Rasharkin commença à se mettre en mouvement.

– Vous voulez que je dise à votre chauffeur que vous êtes prêt ?

– Non, pas encore. Je vais rester ici un moment. Demain matin j'irai allumer quelques cierges à saint Antoine.

– Saint Antoine ?

– Le saint patron des objets perdus.

30

Regarde d'un œil froid. La vie, la mort.
Cavalier, passe ton chemin.
Pierre tombale de W.B. Yeats

Le cimetière de Milltown, à l'ouest de la ville, était pratiquement désert quand Harry gara sa voiture juste après le portail le lendemain après-midi. Un brouillard froid et gris tissait une vignette gothique dans le motif dessiné par les pierres tombales.

Ouvert au XIXe siècle, le cimetière héberge principalement des catholiques – il n'y a qu'un seul protestant dans cette argile, contre toute attente. Une section est entièrement consacrée aux socialistes et aux républicains tués pendant le conflit contemporain avec les Anglais. Pas très loin, se trouve le Cimetière municipal et sa prédominance d'hôtes protestants. Même dans la mort, il semble que le caractère sectaire de Belfast continue à se perpétuer.

Le dernier endroit sur terre où Harry aurait voulu être en ce morne après-midi était bien un cimetière. La volonté de rendre hommage aux Madden était la seule raison de sa présence. Dans l'espoir que Ross soit assez fou pour s'y pointer, Harry avait ordonné aux photographes et aux flics en civil de surveiller et de prendre des photos des amis et parents des défunts ainsi que des curieux morbides. De plus, il avait un vieil ami à y voir ensuite.

Après les prières du prêtre, Tommy Norton répandit quelques poignées de terre sur les cercueils descendant vers leur demeure finale, et des larmes sillonnaient son visage buriné. Il avait l'air trop absorbé par son chagrin pour remarquer que Harry se tenait à ses côtés, aux aguets.

Le sombre enterrement des Madden contrastait fortement avec l'adieu au héros pour Robert Boyd célébré le matin même au Cimetière municipal, qui avait contenu plus d'uniformes que de brins d'herbe, toute la piétaille s'alignant coude à coude par respect pour leur camarade tombé au champ d'honneur.

On avait confié à Harry la tâche de prononcer l'éloge funèbre. Il ne s'acquitta pas trop mal du job, bien qu'ayant du mal à croire ses propres mots, compte tenu des piques accusatrices de Purvis qui lui laissaient encore un mauvais goût dans la bouche.

Quand les parents et amis du défunt eurent quitté le Milltown et que trois fossoyeurs eurent commencé à jeter des pelletées de terre sur le cercueil, Harry se mit en route à travers le labyrinthe de granit et de marbre des pierres tombales et des articles religieux.

Quelques tombes avaient été cassées et renversées par des vandales tandis que d'autres étaient couvertes de graffitis. C'était le genre de délinquance stupide qui mettait Harry en rage.

Il finit par arriver à l'endroit qu'il cherchait. La tombe de son vieux mentor, un homme parti depuis longtemps, mais à jamais présent dans la mémoire de Harry. Sur la pierre tombale étaient gravés ces mots :

En mémoire de mon cher mari
Tommy Montgomery, assassiné par de sinistres lâches
De nuit, mais se prétendant ses amis le jour
Érigé par Ann-Marie sa femme aimante

Harry, debout, contemplait la tombe, sans mot dire, ayant depuis longtemps cessé la comédie de parler aux morts. Pour finir, il laissa son regard dériver de tombe en tombe. Le brouillard s'épaississait, la visibilité déclinait. Il était temps de partir.

Comme il s'en retournait, il avisa un homme engoncé dans un lourd pardessus et qui se tenait dans l'ombre de deux grands chênes, dans une zone sauvage laissée sans surveillance. L'homme l'épiait, il en avait l'intuition. Quelque chose dans son allure lui fit se dresser les cheveux sur la tête.

En s'approchant, Harry remarqua que la main gauche de l'homme, enfoncée dans le pardessus, faisait une bosse dans le tissu.

Son entraînement prit instinctivement le dessus, et ses doigts se portèrent vers le flingue accroché à la ceinture de son pantalon.

L'homme sembla soudain inquiet. Sa main bougea à l'intérieur du manteau.

En un éclair, le revolver de Harry se retrouva braqué sur le visage de l'homme.

– N'y pense même pas ! Les mains en l'air ! *Tout de suite !*

– Ne tirez pas ! Ne tirez pas ! – Les mains du type jaillirent vers le ciel. Elles tenaient quelque chose.

– Lâche ce que tu tiens ! *Tout de suite !*

Les mains s'ouvrirent et l'objet tomba au sol.

– Ne tirez pas !

– Qu'est-ce… ?

– Des fleurs. Rien que des fleurs… Ce n'est… qu'un bouquet de fleurs…

– Qu'est-ce que vous foutez, à rôder comme ça dans le secteur ?

– Je… je ne rôdais pas.

– Vous pouvez baisser les mains. – L'homme lui semblait vaguement familier. – On se connaît ?

– Je… je ne crois pas.

– George Magee. C'est ça ?

– Oui.

– Tapi dans un cimetière avec un bouquet de fleurs planqué sous le manteau ? Bonne façon de se faire descendre. – Harry rengaina son revolver.

– Je n'étais pas tapi… et… elles n'étaient pas planquées, dit Magee. Je m'occupe des tombes.

Harry se mit à rigoler.

– Les tombes ? C'est là que les gangsters planquent leur fric de nos jours ?

– Je… je n'en sais rien. – Magee se mit à ramasser les fleurs.

– Je l'aurais parié. De toute façon, les tombes sont sacrément plus sûres pour le planquer. On les braque moins souvent que les banques.

Harry poursuivit sa route, laissant derrière lui un Magee bouleversé, assis inconfortablement sur une tombe, étreignant toujours ses fleurs.

31

Un psychopathe : comment devient-on un psychopathe ?
Michael Hodge, *A Psychopath in Training*

C'était presque l'heure de la fermeture chez Heroes and Villains, et malgré la pluie qui tambourinait sur les fenêtres, Kieran Kelly était d'humeur radieuse. Il avait passé toute la journée dans la boutique, mais il ne pouvait pas se plaindre vu qu'il avait vendu un gros arrivage d'illustrés originaux de Batman à un collectionneur international, réalisant du même coup un joli profit.

Il restait deux clients qui parcouraient les boîtes de comics. Dès qu'il pourrait se débarrasser de ces deux-là, il fermerait pour aller au John Hewitt boire un ou deux verres bien mérités de Jawbox, le nouveau gin qui était servi gratuitement en guise d'échantillon.

Un des clients, un ado au visage ingrat et fringué tout en noir comme un ninja gothique, était incapable de décider s'il allait acheter un ancien numéro de *Saga* ou de *Deadpool.* Ça faisait bien trois heures qu'il était dans la boutique, hésitant sur l'issue de cette décision vitale.

L'autre client était un nouveau visage. *Toujours bon pour la pérennité du business*, se disait Kieran, en se demandant s'il arriverait à lui faire signer une carte de membre et profiter ainsi d'une généreuse réduction de vingt pour cent sur le premier achat et un solide dix sur les suivants.

– *Deadpool*, annonça finalement Ninja gothique à Kieran. Vos anciens numéros de *Saga* sont de l'escroquerie. Je peux les avoir pour moitié prix à Forbidden Planet.

Va te faire foutre à Forbidden Planet, dans ce cas, petit con, se dit Kieran, les dents serrées, en encaissant son paiement.

– Merci de votre visite, jeune homme. J'espère vous revoir bientôt.

– Je ne reviendrai pas !

Parfait.

– Désolé, jeune homme. J'espère que vous changerez d'avis.

Ninja gothique claqua si fort la porte qu'il faillit l'arracher de ses gonds.

Le dernier client finit par s'approcher du comptoir, mais à la déception de Kieran, il n'avait rien dans les mains.

– Si vous ne le voyez pas dans les boîtes, il y a de grandes chances pour que je l'aie dans la réserve, sourit Kieran de son sourire le plus accrocheur.

– Je cherche des informations, dit Seamus Nolan, tout en regardant dédaigneusement le nœud Spiderman accroché aux cheveux de Kieran.

– Vous avez frappé à la bonne porte. Il y a vraiment peu de choses que j'ignore sur les comics ou…

– Il y a quelques jours, j'ai assisté à un accident terrible, un homme a sauté par la fenêtre de l'étage.

– Sauter ? Mon Dieu, non ! Quelques personnes ont aussi cru ça. Non, Brian a… ouvert la fenêtre et il a glissé. C'est un terrible accident.

– Je me demandais si vous saviez comment il allait ? Je suis incapable de me le sortir de la tête.

– Oh, il va bien. En fait, ça semblait plus grave que ça ne l'était.

– C'est un bon ami à vous, ce Brian ?

Kieran eut l'air un peu étonné.

– Pourquoi toutes ces questions ? Vous êtes agent d'assurances, ou quoi ?

– Vous l'avez accompagné dans l'ambulance, si je me souviens bien.

– Je ne me rappelle pas vous avoir vu à l'extérieur de la boutique, ce jour-là.

– Bon, vous étiez vraiment bouleversé, bien sûr. Comment pourriez-vous vous souvenir de tous les visages dans la foule ?

– Écoutez, je ne sais pas où vous voulez en venir, mais c'est l'heure de fermer. Je suis désolé de vous presser, mais j'ai des choses à faire. J'ai ouvert très tôt ce matin, donc repassez et…

Nolan se leva et verrouilla la porte, après avoir mis le panneau FERMÉ.

– Hé ! À quoi diable vous jouez ? fit Kieran en se rapprochant du comptoir, le téléphone à la main. Sortez d'ici avant que j'appelle les flics.

Nolan attrapa la main de Kieran, lui retira le téléphone et le poussa à travers la boutique jusqu'à son bureau.

– C'était quand la dernière fois que vous vous êtes parlé ?

– Écoutez, je ne sais vraiment pas dans quel business vous êtes, mais…

En un éclair, Nolan lui balança une paire de gifles qui le laissa à moitié sonné.

– Ça commence entre gentlemen, avec juste quelques claques dans la gueule, mais ça peut rapidement se détériorer si les bonnes réponses ne sont pas obtenues.

Nolan sortit un flingue des profondeurs de son pardessus et le braqua sur Kieran.

– Merde ! fit Kieran en se protégeant le visage de la main. C'est un vrai, mec ?

– Tu veux vraiment le savoir ? Bon, maintenant : quand as-tu parlé à ton pote pour la dernière fois ?

– Je… Il m'a appelé au téléphone… de l'hôpital, mais je n'ai plus eu de nouvelles depuis.

– Tu vois comme c'est facile ? dit Nolan en lui rendant son portable. Appelle-le. Trouve où il est. Dis-lui que tu veux le voir, que tu as quelque chose de vraiment spécial à vendre.

– Spécial ? Comme quoi ?

– Quelque chose qui le fasse craquer. J'ai vu son appartement. Tous les petits jouets qu'il t'a achetés, et t'as plutôt intérêt à lui faire envie.

– Mec, vous ne pourriez pas braquer votre truc ailleurs. Je déteste les armes. Elles me rendent nerveux.

– Ne te soucie jamais d'une arme, mais juste de la main qui la tient. Maintenant, appelle-le. Et souviens-toi : sois bon. Ta vie de merde dépend de ton pouvoir de conviction. Mets le haut-parleur, pour que je puisse entendre.

Les mains tremblantes, Kieran composa un numéro. Après quelques secondes, on entendit la voix de Brian.

– *Kieran ? Quoi de neuf ?*

– Ça… ça va, mec ? J'ai plus de nouvelles depuis que tu es sorti de l'hosto. Je me faisais du souci. Tu vas bien ?

– *M'en parle pas. C'est vraiment la merde. J'ai perdu de bons potes ces deux derniers jours. L'un d'entre eux a été sauvagement tué, avec sa femme.*

Kieran blêmit.

– Merde… c'était tes amis ? Je… j'en ai entendu parler dans les journaux. Désolé d'apprendre ça, mec. Il n'y avait pas aussi un flic qui a été tué ?

– *Si.*

– Qu'est-ce qui s'est passé ?

– *Je ne sais vraiment pas. Les flics ne disent pas grand-chose, juste qu'un immonde salopard s'est introduit chez eux et les a tués.*

Kieran regardait maintenant Nolan avec une expression de terreur absolue.

Nolan appuya son flingue sur le front de Kieran en articulant silencieusement : "Fais-le venir."

– Et si… et si je passais chez toi ? Je viens de récupérer une super coke. On pourrait la partager, mec.

– *De la coke ?* – Une longue pause. – *Je ne suis pas chez moi pour le moment. Je suis à l'hôtel. C'est carrément la merde en ce moment.*

"Quel hôtel ?" articula Nolan.

– Quel hôtel ? On peut se retrouver à la réception, j'apporterai la coke.

– *Je ne veux rien dire au téléphone, mon pote. C'est pas prudent. Elle a quoi, ta voix ?*

– Ma voix ? Oh, rien... je viens de me faire une ligne. Elle m'a pris à rebrousse-poil, tu vois ce que je veux dire ?

– *Ouais, j'imagine...*

Nolan pressa le flingue un peu plus fort. "Fais-le venir ici."

Kieran posa la main sur le portable.

– Comment diable je suis supposé y arriver ?

Nolan releva le chien de son arme.

– Tu ferais bien de trouver quelque chose.

Kieran avala difficilement sa salive, avant de reprendre le téléphone.

– J'ai... j'ai quelque chose... qui devrait t'intéresser, mec. Tu vas pas en croire tes oreilles. Je te le promets.

– *Je suis tout ouïe.*

– C'est... c'est une cape de Superman, celle de George Reeves. Une des cinq signées par l'Homme d'Acier, avant qu'il soit assassiné.

– *Vraiment... ?*

– Oui... C'est la seule disponible en Europe. Les autres sont aux mains des Américains.

– J'adorerais... voir ça.

– Elle t'attend ici.

– *Je vois...* – Une autre longue pause. – *OK... Tu m'as convaincu. C'est vraiment quelque chose que je veux pour ma collection, sans compter que j'ai besoin de me calmer les nerfs. La coke devrait aider. Donne-moi vingt-trente minutes. Je te passe un coup de fil quand j'arrive à la boutique.*

– Sois prudent… en conduisant sous cette pluie. Ça m'a l'air dangereux.

– *Oui… oui, bien sûr. À tout de suite…*

Nolan prit le téléphone. Le rangea dans ce qui servait de bureau à Kieran.

– Bien joué. Espérons pour toi que c'est assez bien joué.

Kieran approuva à contrecœur.

– Ce nom, George Reeves ? fit Nolan, presque pour lui-même. Où diable l'ai-je déjà entendu ?

– Vous voulez du thé ?

– Tu me la fais psychologique en tentant de m'adoucir avec du thé ?

– C'est juste de la courtoisie.

– Je vais te dire, pendant que t'es dans la courtoisie, tu pourrais me dire ce qu'il y a dans le coffre.

– Le coffre ?

– Ce coffre, dit Nolan en le désignant de son flingue. La monstruosité dans le coin là-bas.

– Oh, ce vieux truc ! Je le garde pour y mettre des factures et des choses comme ça. Il ne me sert plus à grand-chose.

– Ouvre-le.

– L'ouvrir ?

Nolan colla le bout du canon dans l'oreille de Kieran.

– Ça doit être plein de cire là-dedans. Tu veux que je nettoie ?

Kieran se dirigea vers le coffre. Pianota sur le cadran et ouvrit lentement la lourde porte.

– Assieds-toi dans ce fauteuil. – Nolan le désigna de son arme. – Ne tente rien de stupide et tu pourras ouvrir ton bouclard demain pour tous les petits gamins que tu aimes tant. Compris ?

– Oui.

Nolan se mit à sortir tous les tiroirs et à en vider le contenu par terre. Puis il s'arrêta sur une grande pochette qu'il ouvrit. Il en brandit le contenu sous le nez de Kieran.

– Donc, tu gardes le coffre pour ranger les factures ?

– Et des choses comme ça…

– Combien il y a là-dedans ? Mens-moi et je t'éclate les couilles.

– Vingt mille.

– Tu sais d'où ça vient ?

– J'ai pas demandé.

– On me l'a volé, et c'est ton bon copain Brian qui l'a fait. Où est le reste ?

– Le reste ? C'est tout ce que j'ai.

– Moi qui croyais qu'on s'entendait bien. Pourquoi tu ne planques que cette somme ?

– Je ne la planque pas. C'est le paiement d'un achat.

– Un achat ! Putain, Ross est vachement généreux avec mon fric. Qu'est-ce qu'il a pu acheter qui coûte si cher dans ce dépotoir ?

– Plein de choses. Certains originaux, mais surtout des comics de l'âge d'or.

– Des comics ? Je me suis planté de putain de business si c'est le fric qu'ils rapportent.

Brian arpentait sa chambre de l'hôtel Europa en réfléchissant à l'appel de Kieran. Tout était faux, à commencer par le ton de voix nerveux de son copain. Kieran prétendait être sous coke, alors qu'il détestait la coke. De même, ce conseil de conduite prudente, alors qu'il savait parfaitement que Brian n'avait jamais conduit une voiture de sa vie.

Le plus révélateur, le fait qu'il possédait déjà la cape de George Reeves. C'était le mot qui convenait : révélateur. Kieran lui révélait quelque chose ; quelque chose de si épouvantable que c'était trop terrible à envisager.

Allez ! Prends une décision ! Il regarda le flingue posé sur le journal du jour, un cadeau de Scarface Logan. C'était un Glock 26, conçu pour être porté discrètement, mais de la même puissance que son gros frangin, le 43.

Il glissa le pistolet dans la ceinture de son jean, enfila un gros imperméable et sortit.

Il traversa Great Victoria Street, entra dans un pub et passa hâtivement un coup de fil d'un téléphone public.

– *Commissariat de Tenant Street. Que puis-je faire pour vous ?* fit une voix masculine.

– J'ai… j'ai vu un truc suspect dans un magasin, il y a quelques minutes. Le magasin est censé être fermé à cette heure-ci, alors c'est peut-être des voleurs. Le propriétaire est un vieux monsieur. J'aurais horreur que quelque chose lui arrive. Faites vite, s'il vous plaît. J'ai un mauvais pressentiment.

– *Nom et adresse du magasin, monsieur ?*

– Heroes and Villains, à Cornmarket.

– *Puis-je avoir votre nom, monsieur ?*

– Contentez-vous de vous grouiller ! – Il raccrocha sèchement et se dirigea vers la boutique de Kieran.

– Je viens juste de me souvenir d'où j'ai vu ce nom, dit Nolan en fixant Kieran.

– Quel nom ?

– George Reeves. – Nolan glissa une main dans sa veste et en sortit un petit carnet noir qu'il feuilleta jusqu'à une page marquée. – J'ai trouvé ça dans l'appartement de ton copain. Ça détaille tous les trucs qu'il t'a achetés pendant des années. Ça fait un paquet. En voilà un qui devrait t'intéresser : *CSM George Reeves. Acheté pour 20 G.* Je n'avais pas la moindre idée de qui pouvait bien être George Reeves, jusqu'à ce que je t'entende parler de lui sur ton portable. Plus important, je n'avais aucun indice sur la signification de ces mystérieuses initiales CSM.

– Et ? fit Kieran de son air le plus perplexe.

– CSM. Cape de Super Man. Achetée vingt mille. – Le sourire de Nolan avait la chaleur d'une lame de stylet. – Oh, je vois que tu n'es plus si perplexe. Bien. Je dois te reconnaître ta franchise, et mes excuses pour ne pas t'avoir cru. L'argent du coffre venait bien d'un achat, après tout.

– C'est ce que je me tuais à vous dire.

– Ce que je ne comprends pas en revanche, c'est que, si tu lui as déjà vendu cette cape, comment se fait-il que tu essayes de la lui vendre à nouveau ?

– Quoi ? Ben… c'est que…

Nolan jeta un coup d'œil à sa montre, avant de revenir à Kieran.

– La cape était un signal. Il ne viendra pas, n'est-ce pas ?

Kieran réfléchit un petit moment avant de répondre. Il sourit. Nerveux mais provocateur.

– J'espère bien que non.

Brian tourna le coin de la rue en courant, ses semelles manquaient d'adhérence sur les pavés glissants. Par deux fois il dérapa sur le sol détrempé et perdit l'équilibre, mais il continua à courir, accélérant même le pas lorsque Heroes and Villains fut en vue au bout de la rue.

Il espérait que ses pensées négatives étaient à mille lieues de la vérité et que Kieran se pisserait dessus de rire quand il lui en ferait part. Il espérait, mais n'était pas optimiste.

Il arrêta de courir quand il fut à l'ombre de la boutique. Ce qui était inquiétant, c'est que les volets étaient encore ouverts. Le dos contre le mur, il essaya de reprendre son souffle.

Quelques secondes plus tard, il risqua un œil par la fenêtre. Tout était calme, plongé dans l'obscurité. Il sortit le Glock de sa ceinture, inspira profondément et s'apprêtait à faire un mouvement vers la porte quand une explosion le souleva du sol et le couvrit d'une averse de verre brisé, de fragments de bois et de métal.

La dernière chose dont il se souvint, c'était Kieran le fixant depuis le trottoir, un sourire sinistre plaqué sur sa tête décapitée.

32

Les traîtres sont toujours méfiants.
J.R.R. Tolkien, *Les Deux Tours*

Un rayon de soleil matinal perçait timidement par la fenêtre du bureau de Harry. Assis à sa table, il buvait un café en écoutant Brahms et en feuilletant les pages du journal du matin.

Il n'y avait pas grand-chose de passionnant, si ce n'était un accident dans une boutique de comics du centre-ville la nuit d'avant: une explosion mortelle suivie d'un incendie. Les autorités devaient encore en confirmer l'origine, mais le journal faisait allusion à une fuite de gaz alors que le propriétaire, un certain Kieran Kelly, se faisait une tasse de thé sur sa vieille cuisinière.

Toutefois, Harry savait que c'était beaucoup plus inquiétant qu'une maudite tasse de thé. Les inspecteurs travaillaient sur la théorie d'un banal vol ayant sacrément mal tourné.

Un peu avant l'explosion, un appel anonyme avait signalé à la police des mouvements suspects dans le magasin. Au milieu de la route couverte de débris, on avait trouvé un méchant bout de ferraille, sans doute perdu par l'un des malfaiteurs dans sa hâte à fuir les lieux. Pas un bout de ferraille quelconque, mais un Glock 26. Il semblerait que les petits voleurs de Belfast soient en train de signer en Ligue 1, et que l'époque des coups de gourdin sur la tête appartiennent maintenant au passé.

À part le propriétaire qui en avait littéralement perdu la tête, deux autres personnes figuraient aussi sur la liste des blessés: un sans-abri qui dormait dans l'entrée d'un magasin de chaussures abandonné, et un passant. Ils avaient tous les deux été transportés en urgence à l'hôpital, inconscients.

Harry reposa le journal et se rendit à la fenêtre. Il examina le parking en contrebas, et particulièrement l'impressionnante Jaguar de Purvis, une F-Type décapotable garée sur sa place privée, histoire d'insister lourdement sur le statut de son propriétaire. Harry avait aussi une place privée pour sa modeste Suzuki Celerio, mais il ne l'utilisait jamais, tant il savait que de petites touches d'humilité évitaient les gros couteaux du ressentiment.

Il se remit à siroter son café, mais il était devenu tiédasse. Il jeta un coup d'œil à sa montre. Il était presque temps de se mettre au boulot. Sur le point de se rasseoir à son bureau, il repéra le poids lourd de Purvis, Carson McComb, monter dans la Jag et foncer à travers le parking comme un chien de l'enfer.

Écrase-toi contre un mur, connard.

Au lieu de revenir à son bureau, il sortit rapidement de la pièce, prit l'ascenseur et en émergea devant le tout nouveau bureau de Purvis au cinquième étage.

Il jeta un coup d'œil à droite et à gauche, avant de frapper doucement à la porte. Pas de réponse. Il tourna lentement la poignée, ouvrit la porte de quelques centimètres et regarda furtivement à l'intérieur.

Purvis n'était pas dans la partie principale de son bureau, mais la porte d'une pièce adjacente était grand ouverte et il put voir Purvis à genoux à côté d'un coffre ouvert.

Harry entra et referma paisiblement la porte derrière lui.

– Tu es en train de prier ou tu tailles une pipe à ce coffre, Purvis ?

Le flic sursauta et manqua se cogner la tête contre le coffre.

– Qu'est-ce que tu fous ici, bon Dieu ?

Harry leva le gobelet de café à moitié plein.

– Je t'ai apporté ton café du matin.

– Dégage.

– Tu t'es fait remarquer par ton absence aux obsèques de l'inspecteur Boyd, hier – bien que tu n'aies manqué à personne, remarque.

– Le soi-disant héros tombé au champ d'honneur? Me fais pas rigoler. Est-ce que tu nous caches quelque chose, Thompson ? Peut-être que quelqu'un devrait faire une enquête complète sur ton équipe, et toi avec ? Peut-être même que ce quelqu'un devrait être moi ?

– J'ai aussi assisté aux funérailles des Madden. Par coïncidence, c'est dans le même cimetière qu'est enterré Tommy Montgomery. Tommy m'a demandé si tu étais encore fourré jusqu'au cou dans de sales magouilles. Je lui ai dit que oui, bien sûr, tu l'étais toujours. – Il posa le gobelet sur le bureau. – Ben, qu'est-ce qui t'arrive ? Tu es tout pâle. J'ai dit à Tommy qu'il était temps d'en finir avec toi, que la justice était sur le point d'enfiler sa veste et de venir te faire une petite visite.

– Il est surtout temps pour toi d'affronter la vérité sur ton pote et mentor catholique. Il passait des informations à la Fraternité.

– Conneries et radotage de sectaire. C'est comme ça que tu tentes de te justifier pour l'avoir tué comme le lâche que tu es ?

Brusquement, Purvis fit un geste maladroit pour choper Harry à la gorge. Celui-ci fit un pas de côté, attrapa la main droite de Purvis, la tordit, forçant son adversaire à s'agenouiller à moitié.

– Tu as franchi la ligne, Thompson, siffla Purvis, les dents serrés. Je vais te faire arrêter pour agression. T'es fini pour la police.

– Fini ? J'ai même pas commencé. – Il approcha la bouche de l'oreille de Purvis. – Je remarque que tu n'as pas fait de rapport sur Boyd à McCafferty. Pourquoi ?

Tu as quelque chose à cacher ? Pour ta gouverne, sache que quelqu'un est en train d'enquêter sur ton équipe tout entière, et spécialement sur toi. Ce quelqu'un, c'est moi. Et ce coup-ci, je ne te laisserai pas filer comme l'autre fois. C'est une promesse que j'ai faite à Tommy. D'une façon ou d'une autre, je t'aurai.

– Lâche-moi, bordel !

Harry poussa violemment Purvis qui atterrit sur le cul.

– Reste là jusqu'à ce que je sorte. Ça vaut mieux pour toi.

Purvis marmonna un truc incompréhensible, juste au moment où la porte s'ouvrait sur Carson McComb.

– Vous voulez que je le vire par les oreilles, patron ?

Avant que Purvis ait eu le temps de répondre, Harry se planta devant le poids lourd.

– T'as l'air idiot, McComb. N'essaye pas de le prouver au-delà du doute. Maintenant, dégage du chemin avant de rejoindre ton boss sur le tapis.

– Laisse-le sortir, Carson, dit Purvis. De toute façon, ses jours sont comptés.

33

> “J’ai horreur de dire ça, mais cet endroit est en train de m’avoir, je crois que je suis en train d’avoir peur.”
>
> Dr Gonzo dans *Las Vegas Parano*

Brian se réveilla dans un monde de ténèbres. Une apparition spectrale flottait au-dessus de lui, à peine une dent ou un cheveu reconnaissable, les yeux engloutis dans des tunnels d’obscurité. Le Vieux Marin* revêtu d’une robe flétrie de toiles d’araignée.

Quelque chose sifflait à travers sa bouche visqueuse, mais Brian avait beaucoup de difficultés à déchiffrer ce que c’était, vu que ses fonctions cognitives avaient tendance à se déglinguer. Une perfusion intraveineuse était plantée dans son bras gauche et envoyait des schémas de pensées liquides de déjà-vu à son cerveau, mais elles aussi l’embrouillaient.

– Où… ?

Qu’est-ce qui vient après où? Trop désorienté pour réfléchir, il voulait retomber dans le sommeil, mais, bien que diluée, son intuition lui envoyait de faibles messages lui conseillant de ne pas le faire.

– Dans un hôpital, garçon, répondit le Vieux Marin.

– Hôpital… ?

Une légère odeur de lin frais lui emplit soudain les narines comme des sels. La dernière chose dont il se souvenait c’était d’avoir jeté des bananes à Charlie ; à moins que ce ne soit un flingue qu’il avait pointé sur lui, en menaçant de le tuer ? Quelque chose à propos d’un flingue. *Réfléchis!* Quelque chose sur Kieran. *Quoi*?

* Allusion au poème de Coleridge: “La complainte du vieux marin.”

– De… depuis combien de temps… je suis là ?

– On t'a amené la nuit dernière. T'as l'air sacrément plus frais maintenant, je peux te l'assurer. Tu peux remercier ces adorables petites infirmières pour ça. Je les ai entendues dire que tu as été pris dans une explosion.

– Une explosion… ?

– C'est ce qu'elles disaient. Un pauvre gars a été tué dans un magasin. Les flics sont venus ce matin. Ils voulaient te parler, mais les infirmières les ont virés. Elles leur ont dit que tu n'étais pas en état de parler.

– Il… faut que je parte… dit-il en arrachant la perfusion.

– Attends, mon gars ! Du calme !

Brian se hissa doucement sur le bord du lit. Il était pratiquement nu, empêtré dans un méli-mélo de bandages qui lui momifiaient le haut du torse. Il essaya de se lever, la pièce se mit aussitôt à tourner. Il voulut vomir, mais rien ne vint à part un renvoi aigre.

Le Vieux Marin l'attrapa vite fait par les épaules et le remit fermement dans son lit.

– Tu veux te tuer ? Tu es sur la bonne voie.

– Il… il faut absolument que je parte… tout de suite.

– L'explosion a dû te ramollir la cervelle. Tu as vu l'état dans lequel tu es ? Attends une seconde. – Le Vieux Marin traîna les pieds jusqu'à une petite table de nuit, à côté de son lit. Il en sortit un miroir, qu'il brandit à bout de bras. – Vas-y. Jette un coup d'œil.

À contrecœur, Brian amena son visage en face du miroir. *Merde…*

C'est à peine s'il se reconnut. Sa peau avait viré à un horrible violet sombre. De ses cheveux, il ne restait que des touffes de chaume brûlé. Ses cils et ses sourcils s'étaient fait la malle. Des bouts de bois, de terre et de verre étaient toujours incrustés dans son visage. Il avait l'air d'un vieux mannequin foutu qu'on aurait balancé à la poubelle.

– Où... mes vêtements... ?

– Tes vêtements ? Tu veux rire ? On t'a amené nu comme le jour de ta naissance. Ils ont été soufflés net sur toi. Est-ce que tu te rends compte de ta chance ?

– Chance est mon deuxième prénom. Il... il faut vraiment que je sorte d'ici tout de suite... – Il se leva à nouveau, mal assuré, mais le tournis dans sa tête s'était calmé. Un peu.

– Tu ne peux pas sortir comme ça. – Le Vieux Marin chaloupa de nouveau jusqu'à son lit. Ouvrit sa table de nuit. En sortit quelques fringues et une bouteille de Lucozade. Il posa les vêtements sur le lit de Brian. – Ils sont vieux, mais ils sont propres. Les infirmières me les ont lavés hier. Désolé de ne pas pouvoir t'offrir des chaussures. Je n'en mets jamais !

Brian considéra les fringues, usées jusqu'à la corde, plus de trous que de tissus, puis regarda l'homme qui offrait probablement tout ce qu'il possédait.

– Pourquoi tu fais ça ?

– Je hais les flics. Quiconque susceptible d'être interrogé par eux doit être quelqu'un de bien. – Le Vieux Marin le gratifia de son sourire édenté. – Prends ces antidouleurs et la Lucozade. Ça devrait faire le job.

– Merci... Merci... – Brian avala les comprimés avec une gorgée du liquide. Il eut à nouveau un haut-le-cœur, mais rien ne vint. – Je ne connais même pas ton nom.

– Phil.

– Brian. – Il lui tendit la main et Phil la serra.

– Bon, plus vite tu enfileras ces fringues pour te tirer, Brian, mieux ça sera. Dès que tu seras parti, je ferai un mannequin pour ton lit. Ça te donnera un peu de temps.

Bien qu'aidé par Phil, il lui fallut quand même cinq minutes pour en venir à bout.

– J'apprécie tout ce que tu fais pour moi, Phil. Où puis-je te trouver pour te rendre la pareille ?

– Pas de quoi en faire un plat. C'est fait pour ça, les amis. Mais tu peux me trouver dans la rue, à côté de l'hôtel de ville. C'est là que je vis. Si tu passes dans le coin, arrête-toi pour bavarder. Demande le maire.

Brian fit profil bas en négociant les rues de nuit, grâce à l'obscurité complète, à la pluie battante, et aux pilules miraculeuses de Phil. Les gens s'écartaient vivement du chemin de ce personnage nu-pieds et en haillons qui titubait d'un bord à l'autre de la rue et louchait dans leur direction, comme s'ils craignaient la contamination.

N'ayant nulle part où aller, il arriva à son appartement près de quarante minutes plus tard, épuisé mentalement et physiquement, mais ravi d'être enfin chez lui. Il n'avait pas l'intention d'y rester longtemps, une heure environ, le temps d'une douche plus que nécessaire, d'un changement de vêtements, et de faire rapidement le plein de suffisamment de fric pour tenir le coup.

Arrivé devant chez lui, il tapa le mot de passe sur le système de sécurité. La porte s'ouvrit. Il entra, referma derrière lui, et s'accorda un moment de répit en s'appuyant contre la porte. Il avait une envie folle d'aller piquer le somme de sa vie dans sa chambre, mais il ne pouvait prendre ce risque, il se dirigea donc vers la douche.

Ooohhh… C'était bien la douche la plus divine de sa vie, même si l'eau cinglait atrocement ses blessures à vif. La chaleur semblait s'infiltrer dans chacune des douleurs de son corps, le revitalisant, ajoutant quelque chose de presque positif au désastre des dernières vingt-quatre heures.

Il aurait aimé rester sous l'eau indéfiniment, s'y abandonner avec délice, mais il fallait qu'il bouge, il le savait, et vite de préférence. Il figurait tout en haut du menu des flics et de l'IRA, et il n'avait aucune envie de s'offrir à eux sur un plateau.

Au moins, ça peut pas être pire, se disait-il en sortant de la douche pour se rendre dans le salon, le corps nu et luisant comme si on venait de lui greffer une nouvelle peau.

– Hello, Brian, dit Rasharkin, caché dans la pénombre, assis dans le fauteuil Homer Simpson, un pistolet à la main.

Brian se contracta sous l'effet de la peur. Incapable de dire un mot. Incapable de penser. Incapable de respirer. C'était comme si son univers venait d'être englouti dans une brume bleue de terreur et de certitude cruelle.

– Assieds-toi là. – Du bout de son flingue, Rasharkin désignait la chaise du Joker.

Brian s'écroula dessus, le souffle court, comme en proie aux affres de l'agonie.

– Respire, Brian, calmement, j'en ai besoin, sinon tu vas t'évanouir. Tu ne veux pas vraiment t'évanouir ? J'ai les moyens de te ranimer. Pas très plaisants, comme moyens. Allez, contrôle-toi, respire profondément.

Brian se mit à inhaler.

– Maintenant, expire lentement. Un... deux... trois...

Brian expira, comme un robot.

– C'est bien... Encore une fois.

Brian répéta sa performance.

– Tu te sens mieux ?

Brian faillit rire de la terrible ironie d'une telle question. Il hocha la tête sans dire un mot.

– On dirait que tu reviens de la guerre, mais c'est encore le cadet de tes soucis. Tu sais qui je suis ?

– Seamus Nolan.

– Seamus... ? – Rasharkin sourit. – Tu sais pourquoi je suis là ?

– J'en ai plus rien à foutre. Je suis vidé physiquement et mentalement. Foutu…

– L'argent que vous avez volé, toi et tes copains. À part ça, tu ne m'intéresses pas.

– Sauf pour me tuer ? Exact ?

– Ça aussi, mais il y a des tas de façons de tuer. J'espère que tu seras malin et que tu choisiras l'indolore. Si tu le fais, je te promets que ce sera exécuté avec clémence, en un clin d'œil.

– Comment tu as su que je reviendrais ici ?

– T'es un junkie. T'as besoin de ton fix.

– Je ne suis pas un junkie. Je n'ai jamais pris de drogue de ma vie… sauf une petite ligne.

– Tous les junkies ne sont pas accros à la drogue. – Un petit sourire ironique fleurit sur les lèvres de Rasharkin pendant que son regard faisait le tour de la pièce. – Je savais que tu ne pourrais pas quitter ta collection de comics et de produits dérivés. Tu y as investi trop de temps et d'argent. Trop d'années de recherche pour chaque objet. Trop d'amour. C'est une part de toi-même. Maintenant, où est l'argent ?

– Tu es assis dessus.

– Assis… ? – Rasharkin eut l'air perplexe. Il se mit debout. – Où ?

– Appuie sur le bouton du milieu de la chemise de Homer.

– J'ai une meilleure idée. Lève-toi.

Brian se leva.

Rasharkin pointa son arme sur Homer.

– Toi, pousse le bouton.

Brian tendit le bras et, au moment où il poussa le bouton, les jambes de Homer s'écartèrent, révélant une niche sombre.

– Tu veux que je prenne ce qu'il y a à l'intérieur ?

– Non, je vais le faire, au cas où tu aurais quelque chose de plus mortel que du fric là-dedans. Reste à côté.

Ne sois pas stupide et ne tente rien. T'es pas encore mort de la manière douce.

Rasharkin tenait Brian en respect d'une main, pendant que l'autre fouillait dans la niche, d'où il sortit un gros sac Batman qu'il balança aux pieds de Brian.

– Ouvre-le.

Brian obéit et le reste de l'argent se répandit.

– J'en ai dépensé pas mal.

– Comme on fait avec l'argent des autres. J'espère que ça valait le coup. Ce sera bien le dernier que tu auras dépensé. – Il poussa le bouton et les jambes de Homer revinrent à leur position initiale. – Installe-toi.

– Je peux enfiler quelques vêtements, avant ?

– Tu te rends compte à quel point c'est ridicule ? Assieds-toi !

– De toute façon, tu vas me tuer, alors je préfère rester debout comme un homme.

– *Assis !* Ne m'oblige pas à te faire sauter la bite, histoire que tu ne te soucies pas autant d'être un homme.

Brian se dirigea vers le siège et était sur le point de s'asseoir.

– Stop… fit Rasharkin d'une voix légèrement hésitante. Tourne-toi.

Brian se tourna.

– Assieds-toi, dit Rasharkin, soudain très las. – Il attendit que Brian soit assis avant de poursuivre. – Je veux que tu me dises tout ce qu'il y a à savoir sur le tatouage que tu as dans le dos. N'oublie rien, si tu tiens à la vie.

34

> C'est ce que vous savez de quelqu'un que vous devez haïr : il vous accuse de son crime et se fustige en vous.
>
> Philip Roth, *La Leçon d'anatomie*

– Dis-moi tout ce que tu sais sur ce cheval ailé. – Rasharkin était assis en face de Brian, qui n'était plus nu, mais enveloppé dans une grande serviette. Il tenait toujours son arme, mais elle n'était plus pointée sur Brian.

– Il s'appelle Mercure. Il a été créé par un homme du nom de Harmenszoon, un génie, pour moi le plus grand artiste de tous les temps. Il m'a sauvé la vie.

Rasharkin se pencha en avant, chuchotant presque.

– Sauvé la vie ? Comment ?

– J'avais treize ans quand mes parents ont été assassinés. J'étais avec eux quand c'est arrivé. Le tireur a essayé de me descendre aussi, mais son arme s'est enrayée… – Les yeux de Brian prenaient un air absent. – Ensuite, si je ne m'étais pas réfugié dans le monde merveilleux créé par Harmenszoon, je serais devenu fou, je me serais peut-être même suicidé.

– Qui a tué tes parents ?

– On était dans un bus. On rentrait à la maison après le cinéma. C'était mon anniversaire et, comme cadeau, mes parents m'avaient emmené voir *L'Apprentie sorcière*. Sur le chemin du retour, le bus passait à côté de Saint-Patrick, sur Donegall Street. Étant catholiques, mes parents ont fait le signe de croix. Le tueur fanatique qui était dans le bus depuis le début de la journée attendait que quelqu'un, n'importe qui, fasse un geste indiquant sa religion.

– Est-ce qu'on l'a retrouvé ?

– Jamais.
– Si tu l'avais devant toi, maintenant, à ta merci, est-ce que tu le tuerais ?
– Je ne pourrais pas tuer.
– Même pour venger tes parents ?
Brian secoua la tête.
– C'est juste que j'ai pas ça en moi.
– Et si tu avais eu un flingue, ce jour-là dans le bus ? Si ça avait été pour sauver tes parents, est-ce que tu aurais tiré sur le tueur ?
– Je ne peux pas répondre à une question hypothétique.
– Dis plutôt que tu ne veux pas. Tu ne veux pas te voir comme quelque chose de moins qu'humain, quelque chose dans mon genre.
– Je ne veux plus parler de ça. Fais ce que tu dois faire. Finissons-en.
– Tu es bien pressé d'en finir. Dis-moi tout ce que tu sais sur Harmenszoon.
Brian soupira.
– Il était américain. Né à New York. Il a rencontré une femme à Londres, pendant une tournée de signatures en Europe. Ils se sont mariés et ont eu un enfant, un petit garçon. Harmenszoon est mort quelques années plus tard, on a découvert son corps dans une voiture dans son garage. On a dit qu'il s'était suicidé au monoxyde de carbone, mais je n'y ai jamais cru.
– Qu'est-ce que tu as cru ?
– Je pense que c'était un accident, qu'il était épuisé et qu'il s'est endormi dans sa voiture pendant que le moteur tournait. Il avait trop à donner au monde pour se suicider, trop de gens l'aimaient. J'étais dévasté.
Rasharkin ne bougeait plus, visiblement hypnotisé par les explications de Brian. Seuls ses yeux semblaient encore vivants.
Brian continuait.

– Après sa mort, la tragédie a semblé poursuivre sa famille. Sa femme s'est remariée. Avec un flic. Ils ont tous les deux été tués tragiquement par le fils, avec l'arme du flic. Il n'avait que onze ou douze ans, à l'époque. Il a fini dans un orphelinat, après avoir été déclaré non coupable de meurtre, mais coupable d'homicide involontaire. La plupart des gens ont cru que le gosse ne faisait que jouer avec l'arme quand le coup est parti. On n'en a plus jamais entendu parler, on lui a donné une nouvelle identité pour le protéger de la curiosité du public.

– Tu as bien résumé. Enfin… presque.

– Presque ? Ça m'étonnerait. J'ai lu tout ce qu'il y a à lire sur Harmenszoon.

– Le fils ne les a pas tués par accident. C'était délibéré. Tu veux savoir pourquoi il les a tués ?

– Si tu as une autre version, je t'écoute. J'aimerais l'entendre avant que tu me descendes.

– Tu avais raison, Harmenszoon ne s'est pas suicidé. On l'a assassiné.

– Ouais… j'ai déjà entendu ça il y a des années, mais c'était d'habitude par des fanas des théories conspirationnistes. Je ne pense pas qu'on saura un jour la vérité.

– Le flic et sa femme l'ont assassiné. Ils avaient une liaison, dit Rasharkin, la voix soudain vibrante de colère. Ils l'ont assommé avec les somnifères qu'elle prenait toutes les nuits pour calmer ses "bon Dieu de migraines", ceux qu'elle avalait avec une bonne rasade de rhum, du Havana Club, son préféré.

– Comment… comment pourrais-tu savoir un truc pareil ?

– Contente-toi d'écouter ce que je dis, dit Rasharkin en pointant le flingue sur le visage de Brian.

– D'accord…

– Contente-toi… d'écouter… *s'il te plaît.* – Il avait chuchoté les derniers mots, l'arme était à nouveau posée sur ses genoux. – Ils l'ont mis dans la voiture, comme un sac-poubelle, et ensuite, ils ont fait tourner le moteur, et ils ont regardé les gaz d'échappement le consumer dans un brouillard de mort. Le crime parfait. Presque. Ils s'en seraient sortis… s'il n'y avait pas eu le gosse… le gosse. Il avait tout vu. Il savait tout. Tous leurs sales petits secrets.

À l'extérieur, les bruits de la nuit se réduisaient à rien, un chuchotis final comme le dernier souffle d'une étoile. À l'intérieur, plus un mot, mais des millions de questions. Brian était conscient de sa propre respiration, un tantinet laborieuse. Rasharkin n'avait pas bougé. Il était là, le regard perdu dans le néant.

Et puis il se leva, cassant ce tableau bizarre. Il attrapa le sac et se dirigea vers la porte. Ensuite, il se retourna et fixa Brian pendant un long moment avant d'en faire autant pour l'arme qu'il tenait toujours dans la main, comme s'il affrontait une décision difficile. Finalement, il pointa le flingue sur Brian.

– Le gosse n'a pas été placé dans un orphelinat. Il a été enfermé à Broadmoor, une prison de haute sécurité déguisée en hôpital psychiatrique. Il y est resté dix ans. Essaye d'imaginer ce que ça peut faire à un jeune garçon.

Il baissa son arme, ouvrit la porte et la referma doucement derrière lui.

35

> Le criminel est l'artiste créateur, le détective, seulement le critique.
>
> G.K. Chesterton, *La Croix bleue : Une enquête du père Brown*

Alors qu'une porte se fermait, une autre s'ouvrait dans le nord de la ville. Deux autres personnages aux styles de vie diamétralement opposés étaient sur le point de se connaître un peu mieux que l'un ou l'autre l'aurait cru, ou voulu.

Harry était entré dans les locaux de l'Old Dander Inn, sur Antrim Road, comme un shérif à la recherche du dernier hors-la-loi de la ville. En flânant dans le bar faiblement éclairé, ses yeux scrutaient la bande hétéroclite de clients qui buvaient et bavaient comme des ivrognes.

– Toi, fit-il en désignant du doigt un personnage tapi à l'autre bout du bar. – Le type se balançait sur un tabouret et semblait vouloir s'exercer à l'invisibilité. – Flanagan, dehors. Tout de suite !

Frankie se décrocha du comptoir et se dirigea docilement vers Harry.

– T'as pas oublié quelque chose ? demanda Harry.

– Oh… – Frankie revint vers son tabouret et ramassa son sac à malices.

Harry s'en saisit et alla le mettre dans le coffre de sa voiture.

– Preuves.

– Preuves ? Je vous jure, monsieur Thompson, que je n'ai rien à voir avec ça, je le jure. – Il avait l'air au bord des larmes. – J'ai un alibi.

– O.J. Simpson aussi en avait un. Contente-toi de grimper dans la voiture. Je vérifierai ton soi-disant alibi quand on arrivera au poste, ainsi que tes entourloupes nocturnes, dit Harry mettant ainsi fin aux protestations de Frankie avant de démarrer.

Depuis sa fenêtre, Harry guettait Purvis qui montait dans sa Jag. Il attendit qu'elle ait totalement disparu dans l'obscurité de la nuit avant de descendre dans les cellules.

– Comment va notre invité, Billy ?

– Il a l'air *très* coupable, sourit McCauseland.

Harry jeta un coup d'œil par le judas. Frankie faisait les cent pas en marmonnant.

McCauseland ouvrit la porte de la cellule et Harry entra.

– Monsieur Thompson ! dit Frankie en se jetant pratiquement sur lui. S'il vous plaît, il faut que vous m'aidiez. Je ne peux pas rester enfermé dans une pièce aussi petite. C'est à peine si je peux respirer. Je souffre de claustrophobie. Je prends des médicaments pour ça.

– Un cambrioleur souffrant de claustrophobie. Un peu comme un chirurgien qui souffrirait d'hémophobie ?

– Hémo quoi ?

– Ne t'inquiète pas de ce que ça veut dire. En revanche, ce dont tu devrais t'inquiéter, c'est que j'ai la liste de ce qui a été volé chez le juge à la retraite, et que ça ne sent pas bon pour toi.

– Mais je n'arrête pas de vous le dire. Je n'ai rien à voir avec ça. Vérifiez mon alibi, vous verrez bien.

– Je viens de le faire. Paul, le barman, affirme qu'il ne t'a pas vu au Inn la nuit dernière.

– Paul ? Je vous ai dit que c'était Paul ? Je voulais dire son frère, l'autre, celui avec un œil de verre. Je n'arrive pas à me souvenir de son nom pour le moment. Je suis toujours sous le choc d'avoir été arrêté à tort.

– Le seul nom dont tu devrais te soucier, c'est celui du juge à la retraite. Wilfred Braithwaite III. Un jour il a donné cinq ans à un type qui avait volé du charbon à un de ses potes, un juge lui aussi.

– Je sais tout sur ce bâtard… Son Honneur, je veux dire.

– Ils sont comme cul et chemise, ces juges. Tu t'imagines te retrouver au tribunal devant un pote de Braithwaite ? Tu servirais d'exemple, un avertissement pour quiconque serait assez dingue pour aller cambrioler la maison d'un autre juge. La clé de ta cellule serait balancée dans le Puits de Non-Retour.

Frankie, la tête entre les mains, semblait se recroqueviller sur lui-même et s'enfoncer dans le ciment du banc scellé au mur. Son teint était devenu aussi gris que le siège lui-même.

– Je suis foutu, monsieur Thompson. Je vais mourir en prison.

– P'têt bien que oui, p'têt bien que non.

Frankie leva lentement la tête pour regarder Harry.

– Vous me donneriez une seconde chance, monsieur Thompson ? À moi, un moins que rien, une menace pour la société ?

– Ça dépend.

Un rayon d'espoir illumina soudain le regard de Frankie. Il se leva.

– Tout ce que vous voudrez, monsieur Thompson. Aussitôt dit, aussitôt fait. Allez-y. Je vous en supplie.

– Suis-moi.

Harry quitta la cellule, suivi rapidement par Frankie qui se marchait presque dessus, et avait maintenant l'air d'un condamné gracié juste avant son exécution. McCauseland silencieusement dans leur sillage.

Ils empruntèrent l'escalier de service employé normalement par les fournisseurs ou des civils en mission de propagande. Cependant, par manque de fonds, seules

les toiles d'araignée et la poussière occupaient désormais ces escaliers. McCauseland, toujours aussi silencieux, partit dans l'autre sens.

– Écoute-moi bien, Frankie. Merde ce coup, et c'est retour au Puits de Non-Retour. T'as pigé ? – Harry serrait dans ses mains une paire de gants jetables.

– Merci de me donner cette chance, monsieur Thompson. Je ne merderai pas. C'est une promesse.

– Tu vas avoir besoin de ça. – Harry désigna une bosse à peine visible dans un coin sombre.

Frankie semblait plus confus que jamais. Il s'agissait de son sac à malices. Il le ramassa rapidement. Le serra contre lui comme un nouveau-né.

– Pourquoi mon sac est là ?

Sans répondre, Harry lui fit passer une impressionnante porte rouge qui donnait sur le couloir du cinquième étage. Il s'arrêta devant un des bureaux sur la gauche.

– J'ai besoin que tu me l'ouvres aussi vite que possible. On n'a pas beaucoup de temps.

Frankie avait l'air interloqué.

– Vous voulez que je force cette porte ?

– Disons que j'ai oublié les clés. Je ne veux pas l'esquinter ni laisser le moindre signe révélant qu'elle a été forcée. Maintenant mets ça, pas d'empreintes. – Il tendit à Frankie les gants jetables.

Frankie les enfila. Ouvrit son sac. En sortit un petit outil métallique en forme de trépan et l'inséra dans la serrure. Trois minutes plus tard, à l'aide de quelques manœuvres et torsions de poignet, la porte s'ouvrit. Frankie sourit triomphalement.

– Fastoche.

Harry le poussa dans la pièce.

– Ne la ramène pas trop. Ce n'est qu'un début. Il faut aussi ouvrir celle-là. – Il désigna une porte intérieure. – Dedans il y a un coffre. À ouvrir également. Si tu peux le faire, tu rentres chez toi avec un peu de fric supplémentaire dans la poche.

– Aucun coffre-fort ne me résiste.

– T'as intérêt à être à la hauteur de ta vantardise. Et souviens-toi, pas de traces d'effraction. C'est clair ?

– Comme de l'eau de roche, sourit Frankie. Mais son sourire se fana rapidement quand il examina la serrure.

– Sainte merde...

– Qu'est-ce qu'il y a ?

– Une Diamond Cylinder King.

– Et alors ?

– C'est pas vraiment une serrure ordinaire. C'est une des meilleures du marché. Un peu comme un ordinateur miniature contenant un système de défense pour contrer les attaques. Très malin. Très sophistiqué. Très...

– Je n'ai pas l'intention d'acheter ce putain de bousin. – Harry était gagné par l'inquiétude et jetait des coups d'œil autour de lui. Tout ça lui irritait son syndrome de côlon irritable. – Tu peux ouvrir cette foutue porte, oui ou non ?

– Oui.

– Alors fais-le ! Bouge tes miches. On n'a pas toute la nuit.

Frankie s'agenouilla, choisit deux outils dans son sac et se mit au travail. Ça lui prit trois minutes.

– Et voilà le travail, fit-il en se reculant, le visage illuminé d'un sourire fiérot.

– Parfait. Maintenant un dernier boulot, et tu rentres chez toi. – Il ouvrit la porte et désigna le coffre-fort.

– Un Bulldog Redden, siffla Frankie. C'est du lourd. Je ne l'ai rencontré qu'une seule fois. La plupart des coffres-forts ont un tambour tournant. Vous devez tourner dans le sens des aiguilles d'une montre et dans le sens contraire pour dégager le verrou. Mais le Bulldog opère sur des niches individuelles sur chaque tringle.

– Son histoire ne m'intéresse pas. Tu peux l'ouvrir ?

– J'ai pas réussi à ouvrir celui que j'ai essayé il y a quelques années. C'était la première fois de ma carrière que je calais devant un coffre.

Harry eut l'air de quelqu'un qui vient de se faire cogner en plein côlon irrité.

– Qu'est devenu ton “aucun coffre ne me résiste” ?

– C'était une légère exagération. Seigneur, ce coffre me hante, il se fout de moi chaque fois que je ferme les yeux. Sans compter qu'il a aussi ruiné ma réputation auprès de la fraternité des cambrioleurs.

– Tu me raconteras ta triste histoire une autre fois. C'est bon, on remballe et on se tire d'ici en vitesse.

– Je ne vais nulle part, monsieur Thompson.

– Quoi ?

– C'était une nuit prédestinée, vous ne comprenez pas ?

– Qu'est-ce que tu racontes ?

Le visage de Frankie s'illumina de ravissement, comme un pèlerin arrivant enfin à sa sainte destination.

– Je crois que vous m'avez donné ma chance de rédemption, de récupérer ma réputation. Passez-moi mon sac à malices.

Purvis arriva chez lui, à Hazlebank, à presque dix kilomètres du commissariat. Il était épuisé et remontait à grand-peine le chemin qui menait à sa maison fortifiée, sa serviette à la main.

Quatre spots éclairèrent automatiquement l'ensemble de la zone, et une quantité de caméras de sécurité à détecteur de mouvement s'enclenchèrent et bourdonnèrent en douceur. Une porte métallique s'ouvrit, lui permettant d'accéder devant la maison. Il avait à peine touché le cadran installé sur la porte d'entrée qu'il lâcha un juron silencieux.

– J'y crois pas ! – Il fouilla sa serviette. Pas de mobile.

Il revint à sa voiture, et fonça en direction du commissariat.

Frankie s'installa confortablement sur le sol, devant un impressionnant plateau d'outils, de toutes formes et de toutes tailles. Il ressemblait à un chirurgien médiéval, sur le point de tenter une opération vitale sur un chevalier blessé.

– C'est ça, prends ton temps, dit Harry en regardant sa montre. Tu ne veux pas que j'aille te chercher un café et un sandwich, pendant que tu es assis sur ton cul ? Un gâteau, peut-être ?

– C'est pas en râlant et en me mettant la pression que vous ferez avancer les choses, monsieur Thompson. Entrer dans un coffiot de ce calibre est une affaire délicate. Il faut le traiter avec respect. – Il se saisit d'un instrument tout fin et se mit à trafiquer le cadran du coffre.

Harry continuait à surveiller sa montre, bien qu'il sache que Purvis ne reviendrait pas avant le lendemain matin. Son ventre n'avait cessé d'émettre d'étranges borborygmes, à la mesure, sans doute, du peu de nerfs qu'il lui restait.

Dix minutes s'écoulèrent. Des heures, pour Harry. Fasciné, il observait les doigts délicats de Frankie manœuvrer de petites tiges de métal dans la serrure maintenant évidée de son cadran.

Trempé de sueur, Frankie se leva.

– Alors ? demanda Harry.

– J'ai vaincu le diable. L'honneur vous en revient.

Une vague de soulagement déferla sur le visage de Harry quand il ouvrit la porte. À l'intérieur, de petites rangées de papiers bien nettes étaient indexées et séparées par des codes couleur et des reliures métalliques. *Dieu merci, Purvis est un dinosaure dans mon genre. Ni clé USB ni disques.*

Il commença à fouiller, examinant minutieusement les pages, incertain de ce qu'il cherchait exactement tout en étant certain de le reconnaître quand il trouverait.

Soudain, des bruits de pas précipités leur parvinrent depuis le couloir. Harry et Frankie se figèrent. La porte s'ouvrit à la volée.

– La Jag est revenue, Harry, dit McCauseland d'une voix inquiète.

– J'ai besoin de temps, Bill.

McCauseland claqua la porte, et on entendit ses pas reprendre le couloir en sens inverse.

Harry avisa une photocopieuse et se mit à scanner page après page. Dans sa hâte à les remettre en sécurité dans le coffre, il en sema quelques-unes sur le sol.

Purvis s'arracha à sa voiture et fonça vers l'entrée du commissariat en montant les marches quatre à quatre. Quand McCauseland le percuta, il partit en arrière dans l'escalier en battant vigoureusement des bras pour essayer de retrouver son équilibre. Il finit par atterrir sur le dos.

– Désolé, mon pote ! fit McCauseland en se penchant sur lui pour l'aider. Je ne regardais pas où j'allais… Oh, monsieur Purvis, je suis désolé.

– Espèce d'abruti ! Qu'est-ce qui ne va pas chez vous ? – Purvis repoussa l'aide de McCauseland et se servit de la rampe pour se relever avant de poursuivre sa route, jetant un regard à McCauseland par-dessus son épaule.

À l'intérieur, il appuya sur le bouton de l'ascenseur qui se mit à descendre en s'arrêtant à chaque étage.

– C'est quoi ce… ? Quel est le clown qui a appuyé sur tous les boutons ?

L'ascenseur finit par le conduire au cinquième, il s'engagea dans le couloir, ouvrit la porte de son bureau et vit tout de suite son portable posé sur sa table. Il le récupéra et s'apprêtait à repartir quand il s'arrêta net.

Quelque chose. Quoi? Il observa attentivement la pièce. Tout avait l'air en place. Pourtant… Quoi ? Quelque chose n'était *pas* à sa place, mais il n'arrivait pas à mettre le doigt dessus. Il huma l'air, comme un loup en chasse. L'atmosphère avait été perturbée d'une manière ou d'une autre. Il avisa la photocopieuse. *Quoi ?* Il s'approcha, posa la main dessus. Son visage se crispa.

Chaude… ?

36

> Rejoindre une église, c'est comme rejoindre un club secret ; et vous en apprenez les règles après l'avoir rejointe. La première règle de l'église était : ne posez jamais de question sur ce que vous avez rejoint.
>
> Stephen White, *Higher Authority*

Murmure. Un chant qui s'élève et retombe. Hypnotique. Pas grégorien. Belfastois. De vieux hommes. De vieilles femmes. De vieilles âmes. Des têtes humblement courbées. En quête de rédemption, de pardon, d'assurance, de réponses. Un chèque en blanc en retour de leur inébranlable foi en l'inconnu.

Deux jours après avoir forcé une porte dans son propre commissariat, Harry se tenait au fond de l'église, camouflé par l'ombre des vieux piliers de marbre. Il n'était pas venu chercher le pardon pour ses peccadilles, mais bien pour un rendez-vous de boulot, le déjeuner en moins. Sous le bras, il serrait une épaisse chemise en carton fermée par un ruban noir.

Presbytérien pas à sa place mais à l'aise dans ses baskets, ce n'était pas la première fois qu'il foulait le sol sacré catholique. Différentes raisons l'avaient déjà mené là – parfois pour un détail à régler, parfois pour rechercher en secret quelque chose d'autre que la personne qu'il surveillait clandestinement.

Il observait un Conor O'Neill agenouillé quelques rangées plus bas, apparemment perdu dans la prière ou la contemplation, quand soudain toute la congrégation se leva comme un seul homme, ils se désassemblaient, quelques-uns s'asseyaient, d'autres s'avançaient lentement vers le prêtre qui distribuait les hosties de la Sainte Communion.

Une jeune femme, très jolie, habillée de façon classique, se leva à côté de Harry, la tête penchée, les mains jointes. Elle portait des gants de soie noirs d'un autre temps, et un petit sac à main assorti.

Harry pouvait capter la moindre fragrance de son parfum et, pour une raison quelconque, cela le troublait, comme s'il avait brisé quelque obscur canon de sainteté religieuse.

Quelques minutes plus tard, le prêtre donna sa bénédiction finale, et la congrégation commença à se diriger lentement vers la pluie froide du matin.

Harry essayait de suivre Conor, mais les mouvements de la foule rendaient l'opération presque impossible. Il tenta de rejoindre le flux.

– Je crois que vous feriez mieux de rester où vous êtes, suggéra la jeune femme d'une voix aussi ferme que calme, en empêchant Harry d'avancer.

– Ne soyez pas stupide. Dégagez de là avant d'avoir des ennuis, fit Harry, agacé mais désireux de ne pas faire d'esclandre.

La jeune femme ne bougea pas d'un pouce.

– Vous savez qui je suis ? – Harry pouvait sentir son visage s'échauffer.

– Oui, je le sais. C'est bien pourquoi je vous le demande gentiment, mais ce sera la seule fois. – Elle tenait un petit pistolet aussi noir que ses gants, ce qui le rendait presque invisible. – Ne vous faites aucune illusion. Je m'en servirai si c'est nécessaire, église ou pas église.

– Je n'en doute pas une seconde. – Harry resta tranquille pendant qu'elle le fouillait, très professionnellement, ce qui le fit rougir encore un peu plus.

– Vous avez le touché délicat d'une femme flic, dit-il, sarcastique.

– Je parie que vous en connaissez un rayon. – La jeune femme désigna une rangée de bancs plus loin. – Conor vous attend.

Énervé, Harry changea de place pour aller s'asseoir directement derrière Conor, mais la jeune femme secoua négativement la tête et désigna la rangée en face de Conor. Un Harry pas franchement ravi fit ce qu'on lui demandait et s'assit.

– Maintenant, c'est toi le chauffeur du grand bus, Thompson, sourit Conor.

– Essayer de te voir, c'est un peu comme obtenir une foutue audience avec le pape.

– Surveille ton langage, s'il te plaît, dit Conor en souriant encore plus largement. Montre un peu de respect.

– Un flingue dans une église. C'est respectueux, ça ?

– J'appelle ça une précaution. De toute façon, il avait été béni par le petit curé qui a dit la messe.

– C'est sûr qu'il sait comment prolonger un sermon. J'ai cru que ça ne finirait jamais.

– La brièveté n'a jamais été son fort, et il a tendance à faire déborder l'encens, mais on peut accumuler des bons points supplémentaires pour le purgatoire quand il dit la messe.

– En fait, l'odeur d'encens qu'il a répandue rend l'attente plus agréable. Presque apaisante. Je crois que si on en lâchait une tonne sur Belfast, ça ferait du bien à tout le monde.

– Pour les catholiques, l'encens c'est un peu comme l'herbe à chats pour les matous. Je pourrais te raconter une histoire sur un jésuite américain que nous avons reçu un jour. Un adepte du Flower Power, à l'époque. Il n'était pas contre ajouter un peu de marijuana dans l'encensoir, histoire de porter partout la bonne parole, pour ainsi dire. La congrégation a cru qu'elle était morte et partie au paradis, les vieillards se tenaient debout sans cannes ni déambulateurs.

Conor quitta son banc et vint s'asseoir à côté de Harry.

– Je suis sûr que tu ne m'as pas fait venir pour discuter des mystères de l'encens. L'intermédiaire a dit que c'était urgent. La dernière fois qu'il a employé le mot, c'était il y a quatre ans, si ma mémoire est bonne.

– Je suis venu te payer enfin ma dette, dit Harry.

– Tu ne me dois rien, je te l'ai déjà dit. Je ne faisais que mon devoir en tant que membre des Ambulances Saint-Jean. Oublie ça.

– Je n'aime pas être redevable. Je te l'ai déjà dit, mais je vais quand même garder ton Saint-Christophe. – Il tendit à Conor le dossier qu'il trimballait. – Tu m'as sauvé la vie, pour cela je te serai toujours reconnaissant, mais ceci y met fin. L'ardoise est maintenant effacée. Payée intégralement.

– Est-ce que je dois l'ouvrir ici ?

– Ce serait mieux dans un lieu un peu plus privé. Tu serais surpris des endroits où ils placent des micros et des agents doubles de nos jours. – C'était au tour de Harry de sourire d'un air entendu. Il se leva. Se dégagea du banc. – Il y a une chose que j'ai toujours voulu te demander, O'Neill. Si tu avais su que j'étais un flic en civil en train de t'espionner, ce jour-là, est-ce que tu m'aurais quand même sauvé la vie ?

Conor resta longtemps sans rien dire, le regard fixé sur Harry avant de répondre.

– La vérité, c'est que je me suis longtemps posé la même question. – Il désigna la porte. – Maintenant, je pense que notre rencontre est terminée, Thompson. Passe une bonne journée.

37

Roy Parker : "Tu ne me tuerais quand même pas de sang-froid, n'est-ce pas ?"
Cody Jarrett : "Non. Je te laisserai réchauffer un peu."
Dans *L'Enfer est à lui*

Près d'une semaine plus tard, Seamus Nolan ferma son nécessaire de voyage avant de jeter un dernier coup d'œil sur l'endroit qui lui avait dernièrement servi de foyer. Il appartenait à un sympathisant qui l'avait autorisé à y rester jusqu'à ce que le coup de chaud provoqué par la mort des Madden se soit un peu calmé.

Il était euphorique. Après des années passées dans l'ombre de Conor O'Neill, c'était enfin son moment. Il allait être promu dans l'élite de la hiérarchie de la Fraternité au QG, à Dublin, le lendemain après-midi.

Le message crypté ne lui était parvenu qu'hier, mais c'était un message qu'il avait anticipé depuis longtemps. Il avait hâte de voir la bobine de O'Neill quand il reviendrait à Belfast pour lui dire que ses jours de leader étaient terminés. Et par la suite, il aurait d'autres projets pour O'Neill. Des projets de revanche.

Le son d'un klaxon de voiture se fit entendre. Il entrouvrit les rideaux. Dehors, il faisait noir comme dans un four et il pleuvait à seaux. Il fit signe qu'il n'en avait que pour une minute, ouvrit son portefeuille pour vérifier une énième fois sa nouvelle identité. Tout avait l'air pour le mieux. Il espérait ne pas en avoir besoin, mais deux précautions valent mieux qu'une. Il remit la carte dans son portefeuille, ouvrit la porte et sortit sous la pluie battante.

D'habitude, il n'aimait pas la pluie. Elle le déprimait. Mais pas cette nuit. Cette nuit, il l'avait décidé, rien ne pourrait le faire flipper. Puis il ouvrit la porte de la voiture et constata qu'il s'était gouré.

– Ça va, Sean ? Quelle nuit épouvantable, hein ? dit Billy Butler avec un enthousiasme démenti par le demi-sourire sur son visage bien peu enthousiaste.

Nolan grogna quelque chose avant de caser sa masse dans la voiture.

– J'ai mis le chauffage à fond, Seamus, si tu veux autre chose, dis-le-moi, dit Billy en tendant la main pour mettre la radio.

– Pourquoi pas le silence jusqu'à Dublin ?

La main de Billy s'arrêta à mi-parcours et revint sagement sur le volant.

Il fallait normalement moins de deux heures pour aller à Dublin, mais ce trajet-ci serait plus long en raison de toutes les petites routes aussi défoncées que clandestines qu'il faudrait emprunter, or il était primordial pour Nolan d'arriver à Dublin en toute sécurité, surtout maintenant qu'il était sur le point d'accomplir son destin.

À mi-chemin, son euphorie commença à faiblir. La conduite chaotique de son clown de chauffeur lui portait sur les nerfs. On aurait dit qu'il visait les bosses et les nids-de-poule comme pour gagner des points dans un jeu d'arcade.

– Putain de merde ! – Le dernière bosse avait envoyé Nolan faire un aller-retour au plafond comme une marionnette aux cordes emmêlées. – Où est-ce que tu as appris à conduire ?

– Désolé… désolé. Je fais de mon mieux sur ces soi-disant routes. Et la pluie n'aide pas. J'essaye de passer en…

– Contente-toi de nous amener à destination… en un seul morceau.

– Oui, Seamus. Je vais m'assurer que…

Sans prévenir, Billy pila et la voiture partit en dérapage dans la boue pour finir par s'arrêter dans un fouillis d'épineux et de souches d'arbre à moitié déracinées. Une branche s'écrasa sur la fenêtre, manquant de peu le visage de Nolan.

– Espèce d'enfoiré de cinglé! Je vais m'assurer que tu ne...

– Juste devant, Seamus, chuchota Billy, terrifié, en désignant un panneau.

HALTE!
CONTRÔLE DE POLICE

– Qu'est-ce qu'on fait, Seamus?

Nolan passa immédiatement en mode survie. Sans prendre le temps de répondre à Billy, il se jeta sur la portière. Elle était bloquée par une énorme souche. Il glissa vers l'autre portière et l'ouvrit. Un rideau de pluie lui fouetta le visage, lui coupant presque le souffle.

– On se sépare. Ça créera de la confusion. File par là, dit Nolan. N'oublie pas, s'ils te chopent, tu dis que dalle. Mets-toi bien ça dans le crâne. Pigé?

Billy, pétrifié, hocha la tête avant de sortir de la voiture et de foncer dans la direction indiquée.

Désorienté par l'obscurité rendue encore plus épaisse par une pluie battante, la boussole naturelle de Nolan le guida vers le bas, où brillaient au loin des lumières indiquant des habitations.

Derrière lui, des voix lui criaient de s'arrêter, mais il continua de courir. Un coup de feu retentit. Puis un autre. Il accéléra.

Les lumières en contrebas se firent plus brillantes. Des phares de voiture. Une petite route. Il commençait à se sentir étourdi, il avait besoin de s'arrêter, de reprendre son souffle, mais son instinct de survie l'incitait à continuer. S'arrêter maintenant serait un désastre.

Il lui fallut vingt longues minutes pleines de tension pour enfin atteindre la terre ferme, à l'arrière d'une maison en ruine. Il était dans un sale état, couvert de boue et de merdes de toutes sortes. Il se sentait aussi mal qu'il en avait l'air. S'il pouvait mettre la main sur un moyen de transport quelconque, il aurait une chance de s'en tirer.

– Vas-y. Fais un seul geste et tu iras rejoindre ton pote, siffla un flic dégoulinant de pluie en pressant son arme sur la tempe de Nolan.

D'autres flics émergèrent aussitôt, le firent tomber au sol et lui enfoncèrent le visage dans le gravier gorgé d'eau. On lui passa les menottes très serrées, entaillant la peau de ses poignets. On lui administra de vigoureux coups de botte un peu partout.

– On voulait que tu profites de cette petite balade dans les collines avant de te choper, ricana le flic. – Il avait une énorme moustache et son ricanement le faisait ressembler au Chat du Cheshire. – Maintenant debout, enfoiré !

On le mit sur ses pieds et il reçut encore quelques gifles.

– Alors, on fuit la police, ça veut dire quoi ? – Moustache le fouilla, trouva le portefeuille, en sortit le faux permis de conduire et le lut. – Peter Johnson ? Eh bien, Johnson, pourquoi tu te débinais ?

Nolan, regardant avec défi Moustache droit dans les yeux, restait silencieux.

– Un gros dur, hein ? On va voir si tu le seras autant dans quelques minutes.

Ils l'embarquèrent à l'arrière d'un des véhicules.

Bien que ses chances soient plus que minces, Nolan commençait à reprendre du poil de la bête. Il n'était pas encore battu, du moins pas mentalement, et ce qui comptait quand on en arrivait à l'interrogatoire, c'était bien l'endurance mentale. Il lui restait une carte dans sa manche. Un joker, certes, mais qui pouvait se révéler gagnant s'il le jouait correctement.

La voiture escaladait la colline à coups de virages serrés. Il entendait les deux flics de devant chuchoter à propos de quelque chose *tiré dans le dos, mort.*

– Fermez-la devant, dit Moustache, assis à côté de Nolan. J'entends tout ce que vous dites.

– Désolé, monsieur, marmonna le chauffeur. Le silence se fit à nouveau.

Ils passèrent devant la voiture de Billy, arrêtée de travers sur la colline. Des gyrophares éclairaient toute la zone. Plus loin, des flics se pressaient autour d'une forme couverte.

La voiture s'arrêta et Nolan fut tiré à l'extérieur et balancé sur le sol boueux.

– Ton pote a eu du pot, dit Moustache en désignant le corps recouvert. C'en est fini pour lui, mais pas pour toi, monsieur Nolan. Oh, on dirait que ça t'étonne, gros dur ? On était au courant de ton petit voyage ; on t'a suivi tout le long depuis Belfast.

Les traits de Nolan se crispèrent légèrement, et se détendirent presque aussitôt.

– Est-ce que le nom de Sandy Martin te dit quelque chose ? demanda Moustache.

Nolan ne répondit pas, mais son regard, ne serait-ce qu'une fraction de seconde, sembla déraper vers ailleurs.

– Laisse-moi t'aider. C'était un flic, comme moi. Il avait ses défauts, comme nous tous, mais c'était un brave type. Un père de famille. Il a été tué il y a une dizaine d'années, en même temps que trois autres agents de police. Une balle dans la nuque, de nuit, dans un endroit paumé – un peu comme celui-ci –, pendant que sa femme et ses trois enfants l'attendaient à la maison. – La voix de Moustache se chargeait d'émotion. – Tu vois, c'était un jour spécial pour Sandy. Son anniversaire. J'étais là moi aussi, avec la famille, à attendre qu'il rentre à la maison. Sandy était mon grand frère. Il s'est toujours occupé de moi quand j'étais gamin. Tu l'as assassiné, abattu comme un chien dans un caniveau.

Les traits de Nolan passèrent de la suffisance à une espèce d'horreur intérieure ; une horreur sur le point de lui apparaître pour la première fois de sa vie.

Les autres flics regardaient la scène de loin, hésitants, peu désireux d'être impliqués dans ce qui risquait d'arriver par cette nuit glaciale, quoi que ce fût.

Moustache sortit son flingue de son holster et le braqua sur Nolan.

– À genoux, comme tu les as fait s'agenouiller tous les quatre cette nuit-là.

Nolan s'agenouilla lentement. Paralysé de trouille. La bouche ouverte. Il avait du mal à former ses mots.

– Si vous me tuez… vous allez commettre… la plus grosse faute… de votre vie.

– Dix ans d'attente valent bien quelques fautes. On est en train de construire un poulailler sur le trou dans lequel je vais te fourrer. C'est assez poétique comme justice, non ? – Il arma son arme et pressa le canon sur la nuque de Nolan. – Retourne en enfer, d'où tu n'aurais jamais dû sortir.

– Je travaille pour le MI5 ! Je suis leur agent numéro un. On a investi en moi des années et des millions de livres. Réfléchis, mec. Pour l'amour de Dieu, réfléchis !

– J'en ai rien à foutre de réfléchir. Va te faire foutre, toi et ton MI5. Je fais ça pour Sandy et les trois autres.

– Gordon Purvis ! C'est mon officier traitant. Si vous me tuez… il… il vous traquera jusqu'à ce qu'il vous trouve.

Le nom redouté de Purvis semblait faire hésiter Moustache. Les autres flics se regardaient, encore plus hésitants, et se mirent à parler entre eux.

– Tu crois que tu peux échapper à Purvis ? fit Nolan en enfonçant le clou. Personne ne peut échapper à Purvis !

Vous le connaissez tous de réputation. Quelqu'un finira bien par parler. Il te tuera ! Il vous tuera tous !

Soudain, un des flics attrapa Moustache par le bras.

– Il faut y réfléchir à deux fois, Ian.

– Qu'est-ce qu'il y a à réfléchir ? Et tous les meurtres qu'il a commis ! On devrait y réfléchir aussi ? Et Sandy et les autres ? Vous voulez juste que je les oublie ?

– On veut tous la justice, Ian, mais suppose qu'il dise la vérité sur Purvis. Aucun d'entre nous n'a envie d'avoir de problème avec ce cinglé.

– Appelez Purvis, hurla Nolan. J'ai son numéro privé. Ne faites rien que vous puissiez regretter !

– Ça ne peut pas faire de mal, Ian. Appelons le numéro. Faisons ce qu'il faut faire. Si cet enfoiré ment, je te jure que je creuserai moi-même sa tombe.

38

> Il n'y a de la place que pour un héros dans cette histoire... et tout le monde sait que le diable ne peut pas être le gentil.
>
> Joe Hill, *Cornes*

L'obscurité enveloppait Nolan comme un vêtement trop serré. Pas un costume ni un manteau – plutôt comme une camisole de force.

La dernière chose dont il se souvenait, c'était le coup violent que Moustache lui avait asséné sur la tête, jusqu'à ce que les ténèbres tombent et l'emportent sur le tapis volant d'un bienheureux oubli.

Sa vieille blessure à la tête s'était rouverte, mais il ne pouvait pas vraiment se plaindre. C'était peu cher payer le fait d'avoir flingué le frère de Moustache, des années auparavant.

Il voulut toucher la blessure, mais sa main droite refusa de lui obéir. Il essaya la gauche, avec le même résultat. Il tenta de parler, mais rien ne vint. Bizarrement, il ne sentait aucune douleur, même s'il savait que cette foutue blessure aurait dû le lancer affreusement.

D'un seul coup, une lumière aveuglante vint chasser les ténèbres. On aurait dit que quelqu'un lui avait balancé de l'eau de Javel dans les yeux. Instinctivement, il ferma les paupières.

– Je vais te donner quelques secondes pour t'orienter et t'acclimater, dit Rasharkin. Je te filerai un peu de kétamine pour calmer la douleur. Ça t'aidera à rester calme, jusqu'à ce que je n'aie plus besoin que tu sois calme...

39

Les agents du diable peuvent être de chair et de sang, n'est-ce pas ?

Arthur Conan Doyle, *Le Chien des Baskerville*

Le soleil était de sortie et brillait sur le banc de Cat Garden où Conor et Rasharkin étaient assis. Au loin, de luxueux paquebots glissaient dans le port de Belfast. À proximité, des gamins avaient sorti vélos et skateboards, et jouaient sans le moindre souci en ce samedi matin.

– J'ai inscrit tous les faits que Nolan a confessés, y compris la liste de ses victimes, dit Rasharkin d'un ton posé en tendant une enveloppe à Conor. J'ai aussi relevé le nom de tous les gens dont il avait l'intention de s'occuper quand l'opportunité se présenterait. Le vôtre est en première ligne.

Conor hocha nonchalamment la tête et tira une bouffée de sa pipe, laissant la fumée envelopper son visage, avant de la chasser d'un revers de la main.

– Combien de temps avant qu'il craque ?

– C'est surprenant, mais pour un homme de sa réputation, c'est arrivé assez vite. C'était pas Jim McCabe. Je pense qu'il s'était résigné à ce qui allait lui arriver.

– Il méritait tout ce qui lui est arrivé – et plus encore.

– Il a eu un moment de vanité comique quand je l'ai traité d'indic. Il en a pris ombrage et m'a répondu qu'il n'était pas un simple indic, mais un "agent d'influence".

Conor pouffa.

– C'est un titre pompeux pour un vulgaire traître. Mon grand-père disait toujours qu'un rat reste un rat, même quand il porte des chaussettes en soie et un joli chapeau.

– Son officier traitant était un flic du nom de Gordon Purvis. Il était dedans jusqu'au cou avec Nolan. Vous connaissez Purvis ?

– Un salopard complètement dérangé. Comme Nolan, il tuerait quiconque se mettrait sur sa route. Purvis était membre d'un gang de meurtriers loyalistes, le Glenanne Gang. Il était constitué de membres du RUC, de l'UDR*, et d'un ramassis de pédophiles violents. Il y a des années, Purvis a été soupçonné du meurtre d'un vieux flic, Tommy Montgomery, simplement parce qu'il était catholique. La Fraternité a été accusée du crime, bien sûr, puisque nous considérions les flics comme des cibles légitimes. Les autres flics ne s'y sont jamais vraiment intéressés, sauf un seul, Harry Thompson.

– Je pourrais peut-être rendre une petite visite à ce monsieur Purvis ? Il m'a tout l'air d'être le genre de personne avec qui j'aimerais m'asseoir et lier connaissance.

– Je suis tenté de te donner le feu vert, mais j'ai le sentiment que Thompson a d'autres projets pour Purvis. Je ne crois pas qu'il apprécierait qu'on s'en mêle. Du moins, pas pour le moment…

– Comme convenu, le corps de Nolan a été brûlé et ses cendres dispersées au vent.

– Est-ce que… il a dit quoi que ce soit sur Michael Harrison ?

Rasharkin hocha la tête.

– Je suis désolé, il figure dans la liste des victimes.

Conor perdit quelques instants son sang-froid. Son visage sembla s'affaisser de l'intérieur.

– Ça va, Conor ?

---

* Royal Ulster Constabulary, émanation de la police royale irlandaise, et Ulster Defence Regiment, régiment de l'armée britannique, composé uniquement de ressortissants d'Irlande du Nord.

– Oui…

– J'ai aussi mentionné les endroits que Nolan avait mis sur écoute sur instructions de Purvis, y compris le restaurant où vous aviez vos réunions. C'est là qu'il a découvert le nom de Doc Holliday, le pseudonyme de Boyd.

Conor eut l'air penaud.

– La faute m'en revient intégralement. J'étais le mieux placé pour savoir qu'on ne parle jamais affaires dans un endroit confiné, pas même un murmure. Je me dégoûte de ne pas suivre ce que je prêche habituellement aux autres.

– Pour parler de choses plus agréables, j'ai pu récupérer l'argent qu'il avait volé en tuant les Madden. Ce qui signifie que la plus grande partie est maintenant sur votre compte, à l'exception des premières pertes et de mes honoraires.

– Je ne pourrai jamais assez te remercier pour ce que tu as fait, Rasharkin.

– Vous l'avez déjà fait, de plus j'apprécie le bonus que vous y avez ajouté.

– Bien gagné, mon ami. Bien gagné.

Rasharkin se leva, tendit une main que Conor serra en souriant.

– Fais gaffe à toi.

– C'est ce que je fais toujours, Conor. Prenez soin de vous.

Conor regarda Rasharkin se diriger, sans jamais se retourner, vers les marches de vieilles pierres qui menaient à sa voiture.

Conor resta un bon moment assis à fumer et à réfléchir, les yeux fermés. Il sentait les odeurs de cuisine monter du restaurant Cellar, juste derrière lui. À n'importe quel autre moment, il y aurait fait un saut pour y prendre un thé avec une tartine de confiture, mais il n'avait pas le cœur à ça ce matin. Il avait des choses à faire. Des choses déplaisantes qu'il n'avait pas la moindre envie de faire, en particulier dire à Fiona Harrison qu'il l'avait laissée tomber quand elle avait le plus besoin de lui, quand son fils avait besoin de lui.

– Ça va, Conor? demanda une voix.

Il ouvrit les yeux. Billy Butler le regardait d'un œil inquiet.

– Ça ne doit pas être le cas, vu que tu es la deuxième personne à me demander ça en moins de cinq minutes, dit-il en se forçant à sourire. Je vais bien, Billy. C'est gentil de ta part d'y penser.

– Il fait un temps délicieux, n'est-ce pas? dit Billy en s'asseyant et en répondant à sa propre question, comme les habitants de Belfast ont tendance à le faire.

Conor tira une longue bouffée de sa pipe et laissa échapper la fumée par un coin de sa bouche.

– Tu as fait un super boulot sur la route de Dublin.

– Merci, Conor, fit-il en rougissant de fierté. Venant de vous, c'est un vrai compliment. Merci d'avoir eu confiance en moi, même si mon boulot a surtout consisté à faire le mort.

– Je n'ai jamais eu le moindre doute sur tes compétences ni sur ta loyauté à la cause. Les autres gars ont aussi fait un boulot magnifique.

– Ils étaient tous très convaincants en bourrins. Je parie qu'aucun n'aurait imaginé se retrouver un jour en uniforme des services de police d'Irlande du Nord. Pour être honnête avec vous, je haïssais Nolan autant que j'en avais la trouille, mais je n'aurais jamais cru que c'était un indic.

– C'est bien ça qui en faisait un très bon. Personne ne le suspectait. Malheureusement, à en juger par les infos recueillies pendant son interrogatoire, je doute fort qu'il soit le dernier à qui nous ayons à faire face.

Il tapa sa pipe sur le bord du banc, nettoya le fourneau et se leva.

– Il est temps de partir. Il faut que tu me conduises chez Fiona Harrison…

40

J'ai une passion secrète pour la miséricorde.
Mais la justice, c'est ce qui arrive aux gens.
Ross Macdonald, *Un regard d'adieu*

La vieille cantine au sous-sol du commissariat, longtemps vacante en raison des coupes budgétaires, avait été sommairement retapée d'une couche de peinture et d'un coup de torchon sur les vitres. Au milieu, deux longues tables de bois présentaient toutes sortes de boissons, quelques sandwichs mollassons et un gâteau dont la date limite de fraîcheur était passée depuis un bail.

Une assemblée de bannières disparates proclamant "Bonne retraite Harry" pendouillaient du plafond en compagnie d'affiches portant la mention "Wanted" représentant Harry doté de pilosités faciales différentes selon les années. Une petite clique d'amis s'était assemblée pour faire ses adieux.

– T'es sûr de ne pas vouloir boire un coup, Harry ? proposa McCauseland d'une voix légèrement empâtée, un verre plein de whisky dans une main et un sandwich à moitié mangé dans l'autre. Il n'était pas vraiment saoul, mais plus très loin.

– Non merci, Bill. Je rentre en voiture. – Il désigna le verre de jus d'orange sur la table, à côté de lui. – J'espère être parti d'ici une heure, ou même moins, si je peux filer sans être vu. Elaine m'emmène dîner en ville pour célébrer le début de notre vie civile.

– Je crois que je ne vais pas tarder à te suivre, au sens propre comme au figuré. Mes jours seront comptés après ton départ. – Il avait l'air abattu. Il descendit son verre d'une seule gorgée.

– Ne sois pas si pessimiste, Bill. Tu es vraiment un bon policier. Ils ont besoin de bons policiers expérimentés. Ils auront toujours besoin de bons policiers.

– Ne me fais pas rire. Il y a une sacrée différence entre ce qu'ils veulent et ce dont ils ont besoin. Tu le sais parfaitement, c'est tout Relations publiques et compagnie maintenant. Ils veulent des lèche-culs et des flics pour affiches, comme ce con là-bas. Il se prend pour un vrai flic. Regarde un peu comme il se tient, on dirait Clint Eastwood. – D'un coup de menton, McCauseland désigna Jeffrey Kerr, debout près de la porte, les poings sur les hanches, suffisant comme un pou. – Putain, s'il était en chocolat, il se lécherait à mort quand il ne lèche pas le cul de McCafferty. En parlant de ce crétin de McCafferty, on dirait qu'il ne va pas se pointer.

– Merci mon Dieu pour ta miséricorde. Il est à Londres, à une sorte de convention, en train d'exhiber ses avantages et de planquer ses faiblesses. Je t'ai montré ce qu'il m'a offert en guise de cadeau de départ ?

– Ce crétin de radin t'a vraiment offert quelque chose ?

Harry se retourna pour fouiller dans une poubelle à moitié pleine de bouts de gâteau, de sandwichs ramollis et de serviettes en papier. Il en retira une photo encadrée de McCafferty, souriant comme un croque-mort devant un massacre, les épaules décorées de cuivre.

– Il a même eu le culot de la dédicacer à "*mon grand ami, Harry*". Et moi qui pensais pendant toutes ces années qu'il n'avait aucun sens de l'humour !

Il se retourna pour la balancer de nouveau dans la poubelle.

– Non, ne fais pas ça ! Je vais la prendre pour m'entraîner aux fléchettes. Laisse-la juste sur la table. Je la récupérerai en partant.

Harry laissa la photo sur la table. Il regarda sa montre avant d'éternuer bruyamment. Il sortit un mouchoir de sa poche.

– J'espère que je n'ai pas chopé un rhume de cerveau. J'arrête pas d'éternuer.
– Un whisky chaud te remettrait d'aplomb.
– Arrête de me tenter.
– Ben moi je suis sacrément sûr que j'en veux un, et je me fous qu'il soit chaud ou froid pourvu qu'il soit mouillé.
– Vas-y et fais-toi plaisir avant qu'il n'y ait plus de gnôle.
– T'es sûr ?
– Bien sûr que je suis sûr.
– Tu connais la meilleure façon de boire le whisky ?
– Dis-moi.
– Tu le mets dans un verre. Et tu bois !
Ils éclatèrent tous les deux de rire.
– Écoute, si je ne te vois pas avant que tu files en douce, je t'appellerai demain. – Il le prit dans ses bras, le serra, avant de l'embrasser sur la joue gauche. – J'ai été heureux de t'avoir comme boss et comme meilleur ami.
– Pourquoi *été* ? Tu m'auras toujours demain comme meilleur ami, si toutefois tu arrives à te décoller de moi là tout de suite.
– Désolé, mon pote… – McCauseland, légèrement embarrassé, se dégagea et, à la grande surprise de Harry, le dur à cuire avait les yeux pleins de larmes. Il s'éloigna en direction de la table à gnôle.
Harry regarda sa montre, avant de laisser traîner son regard autour de la pièce, histoire de repérer la meilleure voie de retrait.
– Monsieur ? fit une voix derrière lui.
Il se retourna. C'était Kerr.
Oh, seigneur non. Pas maintenant.
– Salut, Kerr. Tout va bien ?
– Oui, monsieur.
– Tu n'as rien à boire ?

– Je ne bois pas, monsieur. De plus, je suis le seul ici qui sois en service. – Il écarta légèrement sa veste pour laisser voir une arme dans son holster. – C'est moi qui garde le fort, pour ainsi dire.

Dieu nous garde.

– C'est bien.

– Je voulais juste dire que ce fut un honneur de servir sous vos ordres, monsieur.

– Eh bien... merci. J'apprécie vraiment... ton enthousiasme et ton travail.

– J'ai beaucoup appris sous vos ordres.

Harry ne savait pas très bien si Kerr était condescendant ou sincère. Il choisit la dernière option.

– Tu feras un excellent inspecteur. Prends ton temps, n'essaye pas de forcer.

– Merci, monsieur ! Je prends note de vos encouragements.

Harry éternua à nouveau. Il sortit son mouchoir. Se moucha le nez en regardant discrètement sa montre. *Merde ! Je devrais être parti !*

– Si ce n'est pas trop présomptueux de ma part, monsieur, avez-vous déjà pensé à écrire un livre ? Beaucoup de gens seraient fascinés par votre vie dans la police.

Harry ne savait à nouveau plus si Kerr était sincère. Cette fois, il décida que non.

– Arrête de me lécher le cul, je préfère avoir la raie au sec. Garde ces conneries pour McCafferty. – Sans un mot ni un regard de plus, Harry sortit en coup de vent. Il se dirigea vers les toilettes, obliqua résolument sur la gauche et fila vers les escaliers, vers la liberté.

Dehors, il laissa l'air froid lui envahir le visage et chasser de ses narines l'air confiné de la cantine.

Ah, ça fait du bien... Il tourna le coin de l'immeuble, en direction de sa voiture qui l'attendait, tel un fidèle destrier.

Avant de l'atteindre, il jeta un dernier regard nostalgique au vieux bâtiment, niché dans ses ombres et ses secrets. C'était devenu une partie de sa vie, de son âme. Merde, il y avait passé plus de temps que chez lui. *J'ai horreur de l'admettre, ma vieille, mais tu vas me manquer, malgré toutes les foutaises.*

Il s'installa confortablement dans sa voiture. Mit un CD. L'Intermezzo de Brahms op. 118 en *la* majeur, et se sentit aussitôt submergé par la mélancolie. Il soupira, pensa à Elaine, ce qui l'amena à sourire un peu tristement. Il songea à l'appeler, mais se dit qu'il serait chez lui à temps.

Le canon d'un flingue se posa sur son cou, avant de se déplacer lentement derrière son oreille. Dans le rétroviseur, des yeux de requin le regardaient comme s'il était une proie sur le point d'être bouffée.

– Je ne savais pas que tu aimais la musique classique, Thompson. Je t'avais toujours pris pour un fan de country & western, dit Purvis. Désolé d'avoir manqué ton pot de départ, mais je me suis dit que ce serait plus personnel si je te surprenais dans ta voiture.

Harry continua à fixer les yeux, sans rien dire. Il se sentait curieusement détaché. La musique de Brahms envahissait la voiture, elle semblait le calmer.

– Ne sois pas stupide, Purvis. Si tu me descends, tu ne t'en sortiras jamais.

– Ah bon ? Tu t'es bien sorti du meurtre de Seamus Nolan, ou du moins c'est ce que tu crois.

– Quoi ? Je ne sais pas de quoi tu parles.

– Bien sûr que tu ne sais pas. Tu n'as pas eu à appuyer sur la détente, mais tu l'as tué aussi sûrement que si tu l'avais fait. Tu crois que je ne sais pas que tu as forcé la porte de mon bureau et celle de mon coffre ? Tu as même eu les couilles de te servir de mon photocopieur, il était encore chaud quand je suis revenu chercher mon téléphone. Ah, on y est, une petite crispation de ta joue, un aveu de culpabilité !

– Tu as perdu la boule. Dégage de ma voiture et on n'en parle plus. Tu es saoul.

– Et cette tentative ridicule de ton pote McCauseland pour me faire perdre du temps. Dommage que tu n'aies pas essuyé tes empreintes. Tu aurais pu t'en tirer. L'ironie du truc – même si tu portais des gants, c'est qu'ils laissent toujours une empreinte vierge, l'empreinte de trois doigts.

Purvis se mit à rire comme s'il venait de sortir la meilleure blague du monde.

– Pris par ta propre main, ou plutôt, par tes doigts !

– Tu es fou, Purvis. Malade. Tu ne sais pas ce que tu dis. Écoute, tu n'as pas besoin de faire ça. Tu peux encore t'en tirer.

– Avant que tu partes pour où le diable t'emmène, je veux juste que tu saches que j'ai bien tué Montgomery. Probablement un des meurtres les plus jouissifs que j'aie commis. Il suppliait comme un sale chien de papiste, il chialait tout ce qu'il pouvait. Je lui ai d'abord tiré dans la bouche, juste pour qu'il la ferme. Ensuite dans les yeux – ses yeux de catho sournois.

Harry n'avait pas bronché. Il pensait à Elaine ; il sentait son souffle ralentir jusqu'à un néant presque engourdi d'acquiescement. L'instant omega de sa vie était arrivé.

– Tu vois, la différence entre les protestants et les cathos, Thompson ? On ne supplie pas et on ne pleure pas quand on affronte la mort. Tu peux être fier de toi.

– Pose cette arme, Purvis.

Harry ne savait pas d'où ces mots sortaient, mais il se les répéta encore et encore dans la tête, comme s'ils pouvaient venir à bout du Mal.

Pose cette arme ! Pose cette arme !

Une détonation, puis du sang. Beaucoup de sang, aveuglant Harry, lui piquant les yeux. Il n'entendait plus Brahms ; n'entendait plus rien du tout, un côté de son visage n'était plus qu'un goulasch de cervelle et d'os broyés. Le tout si soudain. Si violemment soudain.

Sieur... sieur... ça... ça... va... va... va...

– Ça va, monsieur ?

Kerr le fixait, un pistolet dans la main, encore pointé sur Purvis, affalé sur le siège arrière et à qui il manquait la moitié de la tête.

– Qu'est-ce... qu'est-ce qui s'est passé ? Où... ? – Il sentait un picotement lui parcourir la peau. Quelque chose de terrible était arrivé. Suivi par quelque chose de merveilleux. Des larmes commençaient à se former dans ses yeux. Il les essuya, étalant le sang de Purvis sur son visage.

– Tout va bien, monsieur ? C'est moi, Kerr. J'ai crié à Purvis de poser son arme, mais il ne l'a pas fait. J'ai eu peur qu'il vous descende, alors j'ai tiré le premier. Purvis ne m'a laissé aucune autre option. Vous en êtes témoin, monsieur.

Harry le regarda. Jeune, enthousiaste, déterminé. La main qui tenait l'arme ne tremblait pas. Ni peur ni doute.

– Je... Merci, Kerr. Tu m'as sauvé la vie... Merci.

– J'aurais préféré qu'il pose son arme. Je ne voulais pas le tuer.

Il y avait un mélange de regret et de résolution dans cette jeune voix.

Dieu merci, il ne l'a pas fait. Dieu merci tu l'as fait, murmura-t-il pour lui-même.

Harry sortit de la voiture. Il tremblait terriblement. Les gens commençaient à sortir du commissariat et couraient vers eux. Quelques-uns criaient son nom. Il s'appuya contre la carrosserie.

– Comment... qu'est-ce que tu faisais ici, près de ma voiture ?

Kerr fouilla dans sa poche et en sortit un objet.

– C'est tombé de votre poche quand vous avez sorti votre mouchoir, monsieur. Je suis venu vous le rendre. C'est drôle… si ce n'était pas tombé, je ne serais pas là à vous parler.

Harry prit l'objet. Il hocha la tête, incrédule, un sourire ironique naquit sur ses lèvres. Le Saint-Christophe d'O'Neill.

– La foutue ironie de tout ça, c'est que je lui suis à nouveau redevable.

– Pardon, monsieur ?

– Rien. Je me parle à moi-même. – Il tendit la main à Kerr. – Merci, Kerr.

Le jeune flic la prit et la serra vigoureusement.

– De rien, monsieur. Je n'ai fait que mon devoir.

– Vous allez faire un sacré flic, Kerr. Un sacré flic, c'est moi qui vous le dis.

Au loin, une ambulance hurlait dans la nuit. Il serra la médaille si fort qu'elle lui perça la peau. Il pensait à Elaine.

ÉPILOGUE

> Pour être un assassin à succès, il faut opérer seul. Une fois qu'un autre est impliqué, vos problèmes croissent de façon exponentielle.
>
> Rasharkin

– Tu es sûr de ne pas vouloir que je reste toute la nuit ? roucoula Alice en souriant, une main dans le caleçon Hermès de Rasharkin, l'autre tendue pour recevoir une enveloppe.

– Mieux vaut continuer comme ça. Une fois par semaine. La seule manière de ne pas se lasser l'un de l'autre.

– Parle pour toi. Je ne suis jamais fatiguée de ta compagnie, espèce de Tarzan. – Elle se mit à l'embrasser partout et à lui caresser les couilles. Elle le sentit redevenir dur comme du bois. – On dirait que quelqu'un est tout à fait d'accord avec moi !

Il rit. Ôta sa main et la conduisit dans le couloir.

– Mardi prochain ? demanda-t-elle.

– À moins qu'il n'arrive quelque chose.

– C'est comme si c'était fait.

Elle l'embrassa rapidement, lui fit un signe de main avant de s'engouffrer dans l'ascenseur et de disparaître.

Il ferma la porte, se rendit à l'armoire aux alcools et se prépara un petit whisky, plus par habitude que par besoin. Il sourit en pensant aux galipettes d'Alice dans le lit, débarrassée de toute inhibition. Elle lui faisait du bien, savait comment diluer les ténèbres en lui, du moins pendant un moment. Il devait pourtant être attentif et se dire que ce n'était rien d'autre que du business.

Le téléphone bleu se mit à sonner, interrompant ses pensées.

Brrrlllllllllllll... Brrrlllllllllllll... Brrrlllllllllllll...

Il regarda la petite ligne de points lumineux argentés sauter comme une grenouille jusqu'au décodeur, et jusqu'au téléphone blanc sans fil.

Brrrlllllllllllll... Brrrlllllllllllll... Brrrlllllllllllll...

Il décrocha. Écouta la voix à l'autre bout. Hocha plusieurs fois la tête et dit :

– Envoyez-moi les détails par la voie habituelle. En attendant, je vais commencer les préparatifs...

Cet ouvrage a été composé par
Atlant'Communication
au Bernard (Vendée)

ACHEVÉ D'IMPRIMER SUR ROTO-PAGE
PAR L'IMPRIMERIE FLOCH À MAYENNE
EN AOÛT 2021

N° d'édition : 2128001 – N° d'impression : 98801
Dépôt légal : octobre 2021

Imprimé en France